本书是国家社科基金项目

"新时期市井文学审美嬗变研究(1978—2018)(19BZW120)"阶段性成果

地方性审美与市井诗学

丁淇◎著

天津社会科学院出版社

图书在版编目（CIP）数据

地方性审美与市井诗学 / 丁琪著. -- 天津 ： 天津
社会科学院出版社，2023.5
ISBN 978-7-5563-0883-5

Ⅰ．①地… Ⅱ．①丁… Ⅲ．①市民文学－小说研究－
天津－当代 Ⅳ．①I207.42

中国国家版本馆 CIP 数据核字(2023)第 076643 号

地方性审美与市井诗学
DIFANGXING SHENMEI YU SHIJING SHIXUE

选题策划：韩　鹏
责任编辑：吴　琼
责任校对：李思文
装帧设计：高馨月
出版发行：天津社会科学院出版社
地　　址：天津市南开区迎水道 7 号
邮　　编：300191
电　　话：（022）23360165
印　　刷：高教社（天津）印务有限公司
开　　本：787×1092　　1/16
印　　张：14
字　　数：205 千字
版　　次：2023 年 5 月第 1 版　　2023 年 5 月第 1 次印刷
定　　价：78.00 元

前　言

　　宽泛地讲,世界上任何民族的文学几乎都是带有地域文化烙印的,无论是落笔山川风物还是表现人物脾气秉性抑或道德信仰,必然带有此地特有、别处罕见的地方痕迹。无数充满地域(民族)风情的文学书写揭示出自然地理与人文精神之间的奥秘,也折射出"究天人之际"不仅是中国文人的伟大抱负,也是储存在人类语言文化基因里的集体无意识。鲁迅那句"越是民族的,越是世界的"箴言似乎反向推导也能成立,能够在世界范围流传的,也必然是民族地域特色相当鲜明;从狭义上讲,地方性文学审美是地方文化在现代化乃至经济全球化过程中不断遭受挤压,在生存危机和异文化对决中产生的地方景观化表达。从这个角度看地方性审美是充满历史感的文化产物,是各个民族国家在走向现代过程中对抗同质化和一体化以彰显文化个性和多样性的审美生产过程。中国新时期以来的寻根小说、知青小说、少数族裔文学以及后来的市井风情小说等,都是在中国开启现代化过程中地域意识觉醒的审美书写,它们形成了从20世纪80年代中后期一直到新世纪20年来从未间断过的地方性审美潮流。

　　我对地方性文化审美的关注始于民族文学研究,在对蒙古族文学研究过程中我发现,民族问题的探讨在根源上离不开独特的地理气候环境,蒙古族传统游牧生产生活方式、游牧文化思想以及艺术哲学的产生过程和存在形态,几乎都可以从他们地处北疆的生态环境中找到一些答案,因

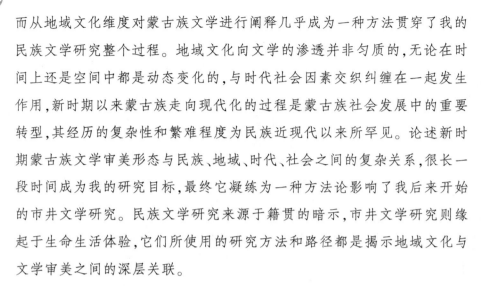

而从地域文化维度对蒙古族文学进行阐释几乎成为一种方法贯穿了我的民族文学研究整个过程。地域文化向文学的渗透并非匀质的，无论在时间上还是空间中都是动态变化的，与时代社会因素交织纠缠在一起发生作用，新时期以来蒙古族走向现代化的过程是蒙古族社会发展中的重要转型，其经历的复杂性和繁难程度为民族近现代以来所罕见。论述新时期蒙古族文学审美形态与民族、地域、时代、社会之间的复杂关系，很长一段时间成为我的研究目标，最终它凝练为一种方法论影响了我后来开始的市井文学研究。民族文学研究来源于籍贯的暗示，市井文学研究则缘起于生命生活体验，它们所使用的研究方法和路径都是揭示地域文化与文学审美之间的深层关联。

市井文学研究是从定居天津并开始接触天津作家作品起步，冯骥才、林希等作家都是典型津味小说作家，他们作品中那股浓郁的天津味儿触动了我。由此想起前不久参加冯骥才先生的学术研讨会，会上八十岁高龄的冯先生展出《沽上歌》手记并表达自己与这座城市无法割舍的联系："生我养我地，未了不了情。世上千般好，最美是天津。"几句简洁明了又朗朗上口的歌谣令作家对故土那种深厚的情感倾泻而出，现场所有的朋友无不为之动容。作家对自己出生地的依恋是文学的永恒主题，它源于人类普遍的乡土情结，不仅深深地影响了源远流长的中国乡土文学，也正在形塑着中国城市文学的面貌和精神。但是在文学研究中作家与城市的关系远没有得到足够的重视，研究视角的单一贫乏也长时间没有得到纠正改变。当时我从林希、冯骥才、赵玫等作家着手，研究津味小说的独特性以及它对中国当代文学整体面貌的结构性意义。冯骥才、林希的津味市井小说虽然写作风格迥异，但在演绎市井间巷小人物故事时都共性地关注市井生存至上的价值观，在近代中国城市商品经济背景下它与民族大义产生的冲突与融合，构成了叙事的曲折性和复杂性的源泉，从而也显示出强烈的地域文化色彩和时代特征。津派市井小说作家与海派作家不

2

同,虽然都以市井命运沉浮讲述城市的历史与生活,但是海派对西方现代市民精神有逐渐接受和吸纳的过程,而津派则倾向回归民间传统寻找动力,从而形成了上海在开放中趋于洋化、天津在推拒中走向本土传统的市井书写特征。在这种认知基础上我写了津味小说的本土现代性、津味小说的城市塑造、津味小说的谐趣等系列研究论文,并在与其他城市风情小说比较研究中把地域性问题推向普遍,产生了对市井小说这种文学类型做系统化、理论化研究的想法。其中赵伯陶、肖佩华、汤拥华等研究者的市井诗学思考都对我很有启发,从概念谱系、历史发展、审美蜕变等维度构建一个丰富立体的研究框架的念头逐渐成形,于是开始了对市井文学的系统化学理研究。

本书中的部分章节是已经发表过的研究成果,在收入本书中略作改动,还有未发表且是我正在思考中的重要问题,比如市井文学的基本审美特征等问题,是当下我正在经历的思想辩难。本书在章节上按照从理论思考、基本概念、历史发展以及具体案例顺序来排列,但是在实际研究中恰恰是一个反向进行的过程,是先从具体作家作品的触动开始,从天津扩展到全国其他城市的地方性审美,然后由具体到抽象、由微观到宏观、由形象到逻辑的研究推进过程。本书写作时间比较长,前前后后有将近十年时间,这中间我自己也经历了一些思想观念变化,这些变化在写作中也能得到一定程度的反映。本书得以顺利出版首先要感谢天津社会科学院出版社的大力支持,另外,要感谢我的家人在背后的默默付出,是他们的包容、支持和鼓励让我在学术道路上完成了一个又一个的攀登。

丁　琪

2022 年 12 月 10 日于天津

目　录

第一章　全球化浪潮中的地方性审美潮流

第一节　草原游牧文化与新时期蒙古族小说

在当代社会,游牧作为一种生产生活方式已经日渐式微,世界上的游牧民正在逐渐减少成为濒危少数族群,游牧人口占世界人口的比例已经小于1%,并且正在受到更多的压力而放弃他们的生活方式。① 但是游牧"作为一种观念、习俗、礼仪、传统或象征,仍闪耀着智慧的光芒"②,成为前现代的自然生活和"高尚的野蛮人"的符号,在文化思想和艺术审美领域内显示出强大的生命力。这种吸引力与困扰共存的文化特征成为当代游牧美学的重要内涵和特征,贯穿于新时期蒙古族小说创作之中,以它为透视点可以更加清晰地观察整个社会转型时期蒙古族小说的文化思想传承、创新和审美变迁轨迹。

一、以传统游牧文化为思想根基

新时期蒙古族小说创作异彩纷呈、流派众多,但几乎都以传统游牧文化为内在思想支撑,所谓的游牧文化,"就是从事游牧生产、逐水草而居

---

① 彭兆荣、李春霞:《游牧文化的人类学研究述评》,齐木德道尔吉、徐杰舜主编:《游牧文化与农耕文化:人类学高级论坛 2009 卷》,黑龙江人民出版社,2010,第 3 页。

② 吴团英:《草原文化与游牧文化》,《内蒙古社会科学(汉文版)》2006 年第 5 期。

的人们,包括游牧部落、游牧民族和游牧族群共同创造的文化",①游牧文化作为一种经济类型文化主要是产业经济与民族的统一。中国北方的很多少数民族都创造过自己的游牧文化,但是蒙古族在 12、13 世纪横扫欧亚大陆并建立了统一全国的中央政权,对世界历史都产生了重大深远的影响,实际上成为游牧文化的集大成者和主要传承者,是中国北方草原游牧文化的代表性民族。游牧文化已经成为蒙古族的族群文化基因深深嵌入他们的族群记忆之中,并表现在文学创作里。在漫长的历史发展中蒙古族文学已经形成了鲜明的民族风格,"逐水草而居"的游牧经济,"毛毡帐裙""食唯肉酪"的生活方式和风土人情,以及"天苍苍,野茫茫,风吹草低见牛羊"的自然景色,使蒙古族文学散发着浓郁的草原生活气息,别具一种雄浑刚健之美。蒙古族历史文学如《蒙古秘史》《蒙古源流》以及《青史演绎》等作品以文史结合方式讲述了祖先的族源传说、黄金家族征战历史以及社会制度、风俗习惯、宗教信仰等,在传达草原游牧民族热爱自由正义的价值观念同时也展示了他们崇尚勇猛剽悍的审美理想。蒙古族文学的这些特殊美学趣味是由民族特定的自然环境和历史条件造成的,地处北疆的极度严寒和艰苦的自然环境锻炼了蒙古族强健的体魄和顽强的意志,游牧经济的移动特征和自然力的强大催生了他们对自然物的崇尚敬畏态度和追求人与自然和谐共生的理念,历史上连绵不断的征战和戎马倥偬的战斗生涯锻炼了他们英勇不屈的斗争精神,所有这些都对民族文学艺术表达产生影响,从而形成了蒙古族文学的游牧美学倾向,即把迁徙族群的生存经验上升到哲学思考和艺术审美的层面。

新时期蒙古族作家继承了民族传统游牧美学,突出了游牧民族逐水草而居的"移动性"特征,它体现为与狩猎文明、农业文明、工业文明等相对的、包括修辞意象和人物形象在内的一整套符号系统。首先游牧民族

---

① 吴团英:《草原文化与游牧文化》,《内蒙古社会科学(汉文版)》2006 年第 5 期。

赖以生存的自然地理环境是"草原",它是包括中国北疆丰富的自然生态在内的一个宏观概念,在作品中呈现为典型草原、草甸草原、沙漠草原、山地草原等多样化地域生存环境,它的地理气候特点是"地势较高,距海较远,边沿又有山脉阻隔,因而降水少而不匀,寒暑变化剧烈。"①。哈斯乌拉的《乌珠穆沁情话》《乌珠穆沁人的故事》、佳俊的《驼铃》等作品,展示了牛羊成群、水草丰美的茫茫大草原的独特风情;郭雪波的《狼孩》《银狐》《霜天苦荞红》等作品,故事发生在东北草原沙漠化的"沙原"生态环境下,人、动物、草原与荒漠正在讲述游牧民族的历史变迁;阿云嘎的《大漠歌》《驼队通过无水区》《天边,那蔚蓝色的高地》等作品富有西部高原特色,干旱缺水、黄沙漫天、高温炙烤的极端天气是故事发生的背景。作品中的自然环境不仅是地域文化标志,更打上了鲜明的民族特征,蒙古族的移动性生产生活方式、道德伦理和精神信仰的形成都与草原的气候、地理和自然密不可分,而游牧民也永远在移动中歌咏着他们的家园,文学作品把他们的生存环境理想化和诗意化,隐喻为"母亲""摇篮""乳汁""生命的源泉"等涵义。其次,与蒙古族游牧生活方式息息相关的生产生活资料等也被文学作品意象化,表现为骏马、勒勒车、蒙古包、羊群等构成的典型草原民族生活场景。蒙古族被称为马背民族,"马是他们生产生活的伴侣,马是他们最大的财富,马是他们与农耕民族相区别并且交流的文化符号"②。在文学作品中骏马更是用来象征蒙古族自由驰骋的天性、宽广的胸怀和开拓的气派。阿云嘎的《黑马奔向狼山》、《野马滩》,孛·额勒斯的《察森·查干》、海勒根那的《小黄马驹》等作品,虽然主题立意有别,但是骏马象征的传统文化涵义几乎不变,其他如勒勒车、蒙古包、长调、奶茶、铜壶等物象均有相似性民俗符号涵义。另外,草原游牧民依然是新时期蒙古族小说人物形象的主体,与农业文明中的农民、工业文明中

①　邢莉等:《内蒙古区域游牧文化的变迁》,中国社会科学出版社,2013,第24页。
②　邢莉等:《内蒙古区域游牧文化的变迁》,中国社会科学出版社,2013,第40页。

的市民群体不同,游牧民的最大特征是迁徙,是依赖家畜和空间移动与自然的协调共存,这种天人合一的生存智慧在草原游牧民族中世代延续,这让他们看起来与复杂的现代工业社会和普遍的技术应用格格不入。痴迷驼铃回响和风暴呼啸而拒绝开大卡车的牵驼人吉格吉德(《大漠歌》),冒着生命危险穿过无水区就是为了去还债的达木丁、占楚布、海力布老爹(《驼队通过无水区》),拒绝荣华富贵而执着于纯洁爱情的牧羊女珊丹(《"浴羊"路上》),这些传统的牧民正如人类学者所概括的那样更像"高贵的野蛮人",他们热爱自己的家园和祖先,过着极其淳朴简单的自然迁徙生活,不愿意进入靠工业技术推动的现代社会,不愿做出任何破坏传统生态的改变。

蒙古族作家们大多生活在远离草原牧区的城市,游牧对他们来讲只是一种曾经的生活经历或者是族群记忆,很多创作者是在城市定居与草原游牧两种生活的转换中获得了对游牧文化的自觉和关注。因而他们在思考和讲述的时候自然会选择游牧民与农耕民族、城镇居民的差异性和奇特性,并且是以文学意象化、符号化形式呈现民族整体文化状态,以片段、感性、细节想象方式讲述一种古老的文化类型的历史感、连续性和史诗特征。作者倾向从历史、传统、日常生活中挖掘游牧民族的思想、价值观念和宗教信仰的魅力,作品的最终思想指向是力图说明一种传统文明类型在当下和未来存在的合理性。比较典型的有阿云嘎的大漠戈壁系列,《燃烧的水》《有声的戈壁》《满巴扎仓》等长篇小说及《大漠歌》《野马滩》《驼队通过无水区》《赫穆楚克的破烂儿》等短篇,把现代工业经济侵入造成的冷漠、无情、贪婪的社会人心现状,与传统牧民们赶着畜群按着自然节律休息劳作的生活相对比,衬托出游牧者诗意栖居于自然怀抱的天然本色、浪漫气质和高贵品格。吉格吉德(《大漠歌》)就是传统牧人生活的缩影,从城市来的"诗人"对他的赞誉是:"牵驼人,你的名字就是自由、勇敢;你的脚印就是写在戈壁之上的诗行!"①在这个充斥着机械技术和严重工业污染的当代背景下,游牧生活在文学中已经成为自然、生态、诗性的象征,代表着人类与自然和谐相处、诗意栖居和可持续发展的未来设想。

二、后游牧社会文学审美的内向化转变

新时期是蒙古族步入国家性现代化进程的重要社会转型期,20 世纪80 年代初内蒙古等草原牧区开始实施畜草双承包责任制,将草场的使用权和牲畜划分到户,并在 90 年代后期实施第二轮草场承包责任制,这对蒙古族社会发展来讲是重要的社会转折,"草场承包不仅意味着草原产权制度的变革,而且还是牧民生产生活市场化的开始,草原牧区由此进入社会转型期,即从传统社会向现代社会的转型。牧民结束了逐水草而居的游牧生活,开始建设房屋,定居下来,享受一些现代化的生活设施,电视机、摩托车、电话甚至电脑进入草原牧区。"②游牧民族的现代化意味着告别移动性生活,开始中国农民那样造屋定居、畜牧养殖,并把多余的产品拿到市场售卖,这就改变过去以移动畜牧为生计的单一游牧经济类型,变为融合农业、工业、商业的复合经济类型社会。这正是研究者所说的"后游牧社会",它最重要的特征是"游牧文化长期占主导地位的局面开始被打破,农业、工业作为新兴文化的因子,其影响不断扩大,地位不断提升,草原文化再度迎来了多种经济文化并存统一的格局。具体地讲,游牧文化作为一种生产方式和生活方式,其作用和地位已今非昔比,日渐式微"③。尽管有汗牛充栋的材料和数据来论证这种变化的必然性、取得的

① 阿云嘎:《大漠歌》,《民族文学》1986 年第 6 期。

② 张倩:《蒙古国草原畜牧业的转型及其对中国牧区发展的借鉴意义》,中国社会科学院社会学研究所农村环境与社会研究中心主编:《游牧社会的转型与现代性(蒙古卷)》,中国社会科学出版社,2013,第 2 页。

③ 吴团英:《草原文化与游牧文化》,《内蒙古社会科学(汉文版)》2006 年第 5 期。

现代化成果等,文学审美还是更多关注经济快速发展造成的传统文化遗失以及由此带来的巨大心理和情感震荡,如作家阿云嘎不无忧思地感叹:"在如日中天的工业文明和商业文明面前,我们民族的传统文化就是那轮正在下沉的落日和那面逐渐暗淡着的晚霞。"①除此以外,另一位蒙古族作家满都麦也充满忧虑:"不知从什么时候起,马背上的民族纷纷跳下马,不分男女老少,都被现代化交通工具所吸引,乃至牧民们也骑着摩托车放羊。这究竟是异化,还是进步的象征呢?"②作家的思考总是聚焦当代游牧社会生活的变迁,深入到游牧族群内在精神情感层面进行文化反思。因而文学中的游牧美学不再简单沿袭把迁徙族群的生存经验上升到审美层次的传统游牧美学套路,而是表现出后游牧文化时代在多重维度、大文化视野和并不乐观的现实处境中思考民族文化复杂深沉的思想特征,并表现出审美内向化转变。

在这种文学审美内向化转变中,游牧社会不再是牧歌荡漾的草原,牧民也不是"高贵的野蛮人"的变体,他们都是处在社会和文化大转型时期的矛盾体,跟进意味着自我迷失甚至是一种文化的消亡,坚守会错失历史性发展契机,况且现实中也没有给他们的这种想法留有更多的余地。因而陷在民族性与现代性中的挣扎、站在现代化门口的忧伤回望是新时期牧民的典型情态。《大漠歌》中的吉格吉德就是后游牧社会牧民的代表,沙漠里的牵驼人需要自由的心性、坚强的意志、强健的脚力以及神圣的向往,而吉格吉德似乎具有这一切天赋,从十七岁起就成为一名优秀的驼倌,他的父母觉得梦想成真,他也开始了新生活。但是后来情况慢慢发生变化,他的穿着打扮受到年轻人的嘲笑,他的驼倌职业在卡车运输时代变成了年轻小伙子们的笑话,从小一起长大的其其格玛姑娘失望地离开了他。在沙漠孤独的旅途中,巴达玛日格寡妇的温柔体贴给了他巨大的心

---

① 阿云嘎:《有关落日与晚霞的话题》,《民族文学》1997 年第 7 期。

② 满都麦:《远去的马嘶声》,《民族文学》2002 年第 11 期。

灵安慰,不过很快他就发现她的理想是找一个能干的人安居乐业,那个开大卡车跑运输的司机更合适,他只好离开心爱的人听着驼铃孤单地行走在沙漠里。尽管吉格吉德的生活合乎自然,但他却面临着没有生存空间和出路的困惑。正如研究者所说,"牧民的文化特征同时代表着它的吸引力和困扰。它的吸引力在于它适应那种贴近自然的未开发的'简单生活',而这恰恰是在技术驱动的'现代'社会中越来越被渴望的某种东西。牧民文化正因为它拒绝适应现代世界而导致它自身的衰落,而现代世界里没有空间留给流浪的、'自然的'游牧民"①。现代工商业经济主导的社会被技术和机械所驱动,追求的是速度、效率、舒适、精细,传统游牧民那种天然、慢节奏、磨砺式、混融一体的生计方式被挤压的失去了空间,他们即使是坚守到底能撑多久,还要付出多少物质代价和精神情感的创伤呢?蒙古族小说中一直弥漫着这样一种困惑伤感的情绪和矛盾焦灼的心理。

在新时期蒙古族小说中游牧文化的魅力和诗意不可能是静态地呈现,而是在与工业文明、农业文明发展的矛盾冲突中体现出来,美学风格由传统的刚健清新、昂扬飒爽转变为婉转低回、深沉厚重。马、骆驼等传统具有生命特质的生产生活工具与现代机械的对立冲突是作品中经常出现的叙事,象征着游牧生活方式受到工业化、电气化、定居模式的冲击,背后是蒙古族传统天人合一的生态观念与工业社会功利思想、贪婪的欲望、向自然的无尽索取和掠夺式开发之间不可和调和的矛盾。创作者作为民族文化代言人对这种社会的"进步""发展"充满了担忧。《大漠歌》中吉格吉德就是喜欢牵着骆驼在大漠中日夜兼程的感觉,但是现代化的东西已经不可阻挡,它受到年轻人的追捧,现代社会机械提供的效率、便捷使人自身能力退化,但是它却成为发展的方向,所以传统牧人的悲剧就在于

_____

① 安德烈·马林:《在现金牛和金牛犊之间:"市场时代"蒙古国畜牧业的适应性》,中国社会科学院社会学研究所农村环境与社会研究中心主编:《游牧社会的转型与现代性(蒙古卷)》,中国社会科学出版社,2013,第122页。

他们清醒但是孤独,以一人之力无法抵御现代车轮对草场和人心的碾压。《黑马奔向狼山》也延续着这样一种传统与现代冲突的叙事模式,那音太还留恋过去牧马人的生活,喜欢骑上骏马在草原上驰骋的感觉,从姑娘媳妇们发光的眼睛里他感受到,"男人的世界在马背上,蒙古人骑上了马背就感到天高地广"①。但是草场承包到户以后牧民用铁丝网把自己名下的草场围了起来,根本没有马匹自由飞奔的空间。那音太的黑马因为自由奔跑受到牧户的围追堵截,最后带着累累伤痕奔向了荒无人烟的狼山。作品把黑马的"通人情"与牧民欲望膨胀下的"无情"进行了对比,黑马留恋家乡但更留恋它现在的主人,所以一直踟蹰着不肯走。倒是现代社会的人在利益观念支配下变得无情无义,为琐事斤斤计较、邻里冲突不断,甚至连一匹马的奔跑都容不下,更主要的是有了机械替代之后牧民们都觉得马是多余的。这种社会转变恰恰说明现代社会的空间分割观念、功利之心、机械化生活方式对生命的深层伤害,不仅是挤压了他们的生存空间,更剥夺了人的同情、悲悯、包容等丰富情感和高尚道德情操,这种内在文化冲突和理性拷问使新时期蒙古族小说往往有着深沉厚重的文化反思特征。

三、新时期游牧美学的独特性

文学创作中游牧社会魅力与困扰交织的美学形态不仅是基于社会转型期的现实境遇,同时还是一种文化思潮与学术传统向文学领域的延伸,它与 20 世纪后期全球范围的人类学文化转向有潜在关联。人类学家摩尔根的社会进化论中对"游牧"有一个大致的定位,认为"在进化序列上低于农业,是一种过时的落后的模式"②。值得庆幸的是人类学给 20 世

---

① 阿云嘎:《黑马奔向狼山》,《民族文学》2003 年第 12 期。

② 彭兆荣、李春霞:《游牧文化的人类学研究述评》,齐木德道尔吉、徐杰舜主编:《游牧文化与农耕文化:人类学高级论坛 2009 卷》,黑龙江人民出版社,2010,第 18 页。

纪最重要的思想献礼就是"文化相对主义",它反对用种族优劣高低或遗传特性来解释不同人种在历史上的兴衰更替以及基于种族主义的"文明—野蛮"的人群划分尺度,而倡导"所有的人群和文化都同样值得研究",都有它独特的存在价值和意义。① 这种文化思潮带动的是文学上的文化寻根热,从 20 世纪 80 年代开始原来被忽视的地方、边缘、民间的文化魅力成为文学表现的重点,蒙古族作家正是在文学视角向边缘移动的审美语境中获得了对本族群文化的自觉,通过文学重构一个古老的游牧民族的历史与现实,以此"证明自己的文化不是落后过时的,而是综合性的,有极强适应性和生命力的文化样式"②。活跃在文本中的传统牧羊人、牧马人、牵驼人、沙漠中的向导、草原上的摔跤手、勤劳善良的额吉、纯真无邪的姑娘等人物形象,他们不再是"体格和道德优于文明人而物质条件和技术水准低于文明人"的"高贵的野蛮人"③,而是葆有各自独特的心灵世界又信奉着共同的道德理想的族群。丰富多元的人格形象体系彰显了当代蒙古族文化特色,某种程度上瓦解了长期以来存在文学艺术之中对蒙古族僵化的人格想象。它并非倡导回归复古主义价值观,而是"只要求简朴纯真的生活理想,这种理想并不必然回溯到历史的某个已经逝去的时期。"④它设想在现有自然和社会条件下,人类能保持对宇宙自然的神秘敬畏之情和虔诚的宗教情怀,过着一种天然、纯真、简朴的生活,以抵御现代社会人类中心主义价值观和发展主义的工业神话。作品中传统的诗意生活和民族文化精粹具有鲜明的文化反思特征,潜在反思

---

① 叶舒宪、彭兆荣、纳日碧力戈:《人类学关键词》,广西师范大学出版社,2006,第 6 页。

② 彭兆荣、李春霞:《游牧文化的人类学研究述评》,齐木德道尔吉、徐杰舜主编:《游牧文化与农耕文化:人类学高级论坛 2009 卷》,黑龙江人民出版社,2010,第 18 页。

③ 叶舒宪、彭兆荣、纳日碧力戈:《人类学关键词》,广西师范大学出版社,2006,第 16 页。

④ 叶舒宪、彭兆荣、纳日碧力戈:《人类学关键词》,广西师范大学出版社,2006,第 21 页。

对象是起源于西方的现代工业文明。

在这样一种边缘、地方和民族崛起的文化思潮中,现代社会激荡下复苏的民族生态伦理与文化哲学省思凝聚为一种新的游牧美学独特性,主导了新时期蒙古族小说的创作。其中生态文化是蒙古族文化中最有特色、带有起源性的文化思想,其"崇尚自然"的核心理念使游牧美学散发出充满生命活力的绿色光环。"崇尚自然"的思想观念与北疆游牧民族所处的生态环境和植被条件十分脆弱有关,它直接作用于人的精神情感和文化心理,从而形成富有游牧民族特色的文化体系,体现为万物有灵的原始宗教,对动物、植物的图腾崇拜,严禁破坏草场、污染水源的法律制度,移动性生计方式和融入自然的居住观念等。这种生态文化思想"正是千百年来草原民族在自然条件相当恶劣,生态环境相当脆弱的草原地带既要生存发展,又能把基本完好如初的蓝天绿地传给后代的原因"①。新时期以来蒙古族社会经济的快速发展与生态危机并存的现实激活了这一生态伦理文化,使它成为文学的集中表现对象。郭雪波的小说《狼孩》《银狐》以浪漫主义的方式演绎人与动物之间超越人兽界限的情感神话,是草原游牧民族信奉万物有灵的"泛生命"意识的大胆想象,作品同时交织着原始宗教"萨满教"的历史与现实遗迹,也是内在强化顺应自然、敬畏苍天绿地的生态文化思想。阿云嘎的《野马滩》《黑马奔向狼山》等作品以"人与马"的关系演变弘扬人与自然万物生命平等、和谐共生的思想。满都麦的《瑞兆之源》以额吉不放弃任何生命的感人故事表现草原母亲的性格特质。这样的作品比比皆是,蒙古族作家以此提倡民族传统的诗意栖居的绿色生存理想,其核心内涵是强调人是大自然的一部分,大自然可以没有人但人不能没有大自然,因而应怀着对自然的敬畏之心有限索取,在移动和分享中维持生态系统联盟,否则人的世俗贪欲无限膨胀

---

① 内蒙古社会科学院草原文化研究课题组:《崇尚自然——论草原文化核心理念之一》,《内蒙古社会科学院通讯》2008 年第 7 期。

最终毁掉的是人类自己。

新时期以来民族美学对游牧文化的哲学省思倾向也同样值得关注，现实中少数族裔生存空间的萎缩恰恰激发了它在文艺思想领域的文化自觉和高扬。以民族的器物和思想为美的潮流在学术思想和大众文化传播领域如火如荼，音乐、美术、摄影、影视剧、文学、大众旅游等共同制造着"民族风"的视觉景观和文字记载。相比较其他艺术形式而言，文学的民族审美更加注重少数族群的精神情感和内在心理宇宙层面，更加注重对原住民历史与现实生活的文化反思和哲学内省，这为身处地理与文化双重边缘因而现实生存处境不是那么乐观、但是带着民族的期许充满未来指向意义的文化共同体提供了艺术表达的载体。它继承了传统游牧美学的审美特征，比如基于地理与历史条件的对"勇、义、力"的审美偏向，对传统祖先族源神话的集体记忆的渲染，对"苍狼与白鹿"神话传说的信仰以及由此衍生的阳刚阴柔的性别秩序的强化，等等，但是它最重要的特征却是融合当代社会现实的对游牧文化的哲学反思。蒙古族文化发展和传承所遭遇的农业文明的冲击和现代工业文化的挤压尤为被关注，它引起的心灵情感震荡和忧思是典型的对"消失"的眷恋和追怀，充满着孤独寂寥的哲学思辨意味和对现实无奈感伤的色彩。在这些作品中民族审美发生了由道德伦理指向到哲学省思的重要转向，由过去注重单一文化的道德、价值等方面的评判，到新时期在多元文化视野中辩证思考"野蛮—文明""自然—工业""游牧—定居""中华民族/少数族裔""中心—边疆""进步—倒退"等范畴的互动关系，由过去人本主义思维下侧重对人的塑造和人的道德、品性、价值等方面考量，发展到在"天地人"的结构关系和较长历史时段中凸显游牧民族的生态思想和物我合一境界。在这种哲学思维模式中，蒙古族游牧文化的合理性、科学性和智慧特征得到充分展现，它诗意栖居的生存隐喻成为游牧美学的亮点和对未来的彩色寓言。

第二节　新时期市井小说的地方性审美

市井小说蕴含地方文化趣味,可追溯至 20 世纪三四十年代老舍等作家创作的市民文学。那种对都市地方性的洞察和描摹为市井文学打开了新的书写维度。新时期市井小说在地域文化自觉的背景下崛起,地理景观、风土人情、方言土语等成为突出表现的内容,被赋予重要的地方文化和伦理内涵。这极大增强了市井小说的文化趣味,推动市井小说超越时代局限,散发出恒久的艺术魅力。一时间京味、沪味、津味、苏味、汉味等地域化市井小说风起云涌,汪曾祺的江苏高邮系列、林斤澜的温州矮凳桥风情也都为当时文坛所乐道,共同彰显了地方文化趣味对市井文学的重要意义,也打破了长久以来北京、上海市井文学"双城并峙"的局面,形成全面开花、异彩纷呈的多元化创作新格局。

一、展示城市地理景观的文化伦理内涵

新时期市井小说聚焦的不是乡野而是城市底层空间,其立意在于表现文化趣味。对建筑、房屋、生活方式、风俗习惯、人情往来的描摹,对市井细民衣食住行、喜怒哀乐和人生命运变化的演绎,地方性书写的知识性、趣味性和伦理色彩更为鲜明,都体现出自然地理与人文精神之间的紧密关联,暗示出"一方水土养一方人"的天人合一智慧。它折射出中国叙事传统"究天人之际"的探索精神,彰显出市井文学世俗性和趣味性的审美特质。

市井风情小说注重挖掘各个城市的地标性文化景观,在城市特色建筑和居住空间中展示民情风俗与文化伦理内涵。北京胡同与四合院、天津老城厢与租界小洋楼、上海狭窄逼仄的弄堂与格子间、苏州小巷里精致

典雅的祖屋老宅、武汉嘈杂的码头与热闹的商业街,都成为作家浓墨重彩的表现对象。

京味作家更偏爱胡同和四合院,以四合院里没有隐私的"交集互联"生活方式,呈现京城百姓厚德尚礼、互助互爱的生活情调。刘心武的《钟鼓楼》用一节来描绘北京四合院,房挨房、屋连屋、共用厕所和水管的合居环境,使每一家都以各种方式与邻居发生密切联系,每一家的独奏曲最终汇聚成五味杂陈、悲喜交集的交响乐。陈建功的《辘轳把胡同 9 号》对四合院的描写生动幽默,"四合院"是传统生活哲学的载体,小市民的喜怒哀乐和命运变迁都离不开拥挤又充满人情味的四合院。

一个城市独特的人文景观既是自然环境的外化,也是这座城市历史发展、市民精神和伦理操守长期共同塑造的结果,市井文学注重挖掘这种城市景观的内在灵魂。海派市井小说聚焦"弄堂""石库门""亭子间"等拥挤嘈杂而又充满活力的世俗生活,以弄堂与洋房的冲突隔膜方式来展示上海市井文化的精神实质。程乃珊的《蓝屋》内置了对比式叙事结构,外观精致奢华的"蓝屋"充斥着道德缺陷和情感缺失,弄堂里二十五平方米的简朴民居却承载着踏实稳定的市井生活,象征着道德和人性的至高境界。《蓝屋》对市井的伦理化想象折射出 20 世纪 80 年代文人的道德理想,从中亦可见新时期作家穿过城市表层,进入精神伦理层面对市井文化的淬炼和升华。

二、表现时代变迁中不同城市文化的差异性

郁达夫在《北平的四季》中这样概括他对中国各大都市的印象:"上海的闹热,南京的辽阔……青岛的清幽,福州的秀丽",还有杭州的"沉着"、北京的"典丽堂皇"。郁达夫的描述生动有趣,但只适用于描述特定历史时期不同城市的整体文化底色,带有鲜明的个人感受色彩。城市文化研究者提醒我们,必须意识到城市的特色具有动态变化特征,且存在内

部多面性和差异性。有价值的文学创作首先要突破这种刻板的城市印象,跳出将城市文化本质化的思维误区,呈现城市动态发展的趋势及独特的文化风貌。

新时期市井小说创作正是从这一角度出发,聚焦社会转型背景下城市的独特文化韵味,描写时代变迁中的市民心理波澜,以及"物质化""世俗化""自主性"等观念在市井社会的渗透与受阻状态。这些创作于不同地域的市井小说,组合起来绘制成改革开放时代背景下的生活图卷。京味作家表现出凝重的反思特征,《钟鼓楼》《辘轳把胡同9号》《找乐》等作品写出了具有悠久传统的自足文化体系,在受到商品经济冲击时的无奈、抗拒等复杂心理。苏州作家范小青的《裤裆巷风流记》中,有老派市民面对传统文化渐渐消逝流露出的抵制和抗拒之情,但更多的是底层青年人突破传统和地域局限投身到火热时代中去的昂扬情绪,这是对20世纪80年代改革开放和现代化潮流的积极回应。冯骥才、林希等津味作家选取历史视角,对近代天津市井小民的尊严气节和家国情怀给予褒扬,以充满历史感的"道德化"市井回应了"世俗化""物质化"思潮。

市井风情小说不仅能成功再现地方风俗习惯和文化积淀,也能敏锐捕捉市井文化所发生的动态变化,以及同一时代不同城市的多样化反应,表现出不同城市文化的差异性。

三、方言增强地方文化趣味

方言进入新时期市井小说源于两个因素:一是市井小说观照的物理空间是城市底层和民间,市井小民操着方言土语符合人物身份地位,体现出文学创作遵循的艺术真实性原则;二是创作者往往是城市土著或有在某一城市长期生活的经历,对城市方言极其熟稔和热爱,加上怀有强烈的故土情结,所以作家倾向于让方言进入创作。作家选择富有地方文化韵味的方言土语进行叙述、描写和展开人物对话,营造出生动鲜活、趣味盎然的语言氛围。

不同作家使用方言的多寡程度和表现侧重点不同。陈建功的京味语言生动鲜活,多用短句俗语,擅长模仿人物说话的腔调、口吻和字眼,透露出老北京人见多识广、精通人情世故的特征。冯骥才更偏向以方言词汇、口语句式和幽默风格凸显天津人能说会道的"卫嘴子"风度。范小青则从叙事语言到人物对话,在整体上打造吴语方言氛围,《裤裆巷风流记》中丬(个)、白相(玩耍)、不响(不说话)、辰光(时候)、日脚(日子)、事体(事情)、清爽(清楚)、豁边(脱离原来路线)等日常用语,姆妈、阿哥、阿嫂、阿姐、好婆等称呼用语,以及大量叠字、尾音、惯用词等,增强了小说的市井俚俗色彩和日常生活质感,凸显出这部长篇小说的语言魅力。

方言是生动传达地方文化神韵不可或缺的工具,对塑造富有地方辨识度的人物形象发挥着重要作用。在新时期的市井小说中,创作者从方言土语中提取鲜活自然的民间语言,让原汁原味的市井俚语参与文学创作,一定程度上使以普通话为基础的书面语表达模式更为生动多彩,增强了文学语言的生机活力和表现力,极大推动了市井风情小说的繁荣兴盛和广泛传播。

第三节　异风景美学与新南方写作

新南方写作近几年的崛起,有文学共同体(包括作家和批评家)整体自觉推动的因素,更是中国改革开放以后南方以南经济前沿地带,在经济资本驱动下赋予文化资本(象征资本)以主体性的文学外化。在国家粤港澳大湾区城市群发展战略中它获得言说主动,并以新地理景观叙事构成与传统江南文学、北方文学的区分和对话。基于文化资本与文化地理形成的异风景是新南方写作的核心质素,如果抽干异风景的发现和叙述,这个拥有共同精神和美学特质的作家群体将会涣散,个体很容易被归入传统文学的某潮流(如寻根文学、城市文学)或者代际文学"某后"(如"80后"文学)中流于一般阐释,作为现象或者整体的独特精神气质将会被埋没。因而异风景表达是新南方写作的突出美学特质,作家兼批评家王威廉已经敏锐觉察并撰文论述,他从写作视角警示作家不要误入"假面化"风景,"回应严肃而深刻的现代命题"才是风景书写的旨归①,对于异风景的美学特征、形成机制以及经典化困境等问题则未做理论辨析,而回应这些问题无疑有助于我们更深入理解新南方写作。

一、新南方写作的异风景美学特征

风景几乎是世界各民族的物恋对象,中国古典诗词歌赋在咏史抒怀中创造了民族化诗学景语,西方英美文学则是在工业革命以后自然遭遇破坏的生态危机中开始了对风景的痴迷描述。风景在古典文学形态中的普遍含义接近"肉眼可见的自然",近现代以来风景的意义不断扩容和嬗变,它既是可见的自然,又承载着丰富的社会文化印记;它不仅是可视化真实存在,还包涵借助 AR、VR 技术和互联网所见的虚拟世界。作家对独特风景的感知、捕捉和表达越来越具有文学形态更新意义,这意味着一个精彩绝伦的故事讲述如果嵌入传统叙事背景中很难获得叙事突破,因为在当代文学创作中,"纯粹的技术、讲故事已经完成了其使命,再多一些,也只是量的积累,不会产生质的变化"②。但是人类看见的风景却日新月异且无边无涯,它在激发创作灵感、丰富文本表达甚至启发人类重新理解世界方面赋予文学创作质变性意义。美国哈密尔顿教授(Hamilton)提出的"结构、人物、环境"三分法小说理论,中国学者瞿世英提出的"人

---

① 王威廉:《新寻根、异风景与高科技神话——"新南方写作"的美学可能》,《广州文艺》2022 年第 1 期。

② 田忠辉:《"新南方写作"现象的理论观察》,《人文岭南》第 119 期。

物,布局,背景是一篇小说的三要素"理论,①都较早阐明风景之于小说的文体结构意义,它是与人物、事件构成鼎足之势的支撑性要素。不仅具有修辞学、叙事学价值,还具有丰富的文化阐释功能。

　　新南方写作以地域为根基建构了异风景美学,陈崇正、王威廉、朱山坡、林森等作家对岭南奇异样风景有强烈的感知和创造力,力图挣脱"端坐在土地上"的小说样式,以"飞天入水"姿态表现岭南大地在热气蒸腾中散发出的热力和韵味②,充满岭南气息、海岛风情、南方都市氛围和高科技魔幻色彩的风景成为文本的审美标志。在《半步村叙事》中女人和孩子犹如蝼蚁一般生存,无法把握自己的命运,而马贼、土匪、强权在远离政治中心的边陲之地依靠血腥暴力上演着蛮力自治的历史传奇。文本中溽热潮湿的气候、凶猛来袭的洪灾、在泥潭中挣扎着相继死去的凶悍土匪、肆意把人折磨成狗以供取乐的马贼,都是只有在偏居一隅、长期匍匐在暴力伦理下的"半步村"才会出现的风景,这种充满浓郁地域风情的新南方史前史书写,有力地冲击着"端坐在土地上"的在地文学。

　　异风景美学特征还表现在当代都市人潮涌动中的欲望与创伤交织、科技与巫魅纠缠的冲撞性上。《野未来》《你的目光》《寻欢》等小说勾画出广州、深圳这些南方"魔都"的双重面孔,高楼大厦林立、灯火璀璨的城市夜景、科技企业云集的造富神话都彰显出都市魅力,它吸引无数年轻人趋之若鹜来此打拼,意欲出人头地和掌握未来。但是那些窄街小巷中赌博酗酒的困顿、"城中村"群租房的杂乱破败,失业和边缘化造成的心灵创伤,沉溺于虚拟世界的空虚迷惘,又让人如坠深渊。《父亲的报复》中那个兢兢业业的推销员父亲形象是这种撞色风景的典型,是无数外来人怀抱财富梦想从底层艰辛打拼的缩影。"父亲"以不断的失业、再就业,

---

① 　瞿世英:《小说的研究(中篇)》,《小说月报》第 13 卷,1922 年第 8 期。
② 　《自叙:逆风而翔》,陈崇正:《黑镜分身术》,作家出版社,2017,第 1 页。

遭排斥却反而更加认同的心酸经历"拓宽着成功的定义"。① 异风景美学不同于传统地域文学所追求的人间烟火气与和谐美学,表现出交错碰撞所形成的强大视觉冲击力和情感张力。

一般来讲北方文学擅长讲述人与土地的依赖关系,如《钟鼓楼》里北京四合院的拥挤嘈杂、《神鞭》中租界洋场的畸形繁华,都暗合"一方水土养育一方人"的土地伦理。南方城镇文学则整体表现出水乡飘逸灵动之气与经济伦理的交织,《长恨歌》中上海小姐沦落市井的日常生活,《红粉》《夜泊秦淮》中风尘女子的堕落与坚贞,如此杂糅儿女温情和经济理性的风景恰为江南文学所热衷。而新南方写作所捕捉的边陲传奇、寻梦他乡的父亲、痴迷未来世界的机场保安等异风景,蕴藉着中国南方以南特有的热力,体现背靠腹地面向大海形成的拼搏闯荡精神,是集岭南文化地理和当代社会心理于一体的城市新景观再造,某种程度上讲也是对北方文学、江南文学经典景观的反叛和超越,具有指向人类普遍生存境遇以及未来诗学的审美引领性特征。

二、社会剧变与审美选择共同缔造新南方性

地域文学经历过寻根热潮以后渐呈衰微之势,新南方写作却凭借地域文化表达重新获得评论界认可,这当然与它地域文化的强烈现实意义不可分割。中国岭南大地在近四十年来所发生的社会变化有目共睹,深圳、广州等新南方大都市抢占改革开放先机创造了经济腾飞的神话,并以科技资本和人工智能擘画着未来世界的蓝图。带着财富梦想涌入的大量外来人口重塑了南方城市多元化移民精神,港澳台和东南亚文化因地缘关系也发挥着辐射性影响,本土文化、移民文化和异域文化共同塑造着新

---

① 王威廉:《父亲的报复》,见王威廉:《听盐生长的声音》,花城出版社,2015,第67页。

南方精神风貌。物质条件和精神环境的深刻变化凝聚成异风景,唤起现实主义文学"凝视"和"表现"的激情。尽管不能以文学反映论思维简单理解新南方写作,但是确实要考虑到新南方在近四十年里不断缔造经济神话并以此为中国发展提供启示和引领的社会现实,它为新南方文学写作提供了源源不断的素材以及读者理解作品的现实参照。

　　作家群体内在文化结构的"新南方性"是推动异风景美学发生的主观因素。新南方作家置身中国经济发展前沿地带,却能隔着一定时空距离审视内心杂色的文化岩层,边地古老的神巫文化、广阔腹地的乡土文化、边陲小镇的异域文化、都市新经济文化等等,都会在作家位移后经过独特视觉系统转化成文本中的撞色风景。举起"文化望远镜"来观看风景是新南方作家的审美选择,在王威廉的创作中,故乡大西北盐湖在岭南视点遥望中充满荒凉肃杀,但也孕育着无限生机和希望(《听盐生长的声音》),岭南的客家和疍家文化在异乡人的相互凝视中充满慈悲和诗意(《你的目光》),所以他深有感慨地说:"我无法想象萧红在东北能写出《呼兰河传》,她必须置身在遥远的、温暖的、现代的香港,才能看清故乡的一切。香港是她的望远镜,她用这架望远镜看向东北故乡,就如伽利略用望远镜看向月球一样,神话的美学消失了,但另一种美学诞生了。"① 新南方人身份使作家拥有这样一副望远镜,它使故乡呈现出别样的美和生命力,也从故乡视角感知到异乡的风景,这种地域文化反差恰恰是王威廉众多作品的内在文化逻辑和叙事支撑,即便是土生土长的作家如陈崇正、林森、朱山坡等人,也因从南到北的位移、历史与现实的激荡对乡土产生独特文化认知,陈崇正的《美人城》、林森的《岛》、朱山坡的《蛋镇电影院》就是在北京读书期间完成。② 这些都印证了批评家雷蒙·威廉姆斯

---

　　① 王威廉:《新寻根、异风景与高科技神话——"新南方写作"的美学可能》,《广州文艺》2022年第1期。

　　② 杨庆祥:《"新南方写作"和"间离化"的历史——以朱山坡近作为中心》,《扬子江文学评论》2022年第3期。

的著名论断："风景这一概念本身就意味着分离与观察"①。风景中的人感知不到自己置身于风景之中,风景的产生有赖于距离和视点,新南方作家的移民身份和分离经历赋予他们观察风景的恰当距离和视点,以风景表达为文学起点他们逐步建构起新的叙事美学。

三、异风景的美学意义与叙事困境

异风景美学赋予新南方写作新的艺术动力,它以时间维度上历史与未来的交错扭结、空间层面本土与异域的文化碰撞、技巧层面现实与魔幻的混杂交融等审美方式制造出一种叙事张力,在断裂、冲突、缝合、拼接的审美过程中增强了艺术感染力和冲击力。《野未来》的悲剧感和哲理韵味很大程度上源于异风景美学制造的艺术张力,三个青年在廉价群租房里蜗居、失业、"考公"的苦恼和窘迫,科技和想象所创造出来的神秘未来世界,两种疏离元素戏剧性交集在一个国际机场的保安形象上,在现实中无法掌握自己命运的底层青年借助科幻景象走进了美妙的未来世界,其中的荒诞和悲凉令人深思。《北京一夜》的艺术表现张力源于地理环境与情感体验的交错扭结,现实中北京的严寒干燥与回忆中南方的溽热潮湿形成对比,此时情感的成熟包容与青春时期的冲动狭隘构成冲击,一对恋人在青春韶华因为不懂感情而相互伤害,十年后他们终于能相互理解却难以突破各自的人生轨迹,这种情景交错笔法深得古诗"以乐景写哀,以哀景写乐,一倍增其哀乐"的艺术真谛②,在对比冲撞中制造了饱满强劲的情感张力。

当批评界提炼新南方美学的特征使之步入经典化之际,新南方写作其实也正面临着风景僵化的叙事困境。要使新南方写作的异风景美学始

---

① 张箭飞、金蕊:《从"风景"到"风景文学研究":一种跨学科视角》,《长江丛刊》2020 年第 31 期。

② 张葆全、周满江选注:《历代诗话选注》,广西师范大学出版社,2020,第 228 页。

终保持活力和魅力,首先就需要保持开放性,防止地域标签对想象力的限制,作家需要以"新南方"为根脉将想象的根须延伸到广阔的中国和世界土壤中去,要有勇气不断去突破地域题材疆界以更新的风景呈现超越固化的自己。陈崇正坦言"我不断在更新自己观照世界的系统;其中不变的是从一个寓言走向新的南方寓言,以及我一贯坚持的先锋气韵"①。正是这种"先锋气韵"使他创造的风景从半步村、碧河镇到美人城不断进行空间转换和文化视角转移,也使他笔下的使风景不会定格在一城一地凝滞为标本性存在,而是始终保有生机勃勃的活力和对读者的审美冲击力。把高科技和本土巫魅文化结合催生的新科幻小说,同样也是新南方作家应对传统地域美学困境做出的积极主动探索。

突围风景书写僵化的另一个关键因素是情感内涵的渗透和注入,风景从来都不是平面的客观呈现,而是时空交错、主客融合重新铸造的审美综合体,它应该饱含创作者的情感气韵、价值观念和精神能量,潜藏着时代性现实焦虑和普遍性精神议题。在大众文化以及全媒体传播强势扩张的时代,文学要能够保持自己不可替代的位置,就需要使风景表达具备沟通世界和抵达人类心灵的表现力,具有别的艺术形式无法取代的诗学启示性,当我们凝望风景的时候,风景也要有回望的能力。《你的目光》是带有文化隐喻色彩的爱情题材作品,它说明当我们戴上眼镜凝视世界的时候,从来都不是为了看得更加清晰,而是开启心与心的交流,因而来自深圳的客家人与来自广州的疍家人,为了更好地搭建人类心灵沟通的桥梁一起投入眼镜设计行业。"我们跟世界之间的中介物不是别的,正是目光,只有更新我们的目光,我们才能看到一个更加开阔、更加细腻的世界。"②这也可以看作是对文学本质和未来走向的一种隐喻。

---

① 陈崇正:《我所理解的新南方写作》,《青年作家》2022 年 3 月。
② 王威廉:《新寻根、异风景与高科技神话——"新南方写作"的美学可能》,《广州文艺》2022 年第 1 期。

第二章　市井诗学之两翼：城市与地方性

第一节　市井文学与市民文学概念辨析

　　市井文学与市民文学是文学批评领域广泛使用的类型文学概念，用来指称那些聚焦市民社会生活、关注市井人物命运变化且蕴含世俗文化趣味的文学形态。在中国文学研究中，对二者的边界、分期以及审美价值等方面也存在一定的共识，因而两个概念混用是一种常见现象。然而细心的研究者越来越意识到，二者虽一字之差，在思想内涵、审美重点、价值立场以及时代感等诸多方面存在差别，应该引起批评界重视。

一、市民阶层催生市民文学

　　在讨论以市民为表现对象的文学形态时，批评界经常使用的通俗概念是"市民文学"，谢桃坊的《中国市民文学史》、田中阳的《百年文学与市民文化》等重要著作都使用此概念。相对来讲，"市民"的涵义通俗易懂，在《辞海》解释中主要有两层意思：一是指中世纪欧洲城市的居民，因商品交换的迅速发展和城市的出现而形成，主要包括手工业者和商人，他们反对封建领主，要求各项改革，对社会经济发展起着一定作用，随着资本主义生产方式的形成和发展，市民逐步分化为资产阶级、无产阶级和城市贫民；二是泛指住在城市的本国居民。

多数研究者在使用"市民文学"概念时认同它是伴随市民阶层兴起而出现的文学类型。欧洲中世纪市民阶层登上历史舞台，随之出现了表达市民阶层思想情感的叙事诗、讽刺喜剧、通俗小说等文学形式，以人本主义的思想光辉逼退了中世纪的黑暗蒙昧，推动了文艺复兴的来临。

具体在中国，市民阶层出现于北宋时期，"坊郭户"单独列籍将城市居民与乡村居民区别开来，标志着我国市民阶层的出现。相应地出现了反映市民阶层情感思想、为市民阶层提供文化服务的娱乐消遣性文学形态。它发轫于北宋时期，最初以说唱"语体"形式存在，到明清两代臻于繁荣兴盛，出现了文人创作的古典四大名著以及《金瓶梅》等经典传世之作。经过近现代转型涌现出了张恨水、老舍、张爱玲等市民小说大家，并在新时期改革开放以后再次出现繁荣景象，描摹世情风俗、反映市民生存状态以及市井小民命运变化等接地气的主题意蕴，使市民文学备受社会各阶层喜爱。刘心武的《钟鼓楼》、邓友梅的《烟壶》、陈建功的《辘轳把胡同9号》、冯骥才的《三寸金莲》、池莉的《烦恼人生》、王安忆的《长恨歌》、叶广芩的《豆汁记》以及金宇澄的《繁花》等作品，充分彰显了市民文学恒久的生命力。

二、市井文学的流传

与市民不同，"市井"首先是一个空间概念，其最初涵义是指进行商品交易的场所，《国语·齐语》："昔圣王之处士也，使就闲燕；处工就官府；处商就市井；处农就田野。"《后汉书·循吏传·刘宠》："山民愿朴，乃有白首不入市井者。"都是指地点。在春秋战国及以后市井是都邑或市街的通称，《孟子·万章下》："在国曰市井之臣，在野曰草莽之臣，皆谓庶人。"这里的市井与草莽相对，泛指都邑。"市井"又延伸为商贾身份，《史记·平准书》中记载："孝惠、高后时，为天下初定，复驰商贾之律，然市井之子孙亦不得仕宦为吏。"无论是指空间还是身份，市井都与商品经济有密不可分的联系。

20 世纪 80 年代,袁行霈先生在所著《中国文学概论》一书中,将中国文学分成宫廷文学、士林文学、市井文学与乡土文学四大类,"所谓市井文学是指在市井细民中流传的、供他们欣赏娱乐的文学",认为中国市井文学可以追溯至汉乐府中的某些民歌,中唐以后市井文学主要是说唱文学,唐代的变文、宋元话本、元杂剧、南戏、明代拟话本、明清两代的章回体小说等都可归入市井文学中。袁行霈先生对中国文学的分类方法和市井文学概念后来在文学研究领域被广泛采信沿用,以致在当代文学批评中"市井文学"几乎是约定俗成而无需界定的概念。《市井文化与市民心态》(赵伯陶,1996)、《中国现代小说的市井叙事》(肖佩华,2008)等著作都特别强调市井叙事,从中可以看出在当代空间理论自觉背景下,"市井"作为核心概念被学者关注和研究的事实。新世纪以来有部分学者提出构建"市井诗学"的设想,这意味着从空间、文体以及政治美学等多个向度打开研究视野,把传统的"市民文学"引向更有时代感的"市井文学"研究路径上来。

研究者也注意到市井文学的局限性,市民阶层以逐利为本,在历史上他们从未作为独立的政治力量发挥作用,这种阶级惰性决定了市井文学的思想也往往带有世俗性、商业性和形而下特征,并且与脱胎封建社会的统治阶级思想和封建迷信思想纠缠不清。在艺术上市井文学走通俗化道路,容易陷入低俗、粗糙、简单和教化的泥淖之中无法自拔,缺乏与正统经典文学创作相媲美的艺术表现力。

三、市井文学价值取向更加突出

市民文学概念有其历史存在价值和合理性,但是在新的空间理论背景下,市井文学概念受到关注和深入研究也是学术发展规律使然,它更能凸显此类文学形态的主体特质、伦理内涵以及民族文化特色。

　　"市民"属于主体身份范畴，它阶层结构复杂、体量巨大，用来指涉某种文学类型显得有些宽泛。在旧中国，市民有资本家、工商业主、工人等不同阶层，而我们理解的市民文学实际是"小市民"文学，主要是指市民中的平民阶层。另外，如果说在古代封建社会，市民只占总人口很小的一部分，但随着城市规模扩大和商品经济发展，当代中国城市人口比例超过农业人口已经成为一个基本事实。以这样一个体量庞大、结构复杂的群体来命名一种文学类型，很难突出这类文学形态的审美主体特征。但是，"市井"具有明确的城市平民指向性和世俗生活状态内涵。市井空间活跃着大量城市底层平民，如小商贩、个体户、工人、小职员等，家常的鸡零狗碎和柴米油盐的烦恼流动成了世俗生活的河流。因而当我们说"市井文学"的时候，意味着远离宏大叙事和终极人生关怀，心之所系是街衢巷陌一方有温度的人间烟火世界。

　　"市民"基本含义为城市居民，因而市民文学也表现出价值中立色彩。而"市井"由于其本源意义与商品买卖相关，所以蕴含着明确的商品经济伦理。市井中人不一定都是商人，但是却都受到商品经济文化熏染，无论从业还是人际往来遵循着经济理性、趋利避害原则、平等意识和契约精神。它有别于中国传统文化中的家国情怀、道义至上、集体意识和义务论，在特定历史阶段表现出一定的革命性和进步性。市井文学是商品经济伦理的艺术载体，它对封建专制文化和儒家伦理价值观构成反思批判，对近现代以来的人本主义思想和市井伦理进行价值建构和自我反省，因而与市民文学相比，市井文学的伦理价值指向更加突出鲜明。

　　与传统农民相比，市民意味着群体性的现代特征，暗含传统与现代的二元对立。而市井作为空间概念具有都市民间的含义，中国城市发展的独特道路尤其是近现代的"农村包围城市"的革命道路、改革开放以后城市中汹涌的农民工大潮以及新世纪以后城市快速扩张造成的城中村现象等，造成了都市与乡村、市民与农民混合的独特市井空间，它内化了传统与现代的矛盾,是喧嚣中的宁静、流动中的恒常、摩登里的怀旧、前进中的退守。这种矛盾性美学内涵源于民族化城市发展特色,体现了文学艺术在前沿理论影响下的当代性建构。正是在这个意义上,市井文学不同于传统的市民文学,也有别于西方现代市民文学,它富有民族文化特色和当代理论色彩,尤其对近四十年的文学批评显示出思想价值和美学创新意义。

第二节　市井文学的基本审美特征

一、具有特定空间指向性的城市底层审美关照

　　市井文学并不完全瞩目于城市发展中的现代化要素,高楼大厦、流光溢彩的霓虹、日新月异的现代都市景观等都不是它重点表现对象,即使有涉及也都被远置为背景,市井文学聚焦于城市底层活动空间,狭窄曲折的老街小巷、密布四处的普通建筑、杂沓拥挤的民宅弄堂,它可能不是那么光彩夺目,却实实在在地构成城市日常生活的底色。典型的市井生活背景是王安忆笔下的上海弄堂;刘心武描绘的北京钟鼓楼下几家合住的、拥挤杂沓的四合院;林希回忆中的旧天津老宅;池莉所塑造的店铺林立、充满吆喝声的武汉吉庆街等,它们展示了城市日新月异发展另一张面孔。这个空间中活跃着大量城市底层平民,小商贩、个体户、工人、小职员、无业游民等,他们是城市社会发展的基础动力,并不显豁的社会地位赋予他们独特的生存体验和感受,一粥一饭、油盐酱醋中饱含的踏实与烦恼,连缀起了普通人的生活乐章。那种轰轰烈烈的情感、大起大落的人生以及由此升腾起来的宏大理想和终极关怀,似乎与他们都很遥远。市井文学书写的是底层市民的生活经验感受,表达的是他们的思想情感,历史上它

曾被皇权遮蔽、被文人轻视、被启蒙理性所挤压，但它是一个真实而广大的存在，承载街衢巷陌每一个生命个体的另一面，是底层人生一方有温度的烟火世界。

作家往往用文字抚平生活的"褶皱"，露出生活中那些鲜活和琐碎的细节、污垢和小颗粒，它可能更接近社会历史的真相，更贴近普通人的生活本质。《贫嘴张大民的幸福生活》对张大民的房屋格局、布局、摆设的详细描写，突出了一个普通的北京平民之家窘迫的生活状态。张大民想要和李云芳结婚得先召开家庭会议，挨个征求兄弟姐妹的意见，原因是需要他们妥协退让、重新组合房间布局，给两位新人腾出一个放双人床的空间。他的两个弟弟、两个妹妹都要把单人床摞起来睡上下铺；母亲则需要睡在用箱子搭起来的床上；电视机需要悬空挂在外屋的房梁上，张大民利用自己的智慧，经过精密的测算终于在狭小的房间里隔出了里外屋，里屋是他和云芳的双人床，外屋是弟弟妹妹和母亲。在这个解决问题的过程中发生了他与二民的矛盾冲突，也显露出三民面临马上结婚的难题，以及正在紧张备考的五民的不情愿。刘震云《一地鸡毛》开头就说"小林家的一斤豆腐馊了"①，豆腐变馊这样的日常琐事，在传统现实主义小说中，是不具备什么意义的，但在刘震云的新写实小说中，却是一件大事。说它是大事，是因为买豆腐本不容易，而因排长队买豆腐致使上班迟到又会遭领导批评。但就是这样费尽心思买来的一斤豆腐竟然变馊了，恰好老婆又先于他回家，从而"使问题复杂化"了。于是因为豆腐变馊，扯到与保姆的矛盾，又因为保姆，到各自在单位受的闷气，扯到各自摔坏的暖水瓶和花瓶，各个事件之间彼此勾连交错。这就从一件事情变成了几件事情，引起了连锁反应。这些人生中鸡毛蒜皮的小事，以前传统现实主义小说中是不被重点关注的，即使描写，也要具有升华出宏大精神和思想的功能。

---

① 刘震云：《一地鸡毛》，中国青年出版社，1992，第 297 页。

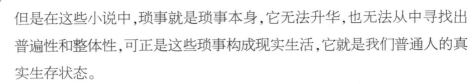
但是在这些小说中,琐事就是琐事本身,它无法升华,也无法从中寻找出普遍性和整体性,可正是这些琐事构成现实生活,它就是我们普通人的真实生存状态。

王安忆的《长恨歌》也是以写细小琐碎的日常生活著称,王琦瑶就是一个上海弄堂的女儿,除了参加上海小姐获得第三名,以后的人生没有过辉煌和高光时刻,就是市井一介小民,没有一次正式的婚姻,接触的全是市井底层的无业者,这些人在一起就是聊天、吃饭、喝下午茶、打牌、玩游戏,从来没有一起做过大事情或者正经事业。但是就是在这样的日常生活中他们的情感发生着微妙的变化,他们经历爱、抛弃、重新寻找情感寄托以及寻而无果,这样的日常生活和微妙情感变化构成了个人的生活史。我们的大历史就是由无数这样的个人构成的,这恰恰是社会历史的底色和基石。

二、植根商品经济的世俗价值取向

市井文学产生与发展植根于市井文化土壤,市井文化源于商品经济的形成与发展,在漫长的历史发展中形成了自己的价值体系和思想伦理,与中国传统的农耕文明形成的农业文化伦理、封建等级社会占主导的儒家正统思想有本质区别。

根据史料记载和学者考察,中国市井文化早在春秋战国时期就萌发了。人类社会前两次社会大分工(农业与畜牧业、手工业从农业和畜牧业中的分离)都不足以促成大规模的人类交换活动,那时基本是在自然经济状态中简单的物物交换,只有在第三次社会大分工以后,即商业从农业及其他产业中分离出来,以货币为媒介的商品交换活动促进了商品流通的频繁发生,为市井文化产生提供了土壤和环境。春秋战国时期是中国商品经济迅速发展的重要历史阶段,市井文化在这一时期初步定型。先秦诸子展开的义利争辩以及诸多关于市井的文献记录,是这一时期市井文化定型的标志。在两宋时期是中国市民阶层形成以及市井文化发展的重要历史阶段。在北宋,中国市井文化进入了快速发展期,在城市建制中存在千年之久的坊市制崩溃,城市居住空间与商贸空间区隔结束,极大地刺激了商品经济的发展。像汴京这样的都城已经突破时间限制出现了繁荣的夜市景象,而且空间限制也不那么严格了,商店可以在市内外沿街而建,高大的酒楼也到处耸立起来,商业活动由封闭的市场逐渐扩展到坊间,坊市的混合已经形成一个完整的带有经济属性的市井空间。在这种背景下,北宋时期城市人口急剧增长,10 万户以上的城市全国有 40 座,北宋都城汴京人口有近百万。市民人口数量骤增,人口结构日趋复杂,除了"坊郭户",还有城中的官府仆役、无业游民以及驻扎在城市周围的禁军卫士等,都成为新崛起的市民阶层。① 这个阶层的利益诉求以及这个阶层的文化消费也推动了京瓦伎艺的繁荣发展,最终在勾栏瓦市中诞生了最初的市井文学。市井文化在明朝中后期迎来了又一次重要发展机遇,明代中后期启蒙思潮蔓延为市井文化迎接近代到来做好了准备。江南市镇的勃兴为这一带市井文化发展打下良好的经济基础,市民阶层在这一时期有了更强烈的反对封建专制的要求和追求个性解放的愿望。虽然明中后期中国的市民阶层还不够成熟,无法像西方市民社会一样发展成为代表先进生产关系的资产阶级,但是这一时期的市民文化已经表现出摆脱封建禁锢、迎接近代曙光的思想启蒙色彩。

市井文化在当代再次蓬勃发展起来,尤其进入新时期以后的改革开放四十年(1978—2018),是中华民族从站起来到富起来的重要历史阶

---

① 北宋初期,将坊郭户与乡村户区分开来单独列籍定等,是市民阶层兴起的标志。就全国状况而言,乡村户还是占绝大多数,坊郭户在全国居民中所占比例大概在百分之五左右。坊郭户按照城市居民经济地位分为上户、中户、下户。上户大多为豪强之家,包括大地主、大商人、大房产主、高利贷者、大手工业主、赋税包揽者;中户为中产之家,包括中产商人、房主、租赁主、手工业主等;下户为贫苦之家,包括小商小贩、小手工业者、工匠、雇佣、自由职业者、贫民。见谢桃坊:《中国市民文学史》,四川人民出版社,2015,第8—14 页。

段,商品经济的快速发展、市民逐渐富起来的社会现实推动了市井文化的转型蜕变。进入 20 世纪 90 年代,中共十四大确立了建立社会主义市场经济的改革和发展目标,调动了各方面的积极性并极大地解放了生产力,促进了国民经济的高速发展。新世纪以后,中国经济发展更侧重向提质增效、优化结构以及自主创新方向发展,改革开放政策的实行以及由此带来的商品经济快速发展,已经使我国城市居民由实现温饱向高质量现代化生活跨越,市井文化也从原来的大众化、粗放型向着更加具有文化含量的精致化、提升型转变。

市井文化孕育于商品经济之中,市井中人不一定都是商人,但是却都受到商品经济文化熏染,无论从业还是人际往来遵循着商品经济的算计方式、趋利避害原则和平等契约精神。市井文学是市井文化的思想价值载体,它承认城市底层社会所遵循的自由、平等的现代精神理念,认可市民阶层爱财而取之有道的经济和财富意识,肯定为个人利益和理想抱负所表现出的拼搏奋斗精神,正视市井小民对个人物质需求、情感欲望满足的形而下欲求。它对封建正统意识形态和审美价值观构成反思和革命,对长期遭受贬低和压抑的市井价值合理性进行正面价值建构和审美重塑。

《长恨歌》中有一段描写王琦瑶正面形象的片段,即凡事总是"靠自己"的宣言:"话说到这样,王琦瑶的眼泪倒干了,她给孩子换好尿布,又喂给她奶吃,然后说:'妈,你说我不懂规矩,可你自己不也是不懂规矩?你当了客人的面,说这些揭底的话,就好像与人家有什么干系似的,你这才是作践我呢!也是作践你自己,好歹我总是你的女儿。'她这一席话把她母亲说怔了,待要开口,王琦瑶又说道:'人家先生确是看得起我才来看我,我不会有非分之想,你也不要有非分之想,我这一辈子别的不敢说,但总是靠自己,这一次累你老人家侍候我坐月子,我会知恩图报的。'她这话,既是说给母亲听,也是说给康明逊听,两人一时都沉默着。"①王琦瑶的"我这一辈子别的不敢说,但总是靠自己"是市井小人物的闪光处,无论她过得多么苦,从来没有想到要利用美貌和心机拖住一个人对她负责到底,她无论是怀孕、分娩,还是日后生活都是靠自己,这就是市井人物的做人原则和道德坚守。市井文学就是要让这样的人物放射出人性光彩和道德光芒,肯定人凭借自己的努力、自己的奋斗去过好自己的人生。王安忆创作于 20 世纪 80 年代初的小说《流逝》也塑造了一个比较上进、凡事靠自己、又有经济头脑、又重视个人利益获得的主人公欧阳端丽,表现出市井文学在肯定经济意识、个人奋斗精神的价值取向。同样的还有范小青的《裤裆巷风流记》写了 20 世纪 80 年代最早一批辞职单干的年轻人的勇敢、拼搏和追逐财富的故事,都坚持市井价值取向,与传统现实主义文学塑造英雄人物、倡导理想主义精神追求有别。

三、以俗为美的小说美学追求

从市井文学产生的源头来看,它诞生于城市勾栏瓦市中的说唱表演艺术,接受对象都是文化层次不高、纯粹出于娱乐消遣目的的市民。最初的创作者往往都是瓦市中从事说唱表演的艺人,后来出现的专业创作者也以底层文人居多,他们熟悉底层市民的生活和思想情感,在长期接触中摸索到了他们乐于接受的表现形式,从而形成了市井文学创作的某些固定程式、套路和风格。那些贴近市民日常生活和情感欲求且形式上浅显、大众、时尚的作品,往往能够更充分发挥消遣娱乐功能,并能建立广泛的市场根基,这些都加强了市井文学的通俗化艺术发展趋势,推动了以俗为美的"平民美学"追求。

当然,在后来的文学发展演变中有所改变,矫正了过度商业化造成的

① 王安忆:《长恨歌》,人民文学出版社,2013,第 219 页。

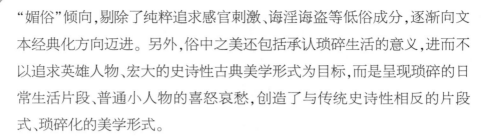

"媚俗"倾向,剔除了纯粹追求感官刺激、诲淫诲盗等低俗成分,逐渐向文本经典化方向迈进。另外,俗中之美还包括承认琐碎生活的意义,进而不以追求英雄人物、宏大的史诗性古典美学形式为目标,而是呈现琐碎的日常生活片段、普通小人物的喜怒哀愁,创造了与传统史诗性相反的片段式、琐碎化的美学形式。

市井文学发展是令人神往而又极其艰辛的探索过程,中国人几千年的传统伦理价值观能说改就改吗?类似市井无赖、市井小人这样带有贬抑性的词汇不是在生活中还能听到或用到吗?但是我们却很难听到市井英雄或者市井精英这样的词汇,可见传统伦理道德改变的艰难。沉淀在社会底层的群体往往被看作是乌合之众或是沉默的大多数,真正从底层的角度思考问题并重视底层价值观的合理性仍是一种理想状态,这些现实问题都令市井文学创作之路必然充满艰辛。然而市井文学"贴合了对生活本身的关怀,包含着此岸的幸福温度"①,所以它虽然一直在夹缝中生存但依然能长盛不衰。

第三节　文学中的城市美学

一、文学城市:地域风俗与人文精神的汇聚

城市是人类打造自己居住空间的社会化创造物,每一座城市都延续着属于它自己的独特城市美学,这也是基于城市的地理、气候、环境和历史累积形成的结果。但城市美学又超越了这种半客观性、物质性的事实表象,亦以经验、感觉、思想、文字、叙述等形式存在于一切对城市想象和

---

① 江涛:《论 80 年代初市井文学的重启与"市井传统"的现代性发现》,《烟台大学学报(哲学社会科学版)》2018 年第 1 期。

描述的文本当中,这种充满了主观重构性的城市经验和感觉甚至成为城市美学中最重要的部分。这是现实城市与虚构文学之间的重要关联,即那些地域特征明显的城市文学都是作者试图在重新建构理想之城,无论是还原历史还是触碰现实的方式,他们在通过自己的全部感官系统来建构最理想的生存空间,以对抗那些充满着利益考量和各种意识形态功能的不合人情味的、缺乏道德氛围的"虚假环境"。左拉的创作勾勒出 19 世纪巴黎的廓形和气质,城市容量和资本的急剧扩张伴随着欲望膨胀和道德堕落,巴黎体现了现代工业文明上升带给城市精神创伤的恶果。茅盾笔下的上海被浓缩为十里洋场,是酝酿着革命风暴的魔都幻境。作家笔下的城市是幻想虚构之城,但是却比用数据和史料记载的城市更接近真实,它证实了城市美学对城市存在的价值和意义,也说明文字流传超越固化物质形态的永久性影响力。

　　每一位作家对城市的感知不尽相同,哪些作家的描述更加贴近城市的本真和灵魂？哪些经验道出了城市的共性和特质？这是需要在城与人的对话中不断进行辨析和寻找的一个漫长过程,需要我们克服时间的障碍以及对城市、文学刻板化的认知。究竟哪些作家以文字和形象传达出了城市的韵味并成为代表性城市作家？在文学史上可以罗列出一长串的名字,巴尔扎克之于巴黎,狄更斯之于伦敦,张爱玲之于上海,老舍之于北京,冯骥才之于天津,陆文夫之于苏州,池莉之于武汉……过去很长时间我们也一直是这样解释作家与城市之间的这种紧密关系:他们是城市"土著",并且他们的创作表现出强烈的城市文化认同,这已经成为我们的文学史和大部分学术著述不需论证的理论前提。但其实这是一种很表面的解释,是强悍的乡土逻辑对城市美学的惯性操控,它对部分乡土作家可能有效,对越来越复杂的城市文学来说是一种简化和封闭。

　　首先,它至少忽略了现代城市人口频繁流动所造成的城市人与栖身之地的松动关系,比如兰州作家戈舟说他祖籍江苏,跟随父辈来到西北,成名后经常被冠以"西部作家"称号,这种地域标签让他觉得尴尬。是否是城市"土著"已经和成熟的城市经验感觉没有必然的联系。其次,城市文化认同也是值得怀疑的说法,很多作家承认他们写作过程中带着地域自觉意识,但是真正饱满的城市味道似乎与这种强烈的自我暗示没有必然联系。甚至越是标志着实在的地名、街区、气候、风俗并以方言装点但缺乏内在沉淀的作品,越是显得矫揉造作和那么一点点为城树碑的刻意。所以我们宁愿相信林希对津味小说的追求,是想以个人的文学高度提升天津城市文化品位,而不是在文学中简单地呈现一个近代天津。所以他这样解释津味,"我想津味,首先是文化品位,是文学品位,是对具有天津地域特色的风物人情的认识与把握,而且具有一种能参与高层次文学对话的艺术灵性。"①实际上是对文学本身的真诚使得这座城市认可了他们(或者他们所塑造的人物),并把他们的这种品质融入城市精神结构之中,从而产生了一座城与一个作家(或作品)的关联,而不是反向的运动机制。像左拉写巴黎的道德沉沦,张爱玲写上海小市民的精明算计时,他们并没有一定要成为后世的榜样,而是按着自己的心性在写城市生活,恰恰是那种对艺术的真诚和不经意间的自由心灵,成就了他们与城市的不解之缘。

如此说来城市美学并非空洞玄虚的抽象概念,而是创作主体精神汇聚的集合体,城市这个人类的聚居地在每一个时代寻找着与自己精神相契合的作家和文字,渐渐给自己蒙上一层曼妙的面纱。它可听可闻、可见可感,它可以是重大的战争或灾难,也可以是琐细的日常生活的连续性,它可以是城市里的污垢和垃圾,也可以是午后的阳光满院和桂花飘香,它回响在骆驼祥子雨中奔跑的重压和喘息之中,绽放在白流苏俘获范柳原后骄傲得意的笑容里,总之它是对城市生活细节和城市人文精神的审美

① 林希:《津味小说浅见》,《小说月报》1992 年第 9 期。

感知,但不是对城市生活的展览罗列。阿诺德曾说:"城市美学是城市的感觉王国,是人们通过某种肉体意识如思考和感觉器官感知城市的方式。"①他强调城市美学的主观感受性,这也揭示了东西方城市化进程大同小异、城市面貌也颇多工业化类似特征,但是城市美学还是表现出差异和丰富性的奥秘,因为它熔铸着人的个体精神面貌和思想意志蜿蜒而出。巴黎充满了自由的精神和艺术气息,那是源于波德莱尔和左拉那样"游逛的诗人"(wandering poet)在大街小巷和人群之中漫步沉思,并让所有敏感孤独的思绪流淌成诗行;战时的北平千疮百孔、民不聊生,但在老舍克制平静的记述中仍然能感受到民处水火之中依然知礼节、持正义并为此不计代价,那是一个帝都贵族精神对寻常百姓人家的渗透,已经成为这个城市根深蒂固的灵魂。西方的浪漫、东方的内敛、战争时期的杂乱无序、太平盛世的富足妖娆,这些特定历史时期的城市神韵都无法计量化,却可能在诗词歌赋或小说传奇的细微感觉中呼之欲出。天地有大美而不言,城市的神韵有赖于精神卓越敏锐的作者能发掘和表现,这是城市文学的应有之义。

二、超越庸常的城市审美体验

城市文学虽然千姿百态,但能传达城市之美的优秀城市文学总是具备几个稳定的要素。首先作品能否捕捉到城市的"灵魂"非常重要,是一般的记录城市生活的平庸之作还是能深入到城市精神血脉和文化精魂,短时间内不好评判和妄下结论,好在时间是最公平的检验标准。如果经过很长时间这个作品还在流传、还有人不断提起,那它就是一部经得起时间考验的经典,而平庸之作虽然可能有一时的喧嚣但很快就被大量的新作淹没了。想起 20 世纪 90 年代中国文坛如一阵旋风卷过的"新新人类

---

① 阿诺德·伯利恩特:《培植一种城市美学》,新蔚,译,《第欧根尼》1987 年第 2 期。

创作",一些作家把小说创作和出版当成是一种行为艺术,刻意渲染大都市的消费、性欲、毒品、虐恋等生活,以耸动的宣传手法吸引大众的注意,但是没有真正触摸城市精神肌理而只是抓住一点皮毛就叫嚣的作品只能是昙花一现,城市美学需要的不是这些东西。反观作家萧红,她悲惨地离开人世很多年了,但是哈尔滨这个城市还是在以各种方式纪念她,萧红故居、萧红小学、萧红文学院,现在的城市生活还处处打上作家的烙印,那是对她卓绝的文学才华和敢为异端的文学勇气的最大褒奖,是对她把青春生命融化在北国之城的认可,并希望这种文学精神在她的出生地世代传承。

这提醒那些一定要写出城市史诗般的创作者,专注于文学本身的突破比什么都重要。因而相比较于那些在题材上设限来彰显城市精神的做法,认为城市文学意味着一种"智性写作""书写难度"的想法更有见地。乡土社会无论它多么宁静和富有诗意,它都已经成为渐行渐远的过去时态,但是乡土思维逻辑还在顽固的钳制着我们的叙述习惯和想象力,怎么能让一种新的城市生活和思想形成它自己的价值立场和美学规则,这对农业历史悠久、现代化城市经验奇缺的国度来讲,是一个巨大的考验。所以有人认为真正的城市文学是要"摆脱对世界庸俗化的阐释","它必须创造一个迥别于庸常经验的崭新的世界,并努力探索形而上层面的解决之道"[①]。城市文学是在思维模式、修辞方法乃至创作逻辑上对过去的超越。"我很难想象,一套旧有的修辞方法,还能够所向披靡地形容出我们所有的新的感受。"[②]

作家们已经朦胧的感觉到支撑城市美学的是创作者超越庸常的思想经验和修辞系统,但没有说明获取它的途径。对这个问题的含混不清和缺乏深思熟虑也是现代城市文学创作肌体本身埋藏的痼疾。因而充斥文

---

① 晓航:《智性写作——城市文学的一种样式》,《当代作家评论》2014 年第 3 期。
② 戈舟:《站立在城市的地平线上》,《当代作家评论》2015 年第 4 期。

学创作的是大量城市化生活表象的堆积展览而没有一个超拔的精神价值指导,涌动着大量社会敏感事件、热点话题的跟风鼓噪但缺乏深邃高远的哲学反思和终极关怀,义正词严地批判腐朽的金钱至上、功利思想和资本逻辑,但不小心自己已经陷入传统道德的深渊。如果创作者本身不能从舒适便利的城市生活中脱离出来对城市进行反思,这种虚假的城市文学状况就不能克服;如果作家诗人们还醉心于大众文化立场和行为,不齿于那种欺世盗名的投机钻营和媚俗苟且,那种可怕的惰性和奴性早晚要扼杀掉文学的独有灵性和神圣使命。否则巴黎为什么会永久地歌咏波德莱尔的《恶之花》和左拉的《卢贡—马卡尔家族》,他们并没有对辉煌浪漫的巴黎做正面的表现,巴黎纪念的是他们作为知识分子和诗人的那种特立独行和对永久性批判精神的忠诚。他们本来可以过上富裕的中产阶级生活,但他们无一例外的选择了在城市底层"游荡",这使他们能够体验真实的城市生活并保持着与主流价值观的疏离。这种与所处社会永远不能缓解的紧张和对立状态是一个知识分子和作家所必需的,左拉甚至说:"如果你们要问我到这个世界上来干什么,作为一个艺术家,我将这样回答你们:'我是来高喊真理的'"[1]。一个作家如果没有这样的神圣使命感,很难想象在这个人潮汹涌的城市和生活逼迫下不会陷入市侩的功利哲学之中。事实上是作家和诗人绘制了一个城市的美学版图,但往往他们自己却是那个城市的弃儿和边缘人,承受着离群索居的无边落寞和孤独。正是这种对中心、主流的自觉疏离,造就了一种超越庸常的精神体验和价值立场,这恰恰是文学高于生活所必需的东西。

三、城市文学的批判精神传统

　　城市由于狭窄逼仄和拥挤扰攘的空间特征,比乡土更需要这种作家

---

　　① 《单纯而又复杂的左拉》,马克·贝尔纳:《左拉》,郭太初译,上海译文出版社,1992 年版,第 152 页。

的孤独感和疏离反省。如此看来作家以哪种生存方式参与城市美学的构造,甚至比他认为城市美学的真谛是什么更为重要,尤其在这个被经济理性和市场格式组织起来的高度同质化的城市中,形式本身就已经成为最为独特的内容,就如在地铁、公园、天桥过道抱着吉他认真演奏的歌手,过往行人看重的是他们痴迷地下音乐的精神,唱的是什么已经不重要,反正他们也不会穿着牛仔裤、抱着吉他唱美声。同样,也别指望一个整天热衷于饭局应酬、穿梭于大小会议、没有什么作品却不择手段地争取获奖的作家诗人能写出震惊世人的作品,他们与世俗妥协的生存方式本身已经构成了城市美学的对立面。

批判意识是城市美学的精魂。西方文学有着源远流长的城市批判传统,而中国的城市批判意识在古典城市时期相对缺乏:汉朝的文人们还喜欢用铺张扬厉的大赋盛赞大汉帝国的强盛繁荣和都城的雄伟壮丽;唐朝的诗人还习惯以诗歌描摹帝都之辉煌和文人交游之乐趣,文学充满了对城市权威秩序的敬畏和对现世生活的追逐热爱。这种文学与城市的表意传统到近代得到改变,异族入侵伴随着城市的畸形繁荣推动了现代城市批判意识的崛起,文学叙述焦点集中在政治腐败、权力阶层的黑幕以及殖民入侵带来的异国情调等方面,城市批判成为启蒙思想体系的一部分进入文学表现。而当代中国城市化进程的加速催生了环境问题、移民浪潮、伦理道德问题和犯罪等问题,城市批判甚至演变为城市美学中的结构性主题。这也是现代城市与乡土的最大美学差异,它似乎从一开始就与乡愁、抒情和精神家园涵义没有任何瓜葛,携带着世俗、欲望、思想、苦闷指向人对自身罪恶的全面反思,是人类文明发展到高级复杂阶段的精神化呈现,这是我们必须承认的一个前提。

与西方漫长的城市历史和文学表现相比,中国现代城市美学的文学化塑形才刚刚起步,并带着过渡时期"放脚"的特有气息。一个是城乡之间的生活形态和思想气质的过渡,那些描写农村向城市移民的农民工、洗头妹的血泪痛楚,虽然有些概念化和戏剧气息,甚至还遗留着农业社会乡土文化的痕迹,但谁又能说他们不是中国城市美学的一部分呢?这难道不是中国第三次城市浪潮袭来的真实写照吗?还有一个层面是作家对城市精神的不断解放,城市不是只有一副面孔,流动性才是城市真正魅力所在。如果说老舍的创作奠定了京味的根基——大气、谦和、精巧的"官样"特征,但它却不能成为北京城市精神描述的唯一;王小波作品蕴含的自由不羁;王朔创作中流露的大院里的痞气;刘心武小说中的市井平民气息,共同构成了这个城市多元化、多样性的文化色彩和包容性。同理,如果上海的文学只局限在殖民文化、怀旧气息或者市民的精明哲学中,天津文学自我束缚在码头文化或近代辉煌的成就里,不对城市文化进行开放式思考和诗学创造,那么文学就成为僵死的文学,城市也将在这种载体中失去生命气息。唯有创作者本人的精神解放和深刻的创造性认知,才会催生出成熟的城市美学,除此之外没有任何捷径。

第三章　新时期以来的市井小说审美嬗变

第一节　市井文学的雅化：
20 世纪 80 年代的市井风情小说分析

改革开放以后商品经济的快速发展以及市民社会逐渐富裕的现实环境，推动了市井文学在新时期再度崛起并形成创作潮流。20 世纪 80 年代年代邓友梅的《烟壶》《那五》、汪曾祺的《岁寒三友》《鉴赏家》、冯骥才的《神鞭》《三寸金莲》、林希的《寒士》《茶贤》以及陆文夫的《美食家》等作品，深入挖掘市井社会中的传统乐感文化气质，细致描绘市井细民坚韧乐观、充满艺术情趣的生活态度，表现出轻松幽默、乐观豁达的美学品格，赋予了市井文学前所未有的雅文化品位，推动了市井文学审美雅化嬗变，形成了对传统市井文学的一次疏离与超越。

一、传统文人文化与市井文化的审美关联

新时期作家在市井社会发现和追踪传统文人文化形态，使两种差异性极大的文化形态产生审美关联，确实是富有创造性的艺术想象，是市井文学能够产生陌生化效果并在新时期引起关注的重要根源。

传统文人文化是产生于封建社会士林阶层中的文化形态，中国传统文人兼具知识分子与官员的双重身份赋予了传统文人文化独特的阶级性

特征。生活层面上与物质生存无关的琴棋书画、诗文辞赋、玉石瓷器、自然风物等技艺器物深得士林中人青睐,其恋物之意不在物之实用价值,而在获得超功利性的精神享受。在社会层面上传统文人大多感时忧国,往往以儒家"修齐治平"的入世思想来要求自己的德行修养和社会担当。而市井文化与商品经济发展密切相关,决定了市井文化较强的功利性、实用性品格。市井中人在某些传统文学作品中被刻画为圆滑世故、唯利是图、薄情寡义之徒,其行为也被士林蔑称为市道。《列女传》中孟母三迁的故事、白居易的《琵琶行》《盐商妇》等作品都透露出当时社会对商人的负面认知以及文人轻商心态。市井的负面审美表现既是市井文化历史惰性使然,同时亦是封建社会专制文化长期对其抑制的结果。

新时期市井风情小说中的市井社会,无论在日常生活层面还是精神文化层次上都渗透了传统文人雅文化。那些市井细民已经不再只关心柴米油盐和商品价格,而是在生存以外的技艺精神层面保持犹如传统文人一样的雅好,对无用之用抱有独特的感受和关注。《烟壶》里没落的八旗贵族子弟乌世保,即使家破人亡、寓居简陋小店依然盘腿而坐聚精会神地画着烟壶。《岁寒三友》中的王瘦吾、陶虎臣、靳彝甫三人都不是市井中庸俗之人,如靳彝甫虽是半饥半饱,可是活得有滋有味,冬养水仙夏种莲子,秋天还要搭船去兴化参加斗蟋蟀集会。《鉴赏家》中小贩叶三的艺术品位深得画家之心,竟成了画家最信赖的"鉴赏家"。这些文本中的市井小民在人生格局和精神境界上也超越了一般只关心自我利益和自我价值实现的街衢百姓,在关键时刻表现出不计个人利益得失的人格操守和家国情怀。《烟壶》中古月轩的传人聂小轩,宁可断手也绝不为日本人烧制烟壶。《神鞭》中傻二绝不依靠祖传绝技苟且偷生,而是表现出除暴安良的侠义精神和置个人安危于不顾的民族大义。这些作品在生活细节和故事情节方面与传统市井书写也有显著不同,书画、古玩、文物、民俗等中国传统艺术和器物的展示成为作品的重要组成部分,显著提升了作品的艺术情趣、知识价值和美学价值,给读者带来丰富的知识信息和艺术享受。

二、改变传统市井书写单一性文化内涵

传统市井文学在强化平民思想文化的同时,也在某种程度上造成了市井文化结构的封闭僵化,忽略了其不断成长和自我革新要求。新时期作家敏锐意识到这种传统平民思想文化的障蔽,以文人心态和视角,选择了既贴近市井细民生活又超越市井文化视野的题材人物,表达了他们对市井文化的另一种开放性认识,即市井文化在与其他文化形态交错发展过程中有能力吸收其他异质性文化精华,从而实现对自身世俗文化格局和功利性品格的扬弃,使市井文化容量和生命力得到增强。

京派作家邓友梅发现了满族人贵族文化在历史旋涡中下沉到市井社会的存在状态,由此发掘了在封建专制文化退出历史舞台的过程中,这种贵族文化对京城市井文化的渗透和影响。除了表现没落贵族在市井生活中保持的艺术化生活方式和高雅情趣,还着重发掘贵族精神如何在市井生活中延伸赓续。作家汪曾祺则对困居篷牖、声名不出里巷的画家文人格外关注,隐匿在市井社会的雅文化是一股清流,它为市井文化向着一个高雅层次提升发挥着重要影响力。它的影响绝不限于在生活层面保留一些闲情逸致、风雅趣味作为装点,而是在精神层面上把传统文人的独立人格和高尚的道德情操渗透到市井人格塑造之中。

另外,新时期作家注意到市井社会主体的复杂性和多元性的事实,这导致市井生活方式、价值观念和审美趣味存在差异性。在以经济关系为纽带形成的基层生活空间之中,也必然存在着一部分主体具有超越功利性的生活态度、艺术化生活情趣,以及超越利益之上的情谊和精神性联系,独特的市井生活体验使新时期作家发现了市井社会复杂阶层构成中的高贵和风雅,并书写了这种高雅文化对市民社会集体性观念形成以及市井价值理性构建的积极影响。

三、矫正传统市井文学媚俗化审美倾向

市井文学源头可追溯到北宋时期在勾栏瓦市中诞生的说唱艺术,其接受对象多为市井里巷的街衢百姓,为了获得广泛的市场基础,创作者难免要迎合市民阶层的某些庸俗趣味和接受习惯,由此形成市井文学通俗化、大众化甚至媚俗化、粗鄙化审美倾向。

新时期市井风情小说是对市井审美传统的某种挑战和突破,一定程度上矫正着传统市井文学在商业化环境中形成的媚俗化、粗鄙化审美倾向,引导市井书写走向经典化、精品化创作道路。20世纪80年代理想主义的文化氛围使文学创作者一定程度上摆脱商业化考量,不再被动迎合或者迁就审美对象,真正进入提升大众审美层次的艺术世界中。作者既能投入市井生活中感同身受的表达他们的喜怒哀乐和脾气秉性,同时也能抽离出来以现代文人眼光和知识精英姿态审视着他们,既能发现世俗生活价值又能够对市井文化做出深刻反思批判的"双重文化视野",使市井文学在文化品位和美学价值方面都获得极大增强。

在艺术上作家克服了市井叙事传统中单纯追求故事猎奇性、人物塑造扁平化以及语言俚俗少个性等弊端,把故事性与审美体验相协调,人物性格特征的鲜明性与深度启示性相统一,兼顾语言的通俗性与经典化,从而使市井文学创作在艺术审美层次上获得了提升。如汪曾祺的市井小说创作,其散文化结构艺术、传统水墨意象以及洗练纯净的语言风格,都是"苦心经营的随意",暗含作者冲决传统市井文学的文体革新深意在其中。

新时期市井风情小说带有沟通传统与现代的过渡时期文学特征,也因此对其介入现实的力度有所削弱,对传统市井价值观念的冲击力度不够强烈。在20世纪80年代后期至90年代初,伴随《烦恼人生》《一地鸡毛》等一批当代写实主义市井小说的陆续登场,这种雅化的市井风情小

说创作热潮逐渐消退。不过它所奠定的文学艺术高度一直矗立在那里，成为其后市井叙事的坚实根基和重要历史起点。

第二节　双重面孔及其伦理内涵：
市井文学中的经济理性人形象分析

伴随改革开放政策实施和"发展经济"的社会主题日益突出，经济理性作为思维方式逐渐渗透到社会文化和家庭伦理各个层面，有力地冲击着传统社会风俗和人伦关系。市井风情小说即以这种价值观转型和调整为叙事视点，塑造了一大批发轫于市井草根阶层中的"经济理性人"形象，他们残留着中国传统市井文化形塑的共性人格特征，更打上了中国从计划经济向市场经济过渡时期的历史感和个性特质，是厚重的市井文化传统与鲜活的社会现实共同催生的集群性、代际性人物形象。其形象表征、文化伦理内涵以及创作者的独特审美表现方式，都在后来市井小说创作中得到延续，因而 20 世纪 80 年代市井小说中的经济理性人形象具有形象谱系原型的重要阐释意义，总结其类型特征，厘清类型凝定的主客观因素以及内在文化伦理，对我们深入理解当下市井小说创作、重建富有历史层次感的市井文学史具有重要学术意义。

一、解放与异化的双重面孔

经济理性人以富有时代感的形象特征更新了当代文学的形象谱系，之所以获得这个命名是因为这类群体把伴随商品经济发展兴起的经济理性奉为圭臬，他们言行举止以及命运遭遇都与经济理性密不可分。经济理性是经济学术语，意指追求自身利益最大化的思维逻辑。经济理性看似是人类"趋利避害"的本能选择，不过在经济学家那里它具有社会文化属性,是伴随现代社会经济发展和人类计算能力提高逐渐占主导地位的基本理性。"在前现代社会中,经济理性并不占支配地位,人们自由支配他们的生产和需求的限度,奉行'知足常乐'和'够了就行'的原则。而在经济理性主导的现代社会,生产就是为了交换,人们追求的是'越多越好'。"①追求生产无限扩张的现代生产关系辅以计算机的高超计算能力,使人类经济理性获得前所未有的增长。它逐渐突破经济学范畴扩展到社会人文各领域显出巨大威力,与前现代社会浪漫的精神追求与强烈的集体观念相比,经济理性引导着人类走向世俗功利和个性解放。经济理性人就是在这种社会转型背景下产生并进入文学书写的,法国文学中野心勃勃、擅于投机钻营的于连,把金钱当作新上帝的吝啬鬼葛朗台,中国现代文学中精明算计的葛薇龙、曹七巧、白流苏等,都是特定历史年代的经济理性人形象。而20世纪80年代市井小说中的经济理性人与以往文学史中这类人物相比,更加具备类型人物的典型性和时代特征,映射出中国由计划经济向市场经济过渡时期的社会文化内涵和历史侧影。

　　新时期经济理性人的典型形象特征包涵三个方面,首先,他们都是坚定世俗生活哲学的人,在面临人生重要选择时刻基本摒弃精神和情感因素,以现世物质生活满足和经济收益最大化作为准则,表现出世俗功利性和实用主义倾向。王安忆《流逝》中的主人公欧阳端丽,在为生存而奔波劳作的世俗生活中获得了人生就是"吃穿"的生存哲学,"吃,为了有力气劳作,劳作为了吃得更好。手段和目的就这么循环,只有循环才是无尽的,没有终点"②。把衣食生存作为终极目标,从而排斥高蹈的精神追求,这种实惠精神饱含过去十年缺吃少穿的创伤记忆,是她深刻总结这个资产阶级家庭在历史涡旋中戏剧性起伏最终得以保全的经验教训。池莉《烦恼人生》中的印家厚是被世俗生活占据的扁平型人物,在家里处理一

---

① 梁飞:《经济理性的限度及其扬弃》,《齐鲁学刊》2013年第3期。
② 王安忆:《流逝》,春风文艺出版社,2002,第51页。

地鸡毛的纷扰烦乱,到单位面临升职评奖、排除情感纠葛等巨大压力,他的生活几乎与精神、爱情和理想绝缘。其次,他们都崇尚个人奋斗精神。经济理性人都是"实干派",相信能力和胆识是实现人生理想的不二法门,所以不惜代价以各种方式挣脱家庭、体制和伦理束缚,凭借个人聪明才智和奋斗精神去创造独属于自己的精彩人生。《流逝》中的端丽和文光最后得出"人生的真谛就是自食其力"的结论,其实就是一代人放弃原来依附于家庭、阶级和集体的幻想,坚定个人奋斗精神的真实写照。《裤裆巷风流记》中的三子、阿侃、阿惠等人的创业之路,是这些青年摆脱家庭、学历和体制等各种束缚,投身市场经济大潮中寻找新出路的奋斗故事。最后,是明确的财富观念。中国自古有义利之辨,儒家正统思想向来以谈利为耻,但是新时期以后从市井小巷走出来的年轻人,都不再固守安贫乐道的古训,他们崇尚经济独立和发家致富,在辞职、下海、创业等各种"破旧立新"的闯荡中掘得人生第一桶金,体现出改革开放初期市井青年价值观由官本位向金本位的嬗变。

市井小说洞察到在中国由封闭走向开放、经济主题逐渐社会中心化的转型过程中,经济理性人身上隐含的思想解放启示和新价值观带动力,深入挖掘了经济理性在市井底层扎根的原因、带来的经济活力以及对社会整体价值观的潜在影响。欧阳端丽的观念转变折射出实惠的生存哲学产生的社会历史原因,在经历十年动荡以后,市井小民不再寄希望于政治幻想,饥饿和贫困的经验记忆也催生出对物质补偿性追求,他们在政策落实下来以后唯一能信任的就是"钱",它承载着普通市民对经济自由和生命安全的想象(《流逝》)。而那些从计划经济体制下的单位,勇敢地走向市场经济体制下广阔市场的城市草根阶层,则携带着新时期改革开放背景下自主性释放的信号。表面看他们的下海行为是基于生存选择,而实际上敢于打破思想桎梏、明确的经济目标才是他们共同人格特征。三子、明珍、阿惠等住在裤裆巷里的年轻人,或者待业在家"吃白饭",或者在收入微薄且管理体制僵化的国有工厂里工作,没钱、不自由、委屈等各种创伤性体验激发了他们出去闯荡的决心。"舍不得铁饭碗,捧不得金饭碗",这是方京生劝说三子辞职下海的一句话,意味着不摆脱长期对体制的依赖关系和惰性思想,就不可能在充满活力的市场中大展身手。经过激烈的思想斗争,三子大胆地走出工厂进入了市场经济大潮:明珍脱离工厂成为了个体户,阿惠招聘女工办起了刺绣作场,阿侃承包了针织内衣厂当了厂长。"富起来"是他们的共同目标,而在创造财富过程中表现出的勇气、自主性、能动性更加富有社会启示意义,是推动中国改革开放深入发展的重要精神支撑(《裤裆巷风流记》)。

创作者也敏锐洞察到经济理性人作为社会新兴群体表现出的异化审美特征,明确的经济意识和财富观念使经济理性人极度"爱财",甚至表现得过度"吝啬",膨胀的物欲挤压着人的精神空间,迫近的现世追求使人失去远大抱负和道义担当,人物不可避免的呈现出扭曲、扁平化、单向度的异化特征。比如《钟鼓楼》里处处精打细算、"量着天和地的尺寸办事情"的潘秀娅[1],作者写她从不对人生进行哲理性思考,不关心社会热点问题,不看电影以外的杂志,看报纸也只看其中的电影广告和漫画。自从过了二十二岁,她就被"男大当婚女大当嫁"的潜意识支配着积极行动起来找对象,与男方逛过三次公园、见过两次家长就明确表态"乐意",至于爱情为何物,她根本没有思考过。在婚礼过程中,她只关心那块闪闪发光的瑞士雷达小坤表,她是被物质占据了整个心灵从而失去了思考能力和精神追求的物质化人物典型。《裤裆巷风流记》中的潘明珍和王珊则是为金钱、利益和个人幸福可以出卖了灵魂的人。明珍本是性格爽快、办事干脆利落的小姑娘,响应改革开放的时代号召率先从工厂中辞职单干,但最后她没能经受金钱诱惑,因为从事不正当经营被公安局侦破。王珊

---

① 刘心武:《钟鼓楼》,人民文学出版社,2018,第97页。

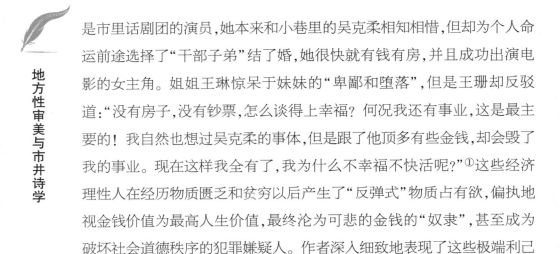

是市里话剧团的演员,她本来和小巷里的吴克柔相知相惜,但却为个人命运前途选择了"干部子弟"结了婚,她很快就有钱有房,并且成功出演电影的女主角。姐姐王琳惊呆于妹妹的"卑鄙和堕落",但是王珊却反驳道:"没有房子,没有钞票,怎么谈得上幸福? 何况我还有事业,这是最主要的! 我自然也想过吴克柔的事体,但是跟了他顶多有些金钱,却会毁了我的事业。现在这样我全有了,我为什么不幸福不快活呢?"[①]这些经济理性人在经历物质匮乏和贫穷以后产生了"反弹式"物质占有欲,偏执地视金钱价值为最高人生价值,最终沦为可悲的金钱的"奴隶",甚至成为破坏社会道德秩序的犯罪嫌疑人。作者深入细致地表现了这些极端利己主义者的心理和行为特征,对扭曲"异化"心理和行为进行了反思批判,呈现其对传统礼俗文化的巨大破坏力,对商业社会里畅行无阻的功利主义价值观进行了文学预警。

二、先锋与保守矛盾交织的创作心态

经济理性人的双重面孔反映出创作者的复杂心理结构,这集中体现为先锋与保守矛盾交织的创作心态。先锋性是指创作者对时代前沿和敏感问题的探索心态,是对时代深处市井社会心理颤动的正面积极回应。保守性是指创作者站在知识分子价值立场对经济理性的道德忧虑和审美矫正。这种既拥抱时代又充满道德遗失焦虑的矛盾情感弥漫在市井小说创作之中,深刻影响着经济理性人的形象特征和文化伦理内涵。

经济理性人作为改革开放初期新兴社会群体引起了创作者的密切关注,作者深入挖掘了它出现的社会文化根源和表现形态,对当时存有争议性的社会观念问题做出了积极审美回应。在 20 世纪 80 年代初期,人的经济意识是十分重要且存有争议性的问题,对如何处理物质财富和精神

① 范小青:《裤裆巷风流记》,人民文学出版社,2015,第 241 页。

追求的关系,个性自由是否违背社会主义教育,发家致富是否符合法律和道德等问题,仍然存在激烈的思想争论。记者杨继绳曾记录 20 世纪 70 年代末 80 年代初的一个事例:"上海有一个居民,原本是大学生,'文化大革命'中被打成反革命,后平反。他父亲是一个大资本家,落实政策后他得到了一笔遗产,因此想用这笔钱买一部载重汽车搞运输专业户,当他向市工商管理局申请登记时遇到了麻烦,工商管理局感到难以答复,他们倾向是不批准发证。"[1]可见当时社会对"有钱无罪"和"财富诉求"不能做出明确判断,无法给出肯定性答复。这种模糊性经济观念还体现在 1983 年《中国青年报》发表"为'钱'正名"的文章所引发的讨论中,"在商品生产下,钱是社会的奖章,得到钱,意味着你为社会做出了贡献,你完成了社会分工赋予你的任务,社会对你予以嘉奖;相反,得不到钱,说明你没有对社会做出贡献,你没有完成社会所赋予的任务,社会对你施以惩罚。"[2]这个观点引起轩然大波,从中央到地方各大报纸都在展开"向钱看到底对不对"的讨论,但最终因为无法形成共识而不了了之。市井小说敏锐捕捉到当时社会存在的价值冲突,从市井社会生活角度切入讲述了市井小民转变为经济理性人的过程,塑造了崇尚物质利益的个人主义者、勇于辞职单干的个体户和大胆追求财富的创业者形象,以这些改革开放初期大胆走出思想禁区的"经济理性人"形象,呼应改革开放的时代精神召唤,为时代思想破壁和精神解放提供审美画像。作者摒弃以资历、背景、特权为中心的等级化评价标准,肯定了个人能力、才干和拼搏等因素在社会生产和财富分配中的决定性意义,从文学审美角度演绎了自食其力、勤劳致富的正当性和合法性。

　　创作者的先锋姿态中常常也流露出文化保守态度,既肯定经济理性

---

① 李友梅等著:《中国社会生活的变迁》,中国大百科全书出版社,2008,第 158 页。

② 李友梅等著:《中国社会生活的变迁》,中国大百科全书出版社,2008,第 183—184 页。

人的思想解放寓意和时代价值,又担心其过度发展会造成道德遗失和社会伦理失范,因而作品中总是交织着经济选择与道德坚守之间的矛盾冲突,并且后者往往能够在博弈中占据优势。在研究者看来,经济选择遵循"利己主义原则",而道德选择遵循"利他主义原则","利己主义的行为特征在进化过程中有一种不断强化的趋势。反之利他主义的行为特征却很容易在遗传进化过程中丢失"①。因而经济选择与道德选择具有替代关系,经济理性的蔓延往往伴随道德遗失。不过市井小说并非被动接受历史"进化"论,它采取道德化审美方式来化解人文知识分子的道德遗失焦虑,以经济选择和道德选择耦合的方式来塑造"道德化"经济理性人,让作品中的市井小民、个体户、创业者在改变自身命运的过程中同时具备传统美德,表现出勇气、智慧和利他倾向,在诚实劳动、合法经营以及奋斗拼搏的条件下实现财富梦想。比如欧阳端丽虽然蜕变为一个物质化的经济理性人,然而她仍然具有打动我们的传统美德。一家人能够度过十年困难时期全靠欧阳端丽勇敢担当、坚忍不拔和大公无私的美德。丈夫文耀在关键时刻往后退;小叔文光在任何事情上都"不能坚持到底";小姑文影敏感脆弱,在困难来临之际患了精神疾病。家里家外都靠端丽顶着,她给人做保姆、织毛衣、进工场间做最简单枯燥的工作,为小叔远行打理行囊,为小姑联系医院看病,亲自跑到江西办理小姑的返城事宜。她显示出男儿般的勇气担当,又兼具女性的博爱体贴,是一位符合传统女性美德的经济理性人(《流逝》)。印家厚在家里家外都是勤劳务实的"经济理性人",家里他仿佛是日常生活流水线上的勤杂工、好丈夫、好父亲,在单位他是现代化钢板厂的操作工,不与徒弟雅丽搞"男女私情",对幼儿园老师肖晓芬的特殊感情也被他果断遏制。他各方面都符合中国传统伦理道德,淡泊处理了奖金不合理发放问题,临危受命帮助厂部工会解决外事接

---

① 叶航:《超越经济理性的人类道德》,《经济学家》2000 年第 5 期。

待难题,显示出他宽宏大度、淡泊名利、无私奉献的优秀品质;他尽管爱慕雅丽和晓芬两位女性,但是拒绝和她们发生情感纠葛,对"粗粗糙糙,泼泼辣辣,没有半点身份架子,耐受苦难的能力超级强"的老婆爱护有加,①这体现了他对感情的专一负责,符合中国传统文化对男性有情但不滥情的道德期待(《烦恼人生》)。在三子、阿惠、阿侃等年轻人身上,则既体现出个人主义和世俗功利色彩,又闪耀着人道主义和理想主义的光芒,三子的魄力胆识、阿惠的坚强独立以及阿侃的忧国忧民情怀,都在他们打拼过程中体现得淋漓尽致,他们是兼具物质与精神、功利与道德、世俗与超越的人物形象典型。反之,如果以投机取巧、徇私枉法以及践踏伦理道德等方式来达到个人目的,创作者都给他们安排了悲惨的命运结局并给予严厉的道德谴责。如明珍从事非法经营被绳之以法,王珊的行为虽然不违法但是违背伦理道德,她除了让姐姐感到震惊也将遭受全社会的道德贬抑(《裤裆巷风流记》)。作者以这种情节设置说明经济理性中"义""利"平衡仍然至关重要,爱财之心可以有,但逐利欲望猛于虎,如果处理不好它将会把人拖进巨大而空洞的旋涡。除此之外,邓友梅《烟壶》中的聂小轩、冯骥才《神鞭》中的傻二、汪曾祺《鉴赏家》中的叶三等市井细民,在特定历史背景下都表现出可贵的民族大义,展现出讲信誉、重义气的美好人格品质,以超功利性的道德情操让人肃然起敬,这种道德化市井书写是创作者以追溯历史的审美方式回应时代提出的"义利"关系话题,并以重义轻利的道德化书写做出了知识分子对此问题的回答。因而,我们看到经济理性崛起并不断在现实社会中向各个领域蔓延,但是在文学书写中却常常被道德选择所替代,想象中的经济选择往往同时伴随着道德坚守,从而以审美方式弥合了现实中两者之间存在的龃龉与裂隙。

---

① 池莉:《烦恼人生》,花城出版社,2016,第 59 页。

三、探讨人本问题的哲理内涵

对经济理性人的复杂审美表现使市井小说超越一般性社会问题探讨进入到幽深的文化哲学空间,以经济理性为支点思考人的本质和全面发展问题,为市井小说增添了哲理内涵,亦为市井文化书写打开了广阔的心理情感空间。

人本问题的哲学思考是贯穿中国文化哲学的古老命题,先秦时期儒家就提出理想人格中的义利关系问题,如孔子提出"君子喻于义,小人喻于利",以及"富与贵,是人之所欲也,不以其道得之,不处也;贫与贱,是人之所恶也,不以其道得之,不去也"(《论语·里仁》)。先秦儒家既肯定人的基本物质生存需求,更强调人的社会使命承担,在指向现世幸福生活的"仁义礼智信"等道德准则和精神价值中,蕴含着对生命本质的强烈追求。① 先秦思想家的义利观对后世中国社会和文化产生了深刻影响,即使后来商品经济逐渐发展繁荣,人的经济意识不断增强,但是"君子爱财、取之有道"的古训仍是市井民间坚守的道德底线,中国人意识深处始终为超功利的"义"保留着不可替代的位置,并以济世安邦的理想、道德价值和精神追求等各种方式表现出来。西方资本主义社会中的财富价值观,与中国文化传统中"义利兼顾"但总体上"重义轻利"的价值取向有别,西方工业社会以来的文化哲学倾向于把人的自利性看作是社会活力和推动力。近代经济学之父亚当·斯密在《国富论》的观点颇具代表性,"我们希望获得自己的饭食,并不是从屠夫、酿酒师以及面包师的恩惠,而是从他们自私的打算。我们并不是向他们奢求仁慈,而是控诉他们的自利之心,从来不向他们谈论自己的需求,仅仅是谈论对他们的好处。"②

---

① 相关观点见田探《孔子义利之辨的误说纠谬与其义利关系新说——兼论"义利兼顾说"的谬误》,《中国儒学》2020年(辑刊)。

② 亚当·斯密:《国富论》(上),天津人民出版社,2016,第11页。

经济学家穆勒在此基础上进一步论述了经济理性具有的自利、完全理性、公共福利的三大原则，"指出人是趋利避害的，人都会成本核算并在此基础上进行利弊抉择，每个人的自私自利能够促进全社会福利的增进。"① 资本主义经济和社会制度设计包涵着正确利用人的自利性以推动社会发展进步的思维逻辑。当然对经济理性的反思也同样存在，比如西美尔的《货币哲学》承认金钱（或者说货币）"只是获取价值的手段"，而非"我们行动的终极目的"②，即"金钱只是通向最终价值的桥梁，而人无法栖居在桥上"。③ 强调精神价值仍是人之为人的本质力量。

　　新时期市井小说中的经济理性书写，正是在中西复杂多元的历史文化交织碰撞中产生，它所揭示的观念冲突以及价值取向既受到中国文化传统"义利观"的深层影响，也有对西方现代资本主义经济哲学的借鉴，体现出宽广的文化视野和深厚的哲理内涵。创作者借助市井中人物命运起伏提出了人的本质问题，人到底为什么而活，是为衣食生存还是有其他更高精神追求？端丽获得了"实惠精神"领悟，但是物质富足以后并没有感受到快乐和幸福，于是她否定之前的结论，总结出人活着的真谛是"自食其力"，强调了生命本质是发挥生命力的过程而非一个实实在在的结果。在劳动过程中激发出来的勇气、力量、韧性和智慧，这些超越性精神价值恰恰成为人越过衣食生存所追求的终极目标（《流逝》）。《裤裆巷风流记》中的三子"先富"以后成为街坊邻居羡慕的对象，然而他自己却开始反思金钱与生命的内在关系，"自从跟了方京生，三子明白自己已经变了。钞票人人想要，可是各人走的赚钞票的路子不一样，他这条路子真厉

---

① 参见梁飞：《经济理性的限度及其扬弃》，《齐鲁学刊》2013 年第 3 期。
② 〔德〕西美尔著：《货币哲学》，陈戎女、耿开君、文聘元译，华夏出版社，2018，第 210 页。
③ 刘小枫：《金钱·性别·生活感觉——纪念西美尔〈货币哲学〉问世一百周年》，《开放时代》2000 年第 5 期。参见〔德〕西美尔著：《货币哲学》，陈戎女、耿开君、文聘元译，华夏出版社，2018。

害,会把一个人从头到尾改变过去。真像老人讲吃鸦片一样,吃了一回,想第二回,戒也戒不掉了。""金钱如鸦片"的比喻形象生动地表明三子对金钱的反思心态,鸦片让人获得片刻满足然而却是严重损害肌体,为了身体健康我们应该拒绝鸦片,同样对金钱和财富是否也应该保持这种警惕呢? 因而他劝说阿惠要走出来赚大钱成功以后,却没有感受到说服成功的快乐,反而是"沉默,心里一阵难过"①。端丽的人生观转变、三子对财富的深刻反思,在市井社会具有一定的精神超越性,但确确实实又是经历过命运起伏最终又站稳脚跟的街衢百姓必然获得的精神领悟,在这一点上市井小说彰显出叩问生命本质的哲理深度。汪曾祺《岁寒三友》里的靳彝甫、《鉴赏家》里的叶三等市井小商贩,都非只有简单经济理性的庸俗之辈,靳彝甫虽是半饥半饱,可是活得有滋有味,冬养水仙夏种莲子,秋天还要搭船去兴化参加斗蟋蟀集会。贩卖水果的小贩叶三艺术品位深得画家之心,竟成了画家最信赖的"鉴赏家"。这样超越市井小民社会身份的性格气质塑造,彰显出作者对生命本质的哲理性思考,它宛如一股清流缓缓注入市井人物的灵魂深处,改变着我们对市井人物必然充满商业化气息的刻板认识,也引人进一步思考丰富的精神世界对生命质量的决定性意义。

　　人本问题不仅仅牵涉个体生命感受,更关联着市井整体文化氛围以及市民生活福祉。在一个处处精打细算、人人奔波在通往现代化快车道上、了无生活趣味和闲暇的城市空间,我们是否还能感受到生命的美好和温度? 市井小说借助经济理性人的书写给出了否定性答案。陈建功的《辘轳把胡同9号》从侧面描写暗示出这个问题,当现代化经济浪潮滚滚来袭,北京四合院里那些带着传统礼俗生活烙印的市井小民却充满失落和悲戚。韩德来是四合院里让邻居们都佩服的焦点人物,每天傍晚在小

---

① 范小青:《裤裆巷风流记》,人民文学出版社,2015,第216页。

院仅剩的一锥之地,他坐下来沏上茶水就开聊,小到个人经历,大到国际问题都能滔滔不绝讲得有声有色。冯寡妇时不时来一句"敢情"表达羡慕崇拜,赫家老头老太不停点头称是,小学文化程度的王双清夫妇发出"啧啧"赞叹声,晚饭后的开聊已经成为全院老少必不可少的"第四顿饭"。① 可是世易时移,整个四合院居民聚在一起谈天说地的悠闲生活场景消失了,韩德来的饭后开聊变得"无人问津,酒冷茶凉"了。为什么呢?因为年轻人都开始忙碌起来了,"有围着二臭唱'塞扣塞扣精工牌'的,也有到冯寡妇家,听那当厂长的大山讲'商品信息反馈'的,还有的就出这9号院儿啦,去待业知青售货点儿,琢磨'薄利多销'呀,上补习班玩命、准备高考啊……人嘛,思想各有高下,可甭管怎么说,老韩头那一套不灵了,冷清了。他自己也明白,有什么法子?"②受经济理性影响的年轻人开始忙碌起来,去追求各自经济目标或者个人价值实现了,这已经成为社会发展潮流,它伴随着上一代人的文化失落和情感创伤。作品中没有听众的老韩头只好在小院里独自打着节拍唱京戏,或者到小酒馆里喝闷酒,或者到电影院买票转手卖给那些需要的人,享受被人簇拥围绕的被需要感。韩德来的落寞,象征着传统集体性、悠闲自在、自娱自乐的市井文化已然衰落,经济理性所主导的个体性、务实性、高效快节奏的现代经济生活不可阻挡的来临了。市井小说以经济理性人的暗中出场,揭示出由传统礼俗社会向现代经济社会转型过程中,完整自足的市井文化体系遭遇现代经济观念所产生的情感冲击和精神失落,它带出市民生活福祉到底是人的健全发展还是只要财富的重要问题,对这个问题的回答也深刻影响着未来对市井文化的重建和再造。

---

① 陈建功:《谈天说地》,中国社会出版社,2005,第36页。
② 陈建功:《谈天说地》,中国社会出版社,2005,第40页。

结语

借助对"经济理性人"双重面孔的审美表现,市井小说传达出改革开放时代背景下中国人对思想解放的热切追求,也展示出现代经济伦理文化在市井底层遭遇的冲击和抵御,创作者以经济与道德耦合的想象方式弥合二者在现实中的断裂,是对带有历史惰性和革命进步性的市井社会的真实反映,也是新时期市井小说在中西文化之间、理想与世俗之间、教化与娱乐之间寻求到的创造性审美表达,它对后来市井小说产生了深刻影响。在 20 世纪 90 年代以及新世纪以后的市井小说创作中,经济理性人形象一直是创作者关照的核心形象类型,解放与异化的双重面孔往往是这类人群的典型形象特征,一方面他们精明、自我、利益至上,体现了发端于商品经济的市井文化突破体制障碍和伦理束缚的革命性内涵;同时过度的经济意识使他们表现出非理性、不择手段甚至"邪恶"的性格特点,一次次触碰社会的公平正义和道德底线,破坏了传统礼俗社会的人情和谐状态。以道德化审美矫正他们人格偏差的类型塑造成规,也始终贯穿在后来市井小说创作中,体现了不同历史时期知识分子对市民文化的反思以及对未来城市文明发展方向的设想。因而 20 世纪 80 年代的经济理性人在当代市井文学形象谱系中具有原型意义,其形象表征、伦理内涵以及书写范式,既映射着特定历史时期的社会文化嬗变,也蕴含着深厚的民族文化思想资源,联系着对世界性现代经济哲学的深入思考,并事关未来对中国特色市井生活文化的重建,值得研究者对其深入挖掘整理并给予系统性学理阐释。

第三节　城市新价值观的崛起：
基于对新世纪市井小说的考察

　　市井小说继承的是话本小说的艺术传统,具有通俗性艺术品格,它起源于勾栏瓦肆娱乐性的说唱艺术,后来在文人创作的传奇、小说和通俗曲艺中市井意识得到凝聚,到明代中后期出现了类似《金瓶梅》那样成熟的传达市井价值观的小说。中国传统市井小说擅长讲述小市民的日常生计烦恼和婚恋情感的迷茫,对俗世生活和人的食色本性逐渐上升到哲学认知和审美层次,对抚养街衢百姓、汇集三教九流的市井有相当深入的揭示。新世纪市井小说继承这种市井叙事传统的同时也彰显时代感和现实品格,把中国改革开放以来城市化进程所面临的机遇和积累的问题融入到市民日常生活描写之中,在普通人下岗失业、赚钱养家、贷款买房、情感出轨、婚姻聚散的故事讲述中,映现着中国城市现代化转型引发的矛盾和阵痛,以其明确的问题意识和现实感成为文学创作中一个突出的叙事类型。

一、经济理性价值观的崛起与危害性想象

　　安居乐业是市井细民的小康生活理想,买房子和找工作也成为一段时间以来市井小说的叙事焦点。尤其"房子"作为一种特殊商品对市井社会的持续影响显而易见,它由小市民的安身立命之所进而成为城市扩张征途中空间焦虑的隐喻,恰好传递出商品经济快速发展对市民生活的空间重组和心灵冲击,从而成为新世纪市井小说的典型意象。《生活秀》《万箭穿心》《美人颈》等作品都以买卖房屋、争夺产权、拆迁纠纷等房子问题为叙事线索,这些作品中的"房屋"共同呈现出空间局促、布局混乱、

不合理想但又是居住者所必需的基本物质保障的特征。来双扬位于吉庆街的六间老宅充满了古旧的历史感和底层市井气,却是兄弟姐妹们争夺的焦点(《生活秀》);李宝莉的丈夫马学武分的单位福利房被认为有"万箭穿心"的风水禁忌,但是给他们带来兴致勃勃的生活动力,后来作为马家财产成为她和儿子矛盾爆发的导火线(《万箭穿心》);刘雅娥作为婚房的 401 单元是和别人合住的一间"拆大",小得连新婚的快乐都难以释放,但却带给两个刚刚毕业的大学生实在的满足感(《美人颈》)。这些正是大城市里市井小民经济窘迫感和生存挤压感的折射:城市规模越来越大,属于个人的居住空间却越来越小。他们没有地方可以放飞理想,一间能够遮风避雨、安身立命的房子在维护着自我存在感,为此他们几乎投入毕生的心血和智慧。尤其在当代市场经济改革背景下,"房屋"经历了由过去单位集体配给到后来可以作为商品自由买卖的演变过程,这种产权转型裹挟着小市民为这种"生活刚需"奋斗、拼搏、算计、争夺的创伤性记忆,因而"房子"具有一种矛盾聚集性功能,是特定历史阶段夫妻反目、亲人离散、社会权力博弈的矛盾根源。这折射出中国当代城市在由计划经济向市场经济体制转型的过渡时期,市民个人物权意识的复苏觉醒、经济理性价值观的形成以及遭遇各种抵抗的过程。因而市井小说表面看是为安居而奋斗挣扎的故事,实质是市井社会以经济理性为核心的功利主义价值观崛起,与传统以自然经济和商品经济为基础的礼俗社会发生碰撞冲突的历史呈现。

经济理性是西方经济学中的重要概念,是指经济活动中人的理性行为,"是指通过利用市场交换机会,以科技理性为手段,以缜密的经济计算为工具,以期获得最大限度的利润……"①中国自古以来以农业立国,重农抑商、以言利为耻的文化传统致使经济理性欠发达。孔子的那句

---

① 郭蓉、王平:《实践理性语境下的经济理性分析》,《经济学家》2007 年第 3 期。

"不义而富且贵,于我如浮云"最能代表封建士大夫和知识分子的精神追求,这种"义利对抗"思维把个人对自我和财富的追求挤压到了一个最狭小的空间。在学者许建平的考察中,直到明代后期伴随城镇商品经济的发展和货币观念的转换,才催生了经济理性思想的萌芽并体现在文学创作中,发生了中国文学由"以德礼为中心、以稳定平和为特质的农耕文学",向"以财色表现为中心、以寻新求变为特质的商业文学"的重要转型。① 其后这种思想脉络伴随着中国城市商品经济的缓慢发展蜿蜒前行,甚至在共和国计划经济体制下几乎难觅踪影,十七年文学中正面回应这种价值观的几近绝迹。直到 20 世纪八九十年代中国推行市场经济体制改革它才逐渐趋于明晰,并渗透到市民社会内化为一种新的价值观念和行为准则。

市井小说中活跃的那些精于算计、为一套房子四处奔忙、为积累财富使出浑身解数的"经济人"体现了这种新的趋利型价值观。《生活秀》中的来双扬是吉庆街上最精明能干的女老板,自从她老实的父亲以再婚方式逃离这个家之后,来双扬就靠着摆小摊卖油炸干这种小生意勇敢地撑起了门户,在风风雨雨中锻炼了强健的生命力。她独特的女性魅力吸引了社会经验丰富、事业成功的男人卓雄洲,但是她还是果断解决了他们之间的暧昧关系。因为在她看来卓雄洲对她存在一种幻觉,一直把她想象成一个秀外慧中、品位高雅又善解人意的理想女性形象,"这个女人是来双扬吗? 不是! 来双扬太知道自己了。来双扬要是那样一个女人,她就不是卖鸭颈的命了"②。在市井中长大的来双扬是世俗的、崇尚个人奋斗的,并把金钱看得比一切都重要,这种明确的自我认知使她确信他们没有夫妻缘分。个人奋斗意识和经济观念才是她的生命线,她精心规划的都

---

① 许建平:《货币观念的变异与农耕文学的转型——以明代后期的市井小说为论述中心》,《中国社会科学》2007 年第 2 期。

② 池莉:《生活秀》,江苏文艺出版社,2006,第 71 页。

是生计问题而不是情感需求和社会正义:她想办法给妹妹定期交兽医站寄来的劳务费催款单而不愿去听她那些社会正义的宏论;她给戒毒所的弟弟筹划将来的生活来源,为此可以牺牲弟弟和九妹的浪漫情感;她觉得要担当这个家长角色就必须从邻居手里夺回祖上的房产并登记到自己名下。来双扬在处理个人情感生活和争夺祖产中表现出的算计、精明、狠心、本位利益至上等性格特质,构成对传统理想女性形象的冲击,也是对传统家庭和谐至上、财富共享观念的瓦解与颠覆,典型地诠释了市井中经济理性的生存哲学和伦理观念。

　　新世纪市井小说对这种以经济理性为核心的价值观书写态度十分复杂,一方面把它看作是市井民间对抗传统束缚的活力因素,认为它源于市井接地气的生活、符合人的自然天性,是底层社会自发的健康生存哲学体现,洋溢着勃勃生机和自然强劲之美。但另一方面对这种资本意识形态充满忧虑和无奈,中国市场经济启动时的投机性以及与权力结合的特点,造成了经济理性中杂糅着非理性成分和向权力靠拢的特征,一次次触碰着社会的公正、秩序、文明的底线,搅扰着传统礼俗社会的和谐状态。市井民间那种自由自在的天性在逐利欲望驱使下到底会走向哪里,创作者对此充满忧虑。

　　这种忧虑刺激了市井小说的想象力并推动市井叙事走出居室客厅、窄街小巷,进入了房地产、官场、娱乐服务产业、公司、企业、小作坊、临时工地等更加广阔的社会空间,把利益聚集之处的潜规则和交易内幕演绎的触目惊心。《美人颈》中的李榴,大学毕业时正赶上中国房地产行业在摸索中攫取暴利的时期,她没有像其他同学那样成为一个"拿着保底的薪水,每到月底发绩效工资"的售楼员①,而是凭着专业判断和冒险精神进入了"摸索型"地产商天意集团,她要在这片"未开发的处女地"一展身

---

　　① 宋安娜:《美人颈》,见杨晓升主编:《从未如此爱过》,中国人民公安大学出版社2009,第43页。

手,超越父母一辈子辛苦攒钱来买房的梦想。地产商黄大壮要把楼盘周围公交线路的获批作为商品房的卖点,他知道副市长姜山杰有这个权力且知道他年轻时期就有陷落在"美人颈"中的梦想,而李榴恰好像她妈妈一样"领如蝤蛴",天生的美人坯子,因此李榴成为黄大壮捕获姜山杰的棋子。一场高尔夫"表演"结束后,他们得到了各自的物质和情感需求:姜山杰如意地陷落在"美人颈"中;黄大壮希望的公交线路获批;李榴得到黄大壮奖励给她的位于市中心两居室的房子,那是她父母一辈子的梦想。在李榴、黄大壮等人身上我们看到的是理性经济人非理性的一面,他们的目标合乎价值理性,但实现目标的手段往往是非理性、投机性的;他们的务实进取、个人奋斗充满了励志色彩,但也暗合大众对市场经济初创期"官商勾结"、权钱交易的种种黑幕想象。这种想象是基于中国经济转型的特殊历史情境,经济改革初期政府进行宏观指导的发展特征使得权力在市场经济中发挥着重要作用,从而出现打乱了现代市场经济发展的自然规律和时序的一些问题,投机、贪腐、交易、道德沦落等社会问题也就自然进入市井小说表现领域,物欲与权力结合、"性"成为生存手段等负面想象传递出社会对这种新城市价值观的焦虑、恐惧和抵触情绪。

二、对市井社会的道德净化与书写局限

市井小说中代表新型价值观的人物几乎都是矛盾性、有争议的人物,一方面他们世俗、自我、本位利益至上,甚至为实现个人利益无所顾忌其他,追求以自由和快乐为美的生活情趣,体现了经济理性的人格特征。另一方面他们同时也表现出对家庭的责任和担当,尤其在义利对立冲突时刻他们的取舍显示出东方传统道德取向,即"君子爱财,取之有道"。"爱财"是商品经济社会发展驱动的一个普遍现象,而"取之有道"是充满个人选择性的行为,在大多数小说文本中,"道"是糅合了中国传统小农意识和民间健康的道德良知的带有东方市民社会色彩的道德伦理,这种处

写作方式显示出作者以道德人格完善来净化市井社会的努力。《生活秀》中的来双扬为争夺祖屋产权用尽心机,在个人利益面前的毫不相让似乎印证了她是一个不折不扣的理性经济人。但是她做这一切又是为了维护这个家庭的兴旺完整,正因为这种维护家庭完整的美好初衷,她的那些看起来充满小市民庸俗手段的生存和斗争方式都是可以理解的,这是一个难以用单一价值观念来评价的复杂人物形象。在《万箭穿心》中,市井环境下长大的漂亮女子李宝莉怀着对文化人的迷信嫁给了马学武,紧接着儿子出生,丈夫做了厂办主任又分得单位福利房,就在她的市民生活理想看起来踏实稳定的时刻发现丈夫出轨,她一怒之下暗地里报警把丈夫捉奸在床。之后马学武的人生一蹶不振,他自己扛不住压力跳河自杀,也给李宝莉留下终生遗恨,至此我们看到了一个想维持小市民丰衣足食的生活理想而不得的家庭破碎的故事。李宝莉对个人利益的非理性追求、对幸福婚姻的理解都有一定的思想偏差,但是小说的后半部分则是她以女性瘦弱的双肩承担起全部生活重担从而完成自我道德救赎、人性升华的过程,为生计奔波的她忽略个人的婚姻幸福,主动承担了赡养公婆、抚育幼子的家庭重任,为了能承担一家老小的开支,她做起了和男人一样的苦力"扁担",为筹集孩子上大学学费宁肯去卖血也不愿意向公婆借钱。从作品整体来看,李宝莉的人格转变充满市民社会庸俗功利主义价值观向传统道德伦理回归的文学隐喻。

新世纪市井小说对市井的道德净化包含了创作者对社会转型期市民生存状态的思考以及对未来城市文明发展的设想,暗含着对过去的反思和对未来的建构,有其积极意义。在这方面部分小说还存在着不尽如人意之处。首先,部分作品对商业社会物欲泛滥引起的道德滑坡充满文化反思和批判,但是企图以带有农耕文化色彩的理想道德人格来矫正商业社会的物欲症又陷入了另一种保守回归和不切实际。针对中国当代城市化进程出现的种种社会症状市井小说做出了自己的"诊断",但它开出的

"药方"似乎并不能解决根本问题。一个包含着历史、文化和社会制度在内的积弊需要一个整体社会制度和文化工程的渐进式推动,企图以人的单纯道德维度的改变一蹴而就显得有些虚幻。并且文本对市井道德的理解也过于偏狭,把道德简单化为传统家庭道德而忽视了社会公德致使人物扁平化,传统市井小民的形象没有发生真正变化。比如《生活秀》中来双扬和妹妹来双媛的矛盾隐含着市井俗世乐趣与社会精英文化的对抗含义,这本来是极有文化隐喻意义的,但是很可惜作者把市井价值观简单化并把妹妹贬抑为一个不切实际、刻板严肃的"女鲁迅"形象,尤其对姐姐暗暗帮她在筹划生计前途而她却不知生活艰辛、不断警告姐姐触犯了社会公共道德充满讽刺。问题是无论是利他还是利己都不能逾越社会公共道德底线,来双扬为妹妹所做的务实打算不能成为她不顾忌社会公德的理由,由于作者价值判断的偏狭致使这一组人物的矛盾对立并没有揭示出其应有的社会内涵和深意,相反还落入了人物塑造的俗套。市井小说在人物塑造上缺乏改变和立体感,其根本问题还是作者注重传统文化向市井的延伸,但忽视了市井向现代城市文化过渡的可能,所以一旦发生问题只好反观传统并求助于美德出现。

其次,在市井价值观方面这部分作品还存在思考惯性和惰性,作品还是过多停留在关注市井小民的物欲需求与礼俗社会的文化碰撞,惯性的表现他们在商品经济社会所锤炼的经济理性人格和传统文化尊崇的朴实善良等美德,但是总体来讲缺乏对市井人格和市井文化魅力的创造性发现和积极建构性思考。根深蒂固的"市井小民"概念还是存在于作品中,影响了人物的人生格局和思想境界的开拓。《生活秀》中来双扬对自己身处市井过着黑白颠倒的生活是这样反思的:"来双扬没有认为吉庆街好,也没有认为小市民的生活好。来双扬没有理论,她是凭着直觉找道理的。她的道理告诉她,生活这种东西不是你首先辨别好坏,然后再去选择的。如果能这么简单的进行选择,谁不想选择一种最好的生活。谁不想最富有,最高雅,最自由,最舒适,等等,等等。人是身不由己的,一出生就像种子落到了一片土壤,这片土壤有污泥有脏水,还是有花丛,有蜜罐,谁都不可能事先知道,只得撞上什么就是什么。"①她对出身市井底层的身份有一种屈从命运的无奈,并把市井与"高雅""自由""舒适"对立起来,也是基于对市井偏颇的理解,市井虽然处在城市底层,但并不能成为庸俗生活方式和思想行动盲目性借口,中国历史上市井文化中的等价交换观念、公平竞争意识曾经显示出冲击封建专制统治的革命性力量,肯定私欲、追求自我价值实现的蕴含也具有启蒙意味和个性解放色彩。在当代它应该是"民间健康的良知和市民的群体意识在今天的文化呈现",②它本身具有一种吐故纳新和自我换血的文化更新能力。在西方思想家葛兰西、哈贝马斯等人看来现代市民社会应该是多元的、具有文化再生产能力的一个"文化共同体",它不是以血缘、地缘、宗教感情、道德观念为基础,而是以商品契约为纽带的联合体,相应的在价值观层面有整套的经济自由、政治民主、文化多元等方面的现代思想要求,是推动社会进步的基础动力。③ 这些源自东西方的丰厚市井文化资源都应该成为小说创作的文化基底,但很显然作品对此缺乏足够认识,而把庸俗生活哲学、拜金意识、自私本性等与市井建立了内在联系,并以简单的传统道德净化方式来完善它,这难以建构起正面的市井价值观,很多作品成为资本意识形态控制下琐碎的日常生活展览和人与人之间钩心斗角的演绎。

三、市井史诗书写推动创作发生新变

新世纪初十年市井小说创作对经济理性为核心的功利主义价值观崛起表现出明显的道德焦虑,创作中也流露出知识分子价值立场上的忧愤

---

① 池莉:《生活秀》,江苏文艺出版社,2006,第 14 页。
② 张学军:《新时期市井小说的美学品格》,《齐鲁学刊》1997 年第 1 期。
③ 肖岁寒:《"市民社会"的历史考察》,《天津社会科学》1999 年第 3 期。

和急躁。但接下来从 2010 年以后的十年,市井小说创作则进入一个纡徐平缓阶段,创作视野更加阔达,思考也更趋理性和深沉,张楚的《七根孔雀羽毛》、荆永鸣的《北京邻居》、姚鄂梅的《你们》、邱华栋的《墨脱》、任晓雯的《药水弄往事》等作品,以关注当下市井变化保持着独特的艺术魅力。在这种平静扎实的市井小说创作中,一个突出的亮点是市井史诗风格的创作倾向,这主要以金宇澄的《繁花》和叶广芩的《状元媒》为代表,它们的共同特点是通过一个长时段的市井生活讲述,营造出琐屑平淡的市民生活内在动荡起伏的历史感,映现出一个城市特定时期的社会风貌和市井人生图景。从纵深方面讲,作者又能够拨开人物表层形而下世俗生活的物欲追求,洞见小市民灵魂深处的伤痛与性情中的至真至纯,这种时间上的大跨度、全景式写法与面向市井灵魂纵深的艺术追求相结合,带给市井小说史诗般的艺术效果,与世纪初市井"小叙事"手法、关注商业社会物欲喧嚣带来的思想冲击表现出差异性特质。

金宇澄的《繁花》围绕三位主人公沪生、阿宝、小毛的人生轨迹写他们的日常生活琐事,甚至就是一次次没有明确目的的对话闲聊和毫无主题的饭局以及郊游,但是作者却以这些片段化、日常化、游戏化的生活细节呈现了从 20 世纪中后期的市井风情和社会生活变迁,20 世纪 60 年代的文化风暴和 20 世纪 90 年代市场经济掀起的经济浪潮对市井生活的实际影响历历可见。三个热爱电影和集邮的青涩少年步入沧桑中年的成长经历,既是普遍的个人都要经历的恋爱、交友、婚姻、家庭、生老病死的成长过程,更是中国特殊的文化制度、经济变革在个体上的投射。作者采用一种原生态的声色描绘,"不说教,没主张;不美化也不补救人物形象,不提升'有意义'的内涵;位置放得很低,常常等于记录,讲口水故事、口水人……"①,但是作品内在却有一种大历史视野和完整的知识结构做支

---

① 金宇澄、张英:《不说教,没主张,讲完张三讲李四》,《美文》2013 年第 8 期。

撑,20世纪五六十年代工人阶级、资本家后代、革命家庭的翻云覆雨的遭遇带有阶层典型性,再现了当时上海市民各个阶层在特殊时期的生存场景。20世纪90年代以后上海的书写虽只聚焦各种茶室、餐馆、KTV(提供视唱空间的场所)包房等带有私密性的公共空间,但作者却以这种看似散乱的生活碎片拼接成巨幅的上海世俗生活图画,呈现出该时段文明飞速发展、资本快速流通的现代盛世,市民阶层光怪陆离和浮华暧昧的生活侧面。在这两段特殊的时间史中深藏着作者对人生的悖谬感悟,在命运无可把握、物资相对匮乏的年代并不缺乏真挚的友谊、纯洁的恋情和市井底层的温情互助,但是衣食富足的现代盛世人与人之间却没有了真情实感,在满足各种欲望之后体验到的是繁花落尽的空虚与幻灭。梅瑞事业风光无限之后落得一无所有,李李在种种奇幻经历之后落发为尼,小毛经历种种男女之事孑然一身离世,都暗示出时穷节现、繁华为空的人生体悟。没有长时段的市民生活的铺排对照和人物命运的起落,是很难传达出这种幽微深远的市井人生哲学的。

叶广芩的《状元媒》同样是一部具有史诗性质的市井长篇小说,作者以一个北京贵族之家在近百年的风云变幻中沉入市井底层的衰落过程,尽现了革命、战争、运动对城市阶级结构的改变以及对市民日常生活的冲击,但是那份身处市井也保持着高贵的精神追求、挣扎在困境中依然不忘做人尊严和操守的精神境界,在时代的风吹雨打中越显坚韧巍峨,作者以此对照现代都市生活喧嚣和人心浮躁的现实,在对历史和家族的追溯中建构起市井价值维度和市井情怀。"我"母亲盘儿是北京朝阳门外南营房靠做补活为生的丫头,阴差阳错的被状元刘春霖保媒许配给袭有镇国将军称号、满腹经纶的父亲,本以为是一段才子配佳人、风光无限的美满婚姻,成亲之日盘儿才知道丈夫比她大十八岁,且后院还住着一位如夫人,为"正名"盘儿新婚之夜与新郎大打出手,回娘家带上弟弟跑到天津找状元讨说法,宁肯让弟弟放弃因为她的婚姻得到的警察职位,宁肯退回丰厚的彩礼重新过那种穷门小户的苦日子,也不要嫁入豪门去做小。那种底层小人物的麻利泼辣、敢做敢当跃然纸上,不为富贵所淫的名节观念让人动容,相比之下现代社会的博美则是一个毫无气节可言的精致利己主义者,凭借年轻貌美嫁给了一个大她二十八岁有家室的商人,过着奢侈无忧的生活,"要是旧社会,强取豪夺,仗势欺人,强迫她去当小老婆,也情有可原。可她呢,是自己愿意的,没谁强迫她"①。在作为对比描写的两个故事中作者的价值倾向立现,对母亲、莫姜、张安达等人表现出的市井底层的高贵尊严和人格操守满怀崇敬,对被物欲包围、陷在消费陷阱中不能自立自强的现代寄生者充满忧虑和批判。

　　以往我们对市井小说的理解存在一定的刻板印象,往往把它和柴米油盐的关心、一地鸡毛的苦恼、小市民的琐碎欲望联系在一起,在作品中常见的是那种对生活细节不厌其烦的描写,或是难以超越作品中人物的贫血的幸福观,但难见对世道人心的发现以及对城市人灵魂的深入揭示。但实际市井中也蕴藏着灵魂的挣扎和高洁的精神追求,市井也有自己独特的情感方式和精神发展脉络,它应该进入市井小说的表现视野并成为构建俗世价值体系的内核。《繁花》和《状元媒》等市井史诗风格的作品突显出市井生活的层次感和时间意识,以俗世生活的波动和人物命运的挣扎触及重大现实问题的思考,并且力图剥开世俗生活表层的名利喧嚣和物欲扰攘,进入更为幽微细腻的情感形态和人生哲学层面。它昭示出真正好的市井文学创作要"从俗世中来,到灵魂里去",市井文学既要有精细的俗世经验描写,又要能开拓深广的灵魂空间,"小说必须有结实的物质外壳和对生活世界的描绘,同时也必须是精神的容器,能够装下那个时代的人心里所想、所期待和盼望的"②。

----

① 叶广芩:《状元媒》,北京:十月文艺出版社,2015,第107页。
② 谢有顺:《小说写作的基本伦理》,中国小说学会主编:《2010中国中篇小说年选》,广州:花城出版社,2011年版,第5页。

另外,市井史诗书写摆脱了新世纪初期很多市井小说对经济理性价值观崛起的过度焦虑倾向,超越了以单一的道德标准来评价和净化市井的狭隘视野。作者以多元价值观维度写出从历史到当下市井的发展变化和复杂性,目的是在一个宏大的参照系中建构一个理性形态的俗世价值体系和市井生存哲学。它不是传统小农社会自给自足的桃花源式的市井,也不是一个充满西方现代工业文明色彩的未来理想国,它是一个包含着社会和人生复杂性、夹杂着作者对众生悲悯情怀的、丰富多元而无限敞开的世界。无论是叶广芩措绘的老北京胡同里那个走向衰落的大家族隐藏着的荒唐没落气息,还是金宇澄描绘大上海的都市浮华和情感游戏状态,它们都带有民间藏污纳垢、鱼龙混杂的特点,但是正与邪、善与恶、真与伪就是在这种泥沙俱下、摩擦碰撞中分出高下。也就是说作者混杂的描写中并非失去道德理性,而是去除了简单的道德判断尺度,复原生活本身的丰富性。这正如“道德在土中,滋养花果——艺术品是土面上的花果。道德力量越隐越好。一点点透出来”①。好的作品应该去发现市井的丰富性和无限可能性,而不是简单的以道德戒尺压抑可能的生机和活力,或者正好相反,对丑恶的东西熟视无睹。

新世纪市井小说发展现状昭示出,真正有生活韵味的市井创作有赖于创作者稳定性、前瞻性的文化认知和市井价值观的建构,诚如亚里士多德所言:“诗人的职责不在于描述已经发生的事,而在于描述可能发生的事。”②在一个农本社会改变偏见去做市井价值观维度的建构并非易事,因为在很长一段时间市井是对商人的“专有名词”,市井小人、市井无赖、市井之徒等等,均比喻卑微、粗俗、下贱、不登大雅之堂的人,为达官贵人、文人雅士所不齿。如何去芜存菁,从本土文化中发掘市井文化的活力和伟力,并把伴随现代市场经济崛起出现的现代市民文化因素融汇进来,搭

---

① 木心:《1989—1994 文学回忆录(下)》,广西师范大学出版社,2013,第 556 页。
② 〔古希腊〕亚里士多德:《诗学》,商务印书馆,2009,第 81 页。

建既有本土特色又彰显现代城市内涵、体现出稳定性和超越性的市井文化价值体系,乃是市井文学创作的活力之源。池莉曾说:"俗这个字在中国文字当中本意不俗,意思是人有谷子,有了人有了粮食岂不是一个美好世界……是谁在支撑中华民族?是最广大的人民,是真实的市民,是我们九死不悔、不屈不挠的父母兄弟。正是他们在恶劣的环境里顽强地坚持了对于生活的热情才有了今天的我们!"①叶广芩也曾说:"回归市井,回归人间烟火,是我无法逃离的宿命""走南闯北,我不能忘记我的胡同……从胡同我看到了这座城市内里的厚重和达观。"②市井在很多中国作家的精神世界中具有原乡意味,承载着创作者最初的人生记忆和价值情怀,其中有他们无法割舍的一种精神联系,市井的魅力和价值还有待后来创作者的不断开掘、发现和表达,成熟的市井文学必然是充满人间烟火气息且能给人无限遐想和启迪的审美综合体。

---

① 程永新、池莉:《访谈录》,见池莉《怀念声名狼藉的日子》,云南人民出版社,2001,第267页。

② 叶广芩:《去年天气旧亭台》,北京:十月文艺出版社,2016,第399—402页。

第四章　津味小说与城市文化

第一节　津味小说的城市塑造

　　天津在中国近代城市发展史上有着先锋和前沿地位,作为与帝都毗邻的沿海港口城市,它有接近政治权力和海外洋人的双重便利,遂成为被不同势力集团分割并合力塑造的一个"集合型"大都市。第二次鸦片战争结束后签订的《北京条约》把天津列为通商口岸,在随后的九十年中天津由一个帝都卫城完成了向现代工业化城市的惊人蜕变。人口从 1860 年的六万稳步上升为 1947 年的一百七十余万。"到 1927 年是中国第五大城市,到 1935 年跃升为第三大城市,1947 年则变为第二大城市。"①天津的惊人蜕变为津派小说创作提供了广阔的想象空间,当代天津本土作家冯骥才、林希、肖克凡等结合了近畿重地、九河下梢的独特城市地理,以近代天津在帝制、军阀、殖民共治下快速步入工业化的历史为背景,书写了一幅幅细腻生动又充满传奇色彩的津门市井生活画卷,其中俗世奇人、天津小爷、天津闲人、天津卫的"金枝玉叶"等,已经打上深刻的地域文化烙印进入当代文学人物长廊中,在演绎世俗人性的同时也在讲述一个城市的文化积淀和前世今生。表面看津派市井小说是在讲述市井小民琐碎

---

　　① 贺萧:《近代天津城市的塑形》,天津社会科学院、天津市社会科学界联合会主办:《城市史研究:第 28 辑》,天津社会科学院出版社,2012,第 226 页。

的日常生活和谋生之艰难,实际则蕴含了中国近代北方工业文明在夹缝中孕育成长的社会与文化生态,塑造了近代史上天津多面性的都市形象。

一、"大天津"的城市样貌

　　津味市井小说写的都是市井闾巷小角色的人生故事,但背景却是当时在中国历史舞台上占举足轻重地位的先进工商业都市和推行各种"洋务"举措的北方中心。充分展示天津近代的历史文化、对城市进行整体地理构图和细节还原成为津味小说的一个重要题旨,那些名不见经传的小人物某种程度上讲是为大都市轮廓进行穿针引线的道具。而天津之"大"是集合了外在物理空间到内在文化气象格局体现出来的整体形象,它首先表现为作家对表层城市公共空间的展示和描摹。作者突破"市井"专写窄街小巷、大门口、菜市场的狭窄空间限制,进入更为开阔的城市公共空间,勾勒了当时天津的车站、广场、街道、码头、戏院、饭店等城市公共空间。作者同时刻画出既有九国租界地的华丽建筑和设施,也有城市边缘大片低矮破旧的平房连接起来的贫民区的空间交错,渲染出它时髦、精致、整齐的洋气与素朴、拥挤、嘈杂的土气共存的文化特征,从而以物理空间折射出天津在风云突变的千古变局中走在时代前沿的城市样貌。

　　近代城市发展史中,天津之大并不在于其城市面积,而在于其地理位置特殊,它是距离帝都最近的开放城市从而成为清王朝对外交涉的中心,"是中国汲取近代文明最理想的窗口,也是近代文明进入中国最便捷的跳板,所以很快便造就了天津引领中国近代文明的特殊地位"①。津味小说在展示大天津时重在表现它经济发展方面领先一般城市的"洋化特征",从而为小人物的故事铺垫了现代化的都市背景。《相士无非子》第

---

　　① 肖怀远:《百年中国看天津》,载罗澍伟编著《引领近代文明:百年中国看天津》,天津人民出版社,2005,第 2 页。

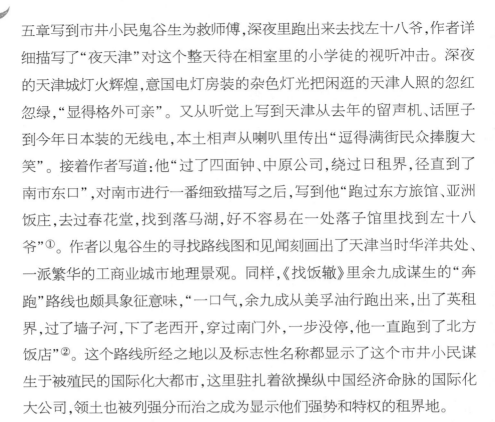

五章写到市井小民鬼谷生为救师傅,深夜里跑出来去找左十八爷,作者详细描写了"夜天津"对这个整天待在相室里的小学徒的视听冲击。深夜的天津城灯火辉煌,意国电灯房装的杂色灯光把闲逛的天津人照的忽红忽绿,"显得格外可亲"。又从听觉上写到天津从去年的留声机、话匣子到今年日本装的无线电,本土相声从喇叭里传出"逗得满街民众捧腹大笑"。接着作者写道:他"过了四面钟、中原公司,绕过日租界,径直到了南市东口",对南市进行一番细致描写之后,写到他"跑过东方旅馆、亚洲饭庄,去过春花堂,找到落马湖,好不容易在一处落子馆里找到左十八爷"①。作者以鬼谷生的寻找路线图和见闻刻画出了天津当时华洋共处、一派繁华的工商业城市地理景观。同样,《找饭辙》里余九成谋生的"奔跑"路线也颇具象征意味,"一口气,余九成从美孚油行跑出来,出了英租界,过了墙子河,下了老西开,穿过南门外,一步没停,他一直跑到了北方饭店"②。这个路线所经之地以及标志性名称都显示了这个市井小民谋生于被殖民的国际化大都市,这里驻扎着欲操纵中国经济命脉的国际化大公司,领土也被列强分而治之成为显示他们强势和特权的租界地。

市井小说要写天津之大并不是做到无所不包和穷尽所有,而是采取集中和典型的手法,找到一个合适的空间对象以小见大的折射出旧天津的整体状态。就像上海有个城隍庙,北京有个大栅栏,天津有个典型的市井空间叫"南市大街",林希的《相士无非子》《丑末寅初》,肖克凡的《天津俗人》等作品都对此做了浓墨重彩的描摹。它处于天津老城区最南端,在日租界不管、法租界不管、中国政府也不管的"三不管"的夹缝中这里成了常年不散的大集市,平民在此谋生的苦乐和恶霸横行的黑暗集聚于此,形成了这里畸形的繁荣开放。它体现了当时天津在西方殖民地、衰落的帝国与本土豪强势力共同挤压下出现的畸形地形图与商业发展形

---

① 林希:《相士无非子》,百花文艺出版社,2013,第34—35页。
② 《找饭辙》,载林希《"小的儿"》,新华出版社,2010,第427页。

态。作家林希这样理解,"'三不管'是天津这片沃土上的一个怪胎,它是病态天津的集中表现,正如每一个城市都有她藏污纳垢的地方一样,'三不管'也是旧天津的一个缩影。"①《丑末寅初》中作者详细描述了它繁荣的景象,它"人山人海""热闹非凡",集中了誉满全国的一些老字号,"正儿八经的大字号,皮货庄、绸缎庄、鞋帽店、金银首饰、洋广杂货,全都是货真价实童叟无欺,所以天津南市的许多家老字号早已是誉满全国。外地人来天津,专门到南市去买老牌子产品,保你上不了当"②。为什么南市这么繁华,因为天津人喜欢往南市跑。"天津卫人有钱了都要跑到南市来花,天津卫人没钱的都要跑到南市来挣;天津卫人不走运时都要来南市碰碰运气,天津卫人交上好运都要来南市欺侮欺侮人。"③南市在作家笔下是被资本、地方帮派、青皮混混共治的藏污纳垢之所,小人物在此生存都有让人啼笑皆非、不忍直视的酸楚,这与整个城市、国家的前途命运几乎具有文化同构性。南市是大天津的一个集中点,它表面繁华,背后隐藏着黑暗屈辱,它象征着天津的先进发达,更浸透着被殖民的血泪屈辱,小市民就是在这夹缝中求得养家糊口之资,这也暗喻当时摇摇欲坠的封建统治在列强虎视眈眈中苟且求生的政治命运。津味市井小说的厚度就体现在它能穿透空间距离和社会乱象,挖掘出一个城市的历史文化本质和规律,从而充分发挥文学作品空间地理性描述的历史文化隐喻功能。

二、暴露美学视野中旧天津文化状态

津味市井小说在社会暴露美学视野下还重点塑造旧天津社会状态的"杂"与"深","杂"是指多股政治势力、多个利益集团和多国分割管理造

---

① 《天津曾经有个"三不管"——不了解老"三不管"就不了解天津人》,载林希《其实你不懂天津人:草根天津图说》,天津人民出版社,2007,第103页。

② 《丑末寅初》,载林希《相土无非子》,百花文艺出版社,2013,第62页。

③ 《丑末寅初》,载林希《相土无非子》,百花文艺出版社,2013,第63页。

成的区隔和交集,形成了复杂交错、动荡无序的整体社会状态;"深"是指他们在背后进行的各种权钱交易、利益分赃和舆论控制,难以被一般市民所看透和知晓。普通的市井小民只能在这深水的浅表如浮萍一样荡来荡去,而能搅动这深水摆布他们命运的往往是那些列强、军阀、财团以及他们之间犬牙交错的利益关系。津味市井小说以小市民眼中的怪现象一层层揭开了繁华大都市背后的黑暗腐朽和肮脏交易,大都市与小市民、豪强与卑微、喜剧色彩与暴露风格都形成了作品鲜明的对比和映衬,从而使叙述两端的特征都得到了强化。比如《相士无非子》以一个相士无非子的成长和占卜经历影射了大天津的鱼龙混杂之状。无非子每天读书看报,研究天下大势,再加之能察言观色、聪明伶俐,成为震动津城的一代名相士。趁着军阀混战天下大乱,相士无非子也有点发国难财的意味,他只占卜军阀政客的前途命运,譬如袁世凯登极、张勋复辟、黎元洪做大总统、孙传芳任五省联军司令、张作霖进关等。无非子相室有几位贵客就是他预言现实、占卜吉凶的保障:殷实富有的前朝遗老德王爷、清高的社会贤达布翰林、青皮混混左十八爷、神通广大的《庸言》报主笔刘洞门,有了这几位好友,没有得不到的消息、没有办不成的事。但是他也有看走眼的时候,他把吃了败仗来找他占卜的军长当成了得胜的军长,送给他一个"进"字,之后为了保全性命他必须让自己的预测变成现实,在被挟持中调动各方面的力量扭转乾坤,使败军重新积蓄力量夺回了失地。在这个过程中他没有一兵一卒,完全是借助当时各方力量的相互掣肘帮助一个吃了败仗的军长夺回失地,作者不是要证明无非子运筹帷幄的智慧,而恰恰是想说明他没有能力保护自己,不得不借助豪强之间错综复杂的关系苟且偷生,以此衬托当时天津的"乱"。天津作为政客下野避难或蓄势待发的理想之地成为整个社会权力、欲望、财富进行交易的地方,也是征服、反扑、焦灼、惶恐等社会情绪集结的涡旋。幸运者站在潮头浪尖,那些不幸的人被卷入无底深渊,幸与不幸有可能就在一瞬间发生翻转。小说最后是无非子不得不面对真正的得胜军长现在吃了败仗找到他这里来,无非子只好送给他一个"回"字(打回去反扑的意思),但实际他早已经回天无力了。

小人物在大天津的深水中浑水摸鱼的求生故事是津味市井小说惯常采用的故事模式,《找饭辙》《丑末寅初》《天津闲人》《高买》等作品几乎都采用了类似的讲述方式,小人物卑微的身份和处境反衬出当时天津在国家救亡图存时刻政治、军事、外交方面的显赫地位。作为很多政治舞台大戏的幕后策源地,天津聚集了多股政治势力,前朝的遗老、下野的总统、蓄势待发的军阀、传播维新思想的革命力量、实力雄厚的国际财团,腐朽势力暗中勾结进行资本和权力的交易,甚至为一己之私不分敌友联合起来出卖灵魂和国家民族利益,小人物的生存有时不过是卷入其中分得一杯羹而已。《天津闲人》以市井小民苏鸿达被卷入一起溺水者案件为线索,揭开这个案件背后各色人等如何在这个社会新闻和刑事案件背后进行肮脏的政治交易。晨报主笔严而信把它作为独家新闻来提高报纸销量和广告费用,为此不惜颠倒黑白、控制案件发展走向;风尘女子俞秋娘扮演溺水者的妻子,跟着起哄打官司,向隆兴颜料局老板讨要巨额赔偿费用;隆兴颜料局老板表面看是承担这起溺水案的责任人,但他不过是表面吃点小亏,背后是更大的政治交易的受益者,他向日本提供货源从中赚取高额利润;所谓的社会贤达侯伯泰、大法官董方、大律师袁渊圆等,他们表面秉持善意和公正在处理一个人命案,但不过以此为障眼法,遮盖一个更大的政治交易,实际他们私下里派大律师去"纳满",暗中勾结日本进行商品交易,为将来日军侵入华北后的个人政治前途做好了准备。

旧天津的"杂""深"是处于乱世无可避免的社会现实,它构成了小市民求生故事的背景。市井小民身处其中无法把握自己的命运,即使能够浑水摸鱼混一口饭吃往往也是身不由己地被卷入更深的漩涡之中,最后往往成为大人物作奸犯科的替罪羊。《丑末寅初》中的朱七本来是南市大街混世由的一介草民,因为给岳父贺寿借了一件长衫,寿宴上摆够了威风尝尽了甜头后延期不还,穿着长衫到南市大街混饭吃,被派出所的刘副官拉去冒充"朱稽查"半夜去饭店查房,开启了他目睹天津怪现状的经历。"什么偷的抢的嫖的赌的卖鸦片的贩黑货的,一切一切见不得天日的东西,全堵得上"①,由此他结识了戏子鲁桂花见识了戏院里的恶霸横行;还亲眼看到警察和贩卖假货者如何联起手来坑骗外地商人;女学生秦丽如何被"体面的人"骗到南市大街发生夜里的强奸案。而当他想脱下大褂回到自己的正常生活时发现已经不能,他被栽赃成为那起强奸案的嫌犯,证据就是他的大褂,证人就是刘副官,他百口莫辩只好离家躲起来,昼伏夜出拉洋车养家糊口。

作者对当时旧天津的社会状态采取了文学性的暴露批判美学风格,无论是作者触及社会的深广度,还是故事设计的精巧程度来看,津味小说作家对当时天津城市文化的表现都是综合立体的,在阶层、空间、权力的多元化以及相互关联度方面都有比较成熟的描摹与体现。综合起来看他们暴露和批判主要集中在两点,一是盘根错节的旧制度和寄生于此的腐朽势力,他们是盘踞在上层社会的前朝遗老、下野政客、落后的军阀、顽固的保皇党等,如《相士无非子》中的德王爷、《高买》中的袁世凯、《天津闲人》中的侯伯泰,他们倚仗着权势和雄厚的资本财富打压新生力量,甚至为保护个人既得利益不惜与外敌勾结出卖同胞,是腐朽的封建专制死而不僵、负隅顽抗的写照;二是游走在社会权力和资本缝隙间的"逐利阶层",他们是天津在近代特殊的政治地位和工商业经济发展的产物,这个阶层的特点是寄生在权力阶层和财富里制造事端、帮闲和唯利是图,比如《天津闲人》里专门协调矛盾争端以混一口饭吃的闲人苏鸿达、唯利是图的妓女俞秋娘、以假乱真以制造新闻热点并以此敲诈勒索的报纸主笔严

---

① 《丑末寅初》,载林希《相士无非子》,百花文艺出版社,2013,第83页。

而信,他们没有市井小民自尊自强、劳动致富的生存信念,在求生存的最高目标中丧失了基本的是非观念和道德准则。这种上下齐黑、蠢蠢欲动的行为造成整个社会的动乱状态,北洋政府时期的天津不过是近代城市发展的一个缩影,映照出中国在内忧外患的时代背景中艰难前行。

三、特定历史时期生存至上的市井价值观

津味市井小说采取暴露美学风格揭露了旧天津的社会腐朽和黑暗,但是故事叙述并没有表现出强烈的悲剧色彩,相反在人物命运、叙述格调、语言等方面都表现出喜剧元素,尤其市井小民没有被社会压垮却表现出坚韧乐观、不骄不馁的市井生存价值观。这成为正面能量支撑,给弥漫着时代阴霾的作品带来了清风和亮色。市井价值观念有一种生存至上的内在原则,排斥宏大、严肃、终极的人生思考和价值关怀,在某种程度上讲存在一种历史惰性和滞后性,因而它难登大雅之堂甚至被揭露批评不足为怪。现代文学市民小说大家老舍以《老张的哲学》《赵子曰》《二马》等作品对小市民的软弱畏葸、居安拒变、浑浑噩噩的混世哲学曾给予深刻的揭露批判。津味小说作家对此有更加全面细致的表现,一方面他们对市井生存中的思想积弊如欺软怕硬、不择手段、浑水摸鱼、没有原则立场等给予形象的揭露和嘲讽,如对苏鸿达、俞秋娘、严而信等人的表现是作为市井底层沉渣泛起的典型来描写的;另一方面作者也肯定了市井小民健康的社会良知和俗世生活情趣,尤其对他们利己不害人、乱世中顽强拼搏的生存哲学给予正面表现和肯定。

津味市井小说中,无论是破落的世家子弟还是市井小民都有一种坚韧乐观的生活态度,他们追求现世生活安稳和物质满足,虽然拒绝严肃的人生思考和终极关怀,但是秉持着基本的民间正义感和善恶是非观念,他们依然是底层社会的主体并推动着社会发展。如《丑末寅初》中朱七穿上借来的大褂,想活的像个"上等人",没想到遭遇了一系列的被利用、被

诱骗,差点搭上性命。这种打击并没有引导他走向反社会、反体制的革命性情绪和行为,相反他开始反省自己的失误并最终回归到本分做人的小市民哲学,"披着老爷们儿的皮,干不出老爷们儿的事;穿上男子汉的行头,不能当男子汉使唤。呸,还不如就窝窝囊囊地做人下人去呢。从今后干干净净、安安分分,只求养家糊口也就是了"①。而他二十七岁的漂亮老婆更是没有大志向,坚持"事不关己高高挂起"的人生态度劝朱七安于现状,"咱生来不是穿大褂的命,也用不着强呕这口气,你瞧瞧,借件大褂,这是惹了多少麻烦?人家有造化穿大褂的人,无论是福是祸,都和咱不相干,穿上大褂人家发财行善、坑蒙拐骗,杀人放火都和咱不相干"②。这有点接近弱者哲学,但是在他们没有能力与上层强大势力对抗还要生存下去的时候,它至少帮助弱者获得了心理平衡和生存下去的力量,也是人性坚忍不拔、百折不回的体现,它帮助弱者在逆境中保存了生命力。这种生存合理性正是津味市井小说所发掘的市井生存哲学的审美价值。

作者怀着悲悯之心来表现市井小民顽强乐观的生存能力,以风趣幽默的笔调描绘他们的苦中作乐,他们虽然没有大志向、大作为,但是他们表现出的机警、勤快、善良、责任心等都代表了底层民众的可贵品质。这种来源于中国民间的健康良知在近代中国城市商品经济快速发展的背景下成为市民的精神操守,它是一种黑暗社会中顽强向上的生命动力,混合着城市激烈的资源争夺中知足常乐的心态,它带有很强烈的时代特征和地域文化色彩,是旧天津在封建势力、军阀和西方殖民合力管理下城市文化的沉淀。它有别于当时同是被殖民的沿海通商口岸城市上海,上海在开放中趋于洋化,天津在推拒中走向本土传统,上海历史学者唐振常先生曾说,上海市民对西方现代性物质形式的接受明显遵循一个典型步骤:

---

① 《丑末寅初》,载林希《相士无非子》,百花文艺出版社,2013,第 92 页。
② 《丑末寅初》,载林希《相士无非子》,百花文艺出版社,2013,第 114 页。

"初则惊,继则异,再继则羡,后继则效"①。海派文化对西方现代市民精神有一个逐渐接受和吸纳的过程,而津派文化在遭遇西方现代性碰撞时则倾向回归民间传统寻找动力。"当民族性遭遇现代性的压力时,有一部分人会与时俱进地去拥抱现代文明;而另外一些人则可能在危机感的驱使下,产生更强烈的自我认同,以及对世界性文化的'认别'。国家—民族在与全球化的关系中如此,地域文化与全球化的关系亦如此。在这种有关'现代性'诉求的价值取向上,上海的'海派'文化是更趋向于'认同'的,而天津的'津味'文化则既有'认同'又有'认别',并由此而导致了地域文化的分流,形成了各不相同的两种文化'味儿'。"②研究者所说的两种文化味就是天津本土市民文化与西化的小洋楼文化的分野并置,天津本土市民精神是吸收了西方工商业文化的竞争意识和积极进取精神,但根蒂还保留着中国民间传统中的个人奋斗、知足常乐的小民心态。这与旧天津在内忧外患局势下受到多重重压有关,作品所揭露的社会黑暗,包括强大的封建势力、军阀、帝国主义的挤压,还有本土豪强恶霸的横行,为市井小民的妥协退让和保守畏葸的性格特质找到了客观社会原因,但作者要突出的是他们逆境中依然保持着与人为善、自立自强、乐观通达、不出卖国家民族的可贵品质,这才是发端于中国民间的本土市民文化的精魂,它成为那个剧烈动荡社会的市民文化内核。在天津逐渐走向现代化都市的过程中,这种市民精神在逐渐发生历史性变化,但是这种精神内核一直像种子一样发挥着生命原动力的作用,成为津派市民文化精神的重要特质。

---

① 〔美〕李欧梵:《上海摩登———一种新都市文化在中国 1930—1945》,北京大学出版社,2001,第 6 页。

② 藏策:《"津味"到底什么味儿?》,《小说评论》2008 年第 4 期。

第二节 津味小说的本土现代性

一、"本土现代性"的文化视野

天津在近代曾有九国租界,有史料记载亦有现实遗迹,相对其他城市,天津作家也许更有资格谈论西方文化和现代性,然而津味作家的文化选择却是在国际化视野下致力于发现更好的"自己"。不像海派作家那样重新结构"洋化"的都市现代性,他们大多选择了都市民间视角——从都市底层、边缘、传统家族日常生活的内部,重新塑造了带有中国乡土文化气息的都市现代性。这些作品以素朴的世俗文化底子和家庭生活的慢节奏强调了这样一个事实:后发展国家的现代化过程表面看是西方文化侵略和殖民的后果,但实际更是东方传统文化在亡国灭种危机下的自主选择,甚至是都市民间顺时而动、因势利导过程中认知逻辑和精神信仰不断调整累积的思想结晶。

津味作家崛起时以都市地域文化自我标榜,但实际上他们致胜于对现代性的深刻领悟。20 世纪 80 年代的流行思想倾向是把现代性看成是现代资本主义的附属物,认为它是伴随着资本主义的兴起和启蒙运动的展开而形成的一个历史进程和相应的价值取向。由此形成把中国传统文化和现代性对立的地域文学表述,以西方现代性价值观作为内参照挖掘民族文化利弊,所谓"激浊扬清,去伪存真",在文化价值取向上无可挑剔,但在思维上仍是一种现代性与中国传统文化的割裂思想。而津味小说的创作者大多长期生活在天津本土都市环境中,对都市文化与现代性的辩证关系有着更为切身的独特领悟。在他们的视野中,"都市文化"不仅是表面的车水马龙、霓虹闪烁,更是一种日常生活方式的历史接续,

"现代性"不是西方文化的独有标识,而是一种符合线性时间观念和发展逻辑的文化变动属性,它有内部差异性,化约为国家经验与地方特性。

这种文化变动属性在中国都市起源中的政治喻意和商贸交易动机中初露端倪,其后在漫长的封建帝国严酷的社会环境所培育的"生存伦理"中生根发芽,生出优先于封建伦理道德的自我奋斗、穷则思变、变则通久等从个人意志到家国治理层面的思想支脉,在近代传统儒家伦理遭遇西方文化的猛烈撞击后显示出其现实适应性,自觉渗透到民族传统文化中成为一种文化结构因子,从而推动传统都市文化艰难曲折的现代转型。天津作为中国现代化的一个发祥地,成为观察这一文化结构调整的最佳地点。津味作家要表达的就是这个城市的这种独特"韵味":天津本土的码头文化和传统民族文化在遭遇"三千年未有之大变局"时刻,如何以自己的精神信仰和行为逻辑经受动荡并从容地跨进现代化大门。

二、都市民间的观察视角

津味小说成功与否考验的是作家对传统与地域文化的审美发现能力,如果借鉴历史上的风俗画经验,把故乡当作生命的原乡来歌咏,似乎与沈从文、废名等开创的传统地域小说并无二致,也无法突出天津的都市特色。如果延续 20 世纪三四十年代的天津报人小说专写都市黑幕,似乎又被狭隘的追求所制约,影响了创作的深广情怀和阔达境界。津味小说摒弃了这两种创作倾向,以天津的市井百态和日常生活的细节方式描述了本土现代性的驱动过程,发现了地域生活的现代性审美价值。从逻辑层面讲都市民间也是本土现代性生长最为适宜的土壤,民间处在国家权力控制相对薄弱的领域,给自由、边缘、体制外的思想观念预留了空间,同时处于都市而不是乡野的文化前沿位置使它不断接触外来的刺激保证了变化的可能。民间的传统风貌和都市的前沿特征交融混合,形成了一个藏污纳垢、鱼龙混杂的独特审美空间,延伸着津味作家对中国本土现代性的开阔想象。

津味小说中的都市民间是包含特定物理空间和文化内涵的浑融整体,在国家权力松动的广大领域它有公共空间与私密空间两个场域。家庭之外的公共空间包括车站、码头、大桥、老城厢、"三不管",这里活跃着一技之长的能人、奇人、终日无所事事、以协调事由来找饭辙的闲人,还有相士、赌徒、妓女、青皮混混等,这种三教九流的刻画在 20 世纪 30 年代津派作家中就曾流行一时,但那时由于思想格调不高没有形成影响力。当代津味作家提升了这种底层小人物的书写品质,主要源于他们发现了这种生存状态的历史文化基因具有一种本土现代性意义,即发现了天津本土的码头文化因子的审美现代性。

以水文化为特征的码头文化可以说是天津地道的本土文化,代表着这座城市的原生品格。九河下梢的地理位置赋予了天津不同于北京的独特市民文化心理,皇城里的北京人尊崇的是传统,是礼数;而对于向河与海讨生活的天津人来讲,关注的则是变化和潮起潮落,必须顺应外在环境的变化协调自己的生活。天津人的开放性、自由精神和极强的适应能力具有本土现代性意义。这在冯骥才书写的刷子李、苏七块、神鞭傻二等人的传奇故事中体现出来,无沦你如何身怀绝技、武功盖世,但老祖宗的绝活是"变","不改不成,改就成了",这是《神鞭》反复强化的因时而变的主题,这既是本土草根精神的绵延,更是内忧外患的大时代所激发出的现代性。津味小说发现了这种地域文化的现代性内涵并对它进行了审美再创造。

三、津味家族文化的审美观照

津味小说还在都市民间的相对私密空间范畴,展现了中国传统儒家文化结构内部的自发性调整,创造了成熟的当代家族文学。中国传统以"三纲五常"为伦理支撑的大家庭为生存发展所做的屈伸、表现出的强韧以及对惯性的改变都表现出一种积极的现代性意义,这主要以林希的"津沽世家"系列小说为代表。《天津卫的金枝玉叶》《桃儿杏儿》《"小的儿"》《家贼》《醉月婵娘》等作品以系统的血缘姻亲谱系、相似的人物性格命运和结局等构成互文关系,共同讲述了侯氏家族伴随民族危亡和买办文化的侵蚀,大厦将倾的悲剧性命运。如果止于这种亲历性的家族记忆,林希的作品似乎与传统的家族小说《红楼梦》或者与新文学中的《家》《春》《秋》等并没有实质区别,可贵的是林希的小说内置了"传统家族文化现代性观照"的独特视角使其在文化价值观上不流于俗套。

作者注意到了中国传统儒家文化虽然在国家治理层面失去了统治效力。但是在民间、在家庭生活内部它有一种绝处逢生的自我调适和救赎能力。它表现为家庭成员在国破家亡之际自主摒弃那种僵化的等级制度、门户意识和纲常伦理,默认和遵循一种生存发展逻辑和大局观念,从而保存了传统文化最为核心的灵魂摒弃了一些不合时宜的东西,实现了化蛹成蝶的蜕变。"母亲"施展长房媳妇的权威不是为了维持家庭表面的和谐稳定,而是暗中保护着家里不断出现的新生事物和革命青年;醉月婵娘那样的传统女子也开始关心国家大事,喜欢新派人物和新文艺,她在绝望中的反抗已经表现出中国传统闺阁女性在文化视野、爱情观念和社会参与意识上的觉醒和行动;"父亲"本是洋场里的花花公子,但在民族战争的关键时刻不失节气,拒收公司的巨额贿赂,断然辞去了大阪公司襄理的职位,也给"爷爷"做出榜样,使他带领美孚油行全体中国员工罢工一小时,以抗议该公司的变相侵华行为。这些侯门子弟并没有被买办文化所腐化,在民族危亡时刻都表现出了传统文化中富贵不淫、威武不屈的精神操守和民族大义。该变则变,不该变的则誓死捍卫,家族的优秀文化正是在这种规则秩序的自我调整中世代传承。

总之,无论是都市底层为生存之需"剪掉辫子留其神"的文化隐喻,还是津沽世家在式微的路途上寻找回来的精神凝聚,津味小说都是要以都市民间的市井图来印证中国传统文化根脉没有被现代化进程斩断,相反它自身长期被压抑的另一面被外来因素激活并释放出生机和活力,它不同于西方文化的现代性内涵,代表着中国文化的原点以及辐射过程中遭遇阻力的曲折转向。津味小说以这种文化观念纠正着以往对传统文化与现代性的刻板认识,并保留了中国都市现代转型的复杂经验和强大主体意识,而不是沦陷在文化殖民的误区中与曾经被瓜分的城市一起做了宗主国的玩偶。津味小说正是在这个意义上进入当代文学史并与京味、海派并驾齐驱。

第三节　津味小说的谐趣

相对诗文的言志载道功能,小说自诞生起似乎就少了很多行文规矩和思想限制,能更加自由轻松地表情达意。这种虚构文体天然与诙谐、戏谑、游戏等趣味特征产生关联,更容易在底层和民间广泛流传。自晚清梁启超提倡“新小说”以后,小说逐渐明确了自身移风易俗和开启民智的社会文化重任,“故欲新道德,必新小说;欲新宗教,必新小说;欲新政治,必新小说;乃欲新人心,欲新人格,必新小说”①,试看小说担负了晚清文人学者如此宏伟的抱负,怎能不变得严肃和正经起来? 于是,之后的中国近现代小说与民族解放和现代化同步,在艰难的境遇中发展出“启蒙”和“救亡”的双重变奏。但是小说的谐谑趣味一直没有在中国现代文学中消失,像林语堂创办《论语》提倡幽默、梁实秋大量创作轻松活泼的小品文,以及钱钟书的《围城》等喜剧作品,虽然与“启蒙”和“救亡”的声势相比不够浩大,但终究是对小说谐趣传统的一种坚持。它给灾难深重的中

---

① 饮冰:《论小说与群治之关系》,载陈平原、夏晓虹编《二十世纪中国小说理论资料·第一卷(1897—1916)》,北京大学出版社,1989,第 33 页。

国人所带来的情感安慰和会心的笑容显得难能可贵,不仅是给大众放松心情的娱乐,还有讽刺黑暗、鞭笞战争以及道德劝诫的社会警示功能,正如刘勰《文心雕龙·谐隐》所言,起到了"振危释惫"的双重艺术效果。当然这里所说的谐趣,是小说风格的整体美学呈现,其核心涵义是幽默诙谐的趣味,因谐而趣,因重趣而谐谑,并非说几句俏皮话或塑造几个滑稽的人物就是谐趣,而是包括了语言修辞、叙述、人物形象、情节设计和作家人生观等各个层面综合展现出来的一种幽默诙谐的艺术趣味。也正是在这个意义上,津味小说在当代地域文学中可谓独树一帜,它继承了中国现代小说的谐趣传统,更表现出独特的都市地域色彩,是小说谐趣传统与地方文化的一种有机结合。对它的深入开掘不仅有利于深化谐趣美学的研究,对地方文学与文化研究也都大有裨益,同时也将有助于更深入地了解天津都市文化的本质和内涵。

一、谐趣的表现形态

津派作家在民国时期就产生了一定的影响力,以刘云若、宫白羽、还珠楼主等为代表的津门作家群和南方的海派、港派遥相呼应,推出了反映北方大都市生活的市民通俗小说。但真正形成比较突出的都市地域风格并达到了较高的文学审美品位是在 20 世纪 80 年代以来的新时期,冯骥才、林希、肖克凡等天津作家创作出了反映津门社会生活和地域文化心理、带有天津方言特色的"津味小说"。相对于京味小说的浑厚典雅,海派小说的细腻精致,津味小说则充满了幽默诙谐的趣味。

谐趣首先表现为一种语言修辞和叙述风格。俗话说"京油子,卫嘴子",所谓"卫嘴子"即是对天津人性格特征的总体概括,言其语言天赋。"天津人能说,爱说,天津人语言表达能力强,这是个优点。善于挖掘语言潜能,更是天津人的生存本能。天津人说话表情活泼,话语幽默,语音动听,内容丰富。"①津味小说作家大多是土生土长的天津人,他们生活在这样一种语言环境中,耳濡目染之际自然而然练就了幽默诙谐的语言表达能力,似乎无须刻意追求。而事实上文学语言的谐趣并非简单地照搬现实语言的那种活泼俏皮,它还要经过审美锤炼和过滤。除了文学虚构中的人物语言要遵照现实生活来塑造,反映天津人"能说会道"的性格特点,作家的叙述语言也要非常讲究,在修辞、句式、结构和风格上都有一种明确自觉倾向,所以谐趣是对语言规律、沟通技巧和艺术想象力的综合把握。比如林希《家贼》开篇就显示出谐趣特征:"英国经济学家马尔萨斯的理论,放之四海而皆不准,只侯家大院的事实,就让他碰得头破血流,到底他是老外,对于中国的事情不知道底里,只凭他在小小英国看到的那些事情,写了一部《人口论》,大谈什么人口增长的速度快于物质财富的增长速度,而且他还说物质财富按照代数级数增长,而人口则按照几何级数的速度增长。少见识了,在我们天津卫府佑大街的侯家大院,物质财富按照代数级数递减,而人口则按照几何级数和代数总和的速度在增长。"②作者欲表达侯家大院在社会转型的大时代无所作为、只能不停繁殖后代的家道衰落状态,对这样沉痛的事情作者没有表现出痛心疾首或严厉谴责的语调,而是以调侃大众熟知的马尔萨斯《人口论》方式形成反讽、夸张、喜剧化的氛围,让人在轻松诙谐中感受到家族悲剧的阴霾。与林希的这种汪洋恣肆的幽默不同,作家冯骥才的谐趣语言则是收放有度、精辟传神,在自然中流露出幽默洒脱。如《神鞭》中写到社会各色人物,活灵活现,其中写到一个叫金子仙的市井小民的乱世评说:"如今这世道是国气大衰,民气大振,洋人的气焰却一天天的往上冒。他们图谋着,先取我民脂民膏,再夺我江山社稷。偏偏咱们无知愚民,不辨洋人的奸诈,反倒崇

---

① 《揭秘"卫嘴子"——为什么说天津人都是"卫嘴子"?》,载林希《其实你不懂天津人:草根天津图说》,天津人民出版社,2007,第 26 页。
② 《家贼》,载林希《"小的儿"》,新华出版社,2010,第 3 页。

尚洋人……紫竹林一家商店摆着一件塑像,名号叫"为哪死"(维纳斯),竟是赤身裸体的妇人!这岂不是要毁我民风,败我民气!洋人不过是猫儿狗儿变的,能有多少好东西?民不知祖,就有丧国之危!"①寥寥数语勾勒出动荡年代普通市井小民对外来文化视如洪水猛兽的恐惧心态,与神鞭傻二不盲目守旧、因时而变的思想观念形成鲜明对比。

　　津味的语言是形成文本谐趣风格的一个基础层面,在语言表意系统之上人物形象塑造和情节设计的独特之处也促成了诙谐风格。津味小说并不追求崇高的悲剧美学,在津味小说中很少见鲁迅所言"悲剧将人生的有价值的东西毁灭给人看"②,那种剧烈的戏剧冲突、正与邪的较量、英雄人物的悲壮结局等也非津味小说的追求。津味小说擅长塑造在俗世中挣扎的市井小人物,尤其是在民国时期一波又一波的政治涡旋冲击后,沉潜在社会底层的三教九流,闲人、相士、赌徒、盗贼、妓女、街边混混等等,在那个乱世他们没有什么崇高的理想,甚至没有正当的职业,就是为了在夹缝中活下来不得不使出浑身解数,做出了种种令人啼笑皆非的事情。如以蛮力和血腥求生存的青皮混混;以协调事由安身立命的天津闲人;以及游走在大街小巷见机行事"找饭辙"之人,作者对他们充满了悲悯之心,以他们的卑微生存来照见社会的混乱无序和缺乏温暖,是一种含着苦涩的调侃谐谑。这也正如张天翼笔下的华威先生、叶圣陶塑造的潘先生一样,在轻松的笑声中蕴含着严肃的现实讥讽。围绕这些充满喜剧色彩的小人物,作者的整个故事情节设计也是喜剧性的,故事结构精巧,情节发展环环相扣,结局出人意料,对故事传奇性和可读性的重视甚至超过对故事社会意义的挖掘,这一点与纯文学的重视社会功能而忽略叙事技巧有所不同。比如林希的《找饭辙》写了一个卑微的小人物余九成的一次

---

① 《神鞭》,载冯骥才《泥人张》,中国社会出版社,2005,第241页。
② 《再论雷峰塔的倒掉》,载鲁迅《鲁迅全集·1》,人民文学出版社,2005,第203页。

传奇人生经历,他本来是一个在社会夹缝和边缘中"找饭辙"的无业游民,雨天就去公交站给下车的人递砖头求赏钱,晴天就去"肥卤鸡"摊子旁边撺掇路人抽签,晚上到南市"三不管"大街的戏院去"维持公共秩序",赚不到一分钱,就是等散戏之后把汽灯里剩下的汽油带走。这样一个卑微的小角色偶然的一次机会被比德隆公司的经理相中成为"跑街",每天穿着比德隆的号坎儿,怀里抱着杨经理交给他的大公事包,从美孚油行的库房门外跑回北方饭店,就可以拿到一元钱。而实际上他陷入了一个巨大的商业阴谋中,比德隆的杨经理利用他的"跑街"做了一个免费的宣传,而所谓的比德隆公司并不存在,只是虚张声势骗得了日本居留民团的注意,从而卷走了他们预交的购买石油的巨款。到最后读者才发现这个小人物是这个商业骗局的一个棋子,而实际这个商业阴谋又是充满着爱国主义的行为,可谓一波三折又精巧至极,读罢令人拍案叫绝。同样,《天津闲人》也有异曲同工之处,围绕发生在万国桥下的一个死尸案,把闲人、妓女、报社的主笔、颜料局的掌柜、窃国的政客等社会各个阶层卷了进来,在阴差阳错中充满了阴谋和欺骗,显得荒唐可笑又触目惊心。除此之外像冯骥才所写的神鞭傻二、刷子李、苏七块等俗世奇人系列,肖克凡的《天津杂事》篇章,寄寓深远的社会现实批判意义,同时作者写起来又轻松活泼,饶有趣味,都充满了津味作品特有的谐趣。

二、谐趣的地域文化因素

强烈的地域特色成就了津味小说,津味小说作家的群落性特征必然与天津的地方文化有千丝万缕的联系,创作的谐趣特征深层来讲也是地域文化的体现。天津即"天子的渡口"之意,地处九河下梢,自明永乐二年(1404年)设卫以来它就成为京都的卫城,也是南北方漕运的交通要道,对京城来讲有重要的军事防卫和交通运输的战略意义。天津的原生文化是码头文化，"漕运发达，船舶集结，南来北往的客商汇聚于此"①，水上求生存的流动、变化和不确定性决定了其他的附属文化特征，天津人性格中的能说会道、乐观豁达、积极进取以及精明务实似乎都与此有关。南来北往的船只擦肩而过，大家轻松地打个招呼，随便讲讲途经的见闻，说几句玩笑话，既轻松愉快又增长见识，也是水上生活的特点；另外在水上谋生活要根据潮汐变化和市场行情来决定做什么和不做什么，久而久之形成天津人极强的适应能力和坚韧品质，这些人文地理特征渐渐培育了本土轻松诙谐的文化因子，文学中的谐趣就是这种地域文化的艺术呈现。首先天津作家就具有本土诙谐幽默的精神，他们大多不会板着脸讲故事，而是谈笑风生、庄谐并出。林希曾谈到说他写小说的动机："一不懂振聋发聩，二不知莺歌燕舞，三不是痞子，四不是宝贝，莫说是补天，就连垫地也不是材料，写小说了，自娱娱人罢了。"②这半开玩笑性质的话并不能代表作者真实的创作意图，但津味作家亦庄亦谐、寓庄于谐的艺术追求可见一斑。另外，作家所写的生活和人物形象都带有浓郁的地域文化特色，作者深入到历史和日常生活细节中挖掘天津的这种乐观和韧性的精气神，并建立起这种地域文化性格与历史、地理和社会变迁的深层关联。在《找饭辙》中，余九成的卑微源于他无力改变现实，他为养家糊口的所作所为照见了人的孤独和坚韧，它其实深埋在那个动乱时代每一个天津小市民的内心，折射着社会的冷酷和黑暗。所以这种诙谐幽默不是简单逗笑的语言功夫，而实在是一种对本土人文地理和社会文化的洞见。

津味小说的谐趣特征与天津长久以来的都市通俗文学传统有关，津味小说虽然是地域文学之一种，却不是沿着中国乡土文学的道路在发展，而是继承了中国都市小说的通俗文学传统。天津也有广大的乡野和农村，并且乡土民俗资源丰富，但是作家往往更关注城市社会生活，因而中

---

① 《何为"天津卫"？》，载蒋子龙《人畜之间》，百花文艺出版社，2000，第357页。
② 《百无聊赖写小说》，载林希《"小的儿"》，新华出版社，2010，第472页。

国现代乡土文学的那些农民形象、苦难叙述和深沉蕴藉的情感特征在津味小说中难得一见。早在20世纪30年代津味小说就对中国传统都市小说进行了现代性改造,以类型化的武侠小说、社会暴露小说、都市言情小说推动了中国现代北派市民小说的形成。20世纪八九十年代的津味小说继承了这种都市通俗小说的叙事传统,聚焦都市生活和市民形象,以智性叙述为美学追求,并对文学审美品位和文化内涵进行了提升,从而使津味小说与海派小说、京味小说等都市文学并驾齐驱,共同推动了当代都市文学的丰富形态和多元化品格。智性叙述是摒弃庸常和简单的描摹以及批判或歌咏的情感指向,以创造"多义""复义"或弥补现实与理想的裂隙为创作追求,是综合了多学科知识和多重思想经验的重新创造过程。城市文学作家晓航曾这样界定:"'智性写作'就是以复杂震荡式的多学科组合方式,以不断扩展的想象力,运用现实元素搭建一个超越现实的非现实世界,并且在关照现实世界的过程中,完成对于可能性的探索以及对终极意义的寻找。"①智性写作强调智慧多于经验,理性超越情感,相对于乡土文学而言,它更具城市文学特质。津味小说的语言、人物形象和情结架构都具有一种游刃有余的智性特征,它的一个重要表现就是无处不在的幽默诙谐,津味作家往往也都是幽默作家,"所谓幽默作家(humourists),其人必定博学多识,而又悲天悯人,洞悉人情世故,自然谈吐珠玑,令人解颐"②。看林希的小说我们会捧腹大笑;看冯骥才的小说我们会由衷地赞赏作者的语言才能和洞见;看肖克凡的小说我们会折服作家的冷静和智慧,继承了都市通俗小说传统的当代津味小说作家给人一种天赋幽默的总体感受,城市、智性、幽默内在的牵连在一起创造了津味十足、妙趣横生的都市小说。

另外,津味小说的谐趣还与地方曲艺文化有潜在关联。天津是全国

① 晓航:《智性写作——城市文学的一种样式》,《当代作家评论》2014年第3期。
② 《谈幽默》,载梁实秋《雅舍小品选》,中国友谊出版公司,1988,第88页。

著名的曲艺之乡,是中国北方曲艺的大本营,曲种多样,名家荟萃,流派纷呈。在各种曲艺形式中相声渗透人心的程度、向其他行业的迁移能力,以及在人们生活习俗中的渗透性是最强的。在研究者张蕴和所做天津各种曲艺渗透性调研中,"相声及快板"遥遥领先其他艺术形式排在第一位,[①]可见相声对天津人的生活和艺术形式的超强渗透性。相声与文学的相互借鉴和影响在两个艺术门类中也都有体现,早期的天津相声艺人,很多都是有名的文人,而天津相声的发达和普及对文学艺术也都有深远和恒久的影响,它的单口、对口、群口等多种表演形式,说、学、逗唱的表现技巧,善用揶揄、讽刺的表现手法以及惯用的自嘲讽刺精神,都对文学表现艺术有潜在的影响力。冯骥才的俗世奇人系列以传奇色彩讲述了天津的一个个奇人故事,《刷子李》《苏七块》《泥人张》,等等,篇幅短小,结构精巧,结局出人意料,类似天津非常有名的单口相声的形制,不禁让人想到天津相声大师马三立不动声色的冷幽默。林希的小说始终存在着一个充满自嘲精神的叙述人,他的用词、口吻、神气,与相声的叙述语调、精神气质和表演对话形式都非常相似。比如作者经常用一问一答叙述方式非常类似相声的"逗哏"与"捧哏",能很好达到吸引读者注意力并让人忍俊不禁的谐谑效果。《天津闲人》一开篇就是这种相声式的"一问一答"方式:

　　若是有个人冷不丁地出来问你:天津卫出嘛? 要答不上话茬儿,你还真被人家问"蒙儿"了。天津卫这地方,大马路上不种五谷杂粮,小胡同里不长瓜果梨桃,满城几十万人口,几十万张嘴巴睁开眼睛就要吃喝,就算天津卫有九条河流横穿而过,即使九条大河里游满了鱼虾螃蟹,连岸边的青蛙一起捉来下锅,恐怕也喂不饱这几十万张肚皮……

---

① 张蕴和、冯金蕊:《天津曲艺的当代渗透性研究》,《艺术百家》2012 年第 1 期。

91

你知道这天津卫到底出嘛？我心里有数，只是不能往外乱说，张扬出去，我就没法在天津待了……

说顺听的吧，天津卫出秀才，出圣人。有人说瞎掰，你天津卫千多年没出过一个状元……说不中听的话，天津卫出混混儿，出青皮。有这么回事没有？有。这用不着捂着瞒着，天津混混儿有帮有派，打起架来不要命……

天津卫还总得有些独一无二的人物吧？有。这类人物只在天津能够找到，大江南北，长城内外，东洋西洋，世界各地，只在天津卫才能见到，告诉你长长见识，这类人物叫天津闲人。①

作者一问一答的方式显得生动活泼，有舞台表演的节奏和感觉，同时在反讽与诙谐的叙述中把天津的地域特色和社会风俗做了别开生面的介绍。津味小说的吸引力很大程度上来自于它吸收本土相声等通俗类曲艺的表现方式。

三、谐趣的文学文本意义

谐趣对津味文学风格的形成具有标志性意义，成为津味小说地域文化内涵和表征的结构性因子，天津的都市通俗文化和民众心理特征都可以汇聚在诙谐的美学趣味中。天津近代百年的繁荣发展伴随着城市的殖民统治，光荣、梦想糅合着艰辛和屈辱，智慧的天津人在挣扎、奋斗中没有忘记轻松一笑，这个北方大都市的历史底蕴和智慧人生都凝聚在谐趣的风格气质中。另外，谐趣并非油腔滑调的语言游戏，而是有着严肃的社会人生警示功能，是寓教于乐、寓庄于谐的表现手法，它对津味文学由传统都市小说向现代的转化和文化提升有着重要意义。林希在《"味儿"是一

---

① 《天津闲人》，载林希《相士无非子》，百花文艺出版社，2013，第236—237页。

种现实》中批评天津传统报人小说停留在社会表层粗浅现象的描摹和简单的黑幕暴露倾向,认为这些作品"不具备文学品位","不具有艺术生命力",而当代津味小说是对传统都市小说的一个现代化过程,最重要的表现是作家"写出了自己的艺术个性"并着力"去刻苦的认识人生",他其实强调了津味小说的文化自觉和风格自觉。① 津味小说的风格形成关键是要写出现象背后的文化支撑,对文化认识达到一定深度,自然会有一种统一的、地域性的东西流露出来,那就是与天津历史社会有关的智性的调侃和幽默诙谐。浮在社会表层自然被杂沓所淹没,只有超脱出世俗生活才会产生对此批判、赞扬、嘲讽、揶揄、讽刺等态度性的格调,这就是艺术风格。风格品位的形成是天津都市小说现代化的关键,而谐趣则是现代津味小说风格特征的重要标志。

　　文学中的谐趣也是作家人生态度的体现,是一种世事洞明后的乐观豁达和犀利深刻,它形成了津味小说内在的思想品质和极强的可读性。幽默诙谐本是浓缩了丰富的人生经验和思想精华后的审美表现,所以我们看到津味小说非常成熟的风格特征,无论是宏大的社会历史,还是市井的街谈巷议,作者总能谈笑风生、纵横捭阖的讲述出历史知识、民间风俗以及自己的独特感悟。《相士无非子》以一章的篇幅讲述何为相士、相士的生存之道以及天津的相士地理图景和人文风情,然后才逐渐进入故事情节;《天津闲人》中作者先对天津为什么出闲人,闲人的性格特征等等做一个风俗类描述然后才进入故事;《高买》则对天津民国年间的"盗窃"行当以及"盗亦有道"的行业道德做了出神入化的描写,这些开场白闲散广博,如一位智慧的老者带你走进天津历史博物馆,让你在幽默风趣的讲述中领略城市社会风俗画,再进入更生动的传奇故事中。看津味小说不觉沉闷枯燥,反而是一种享受,这恐怕是所有读者的一个共同感受,这种

---

　　①　林希:《"味儿"是一种现实》,《文学自由谈》1994 年第 4 期。

共鸣实际上来源于人类共同的对智慧的推崇。

因而谐趣这种美学特征对津味作家提出很高的创作要求,他们不但是文学艺术家,同时还要研究社会历史、文化和民俗。像作家冯骥才在创作之余还搞民间文化研究,并为民俗、城市历史遗产保护和传承等撰文呼吁。作家林希出生于 20 世纪 30 年代,是土生土长的天津人,人生阅历丰富,他对天津的语言、地理、历史和城市文化的研究也达到了相当的深度,出版过研究天津方言的《画说天津话》,关注天津人性格心理特征的《其实你不懂天津人》等专著。丰富的人生智慧给他们的创作提供了不竭的思想资源,形成了挥洒自如、游刃有余的叙事风格。这种谐趣特征不仅限于几个作家,也不仅停留在 20 世纪八九十年代,只要津味小说不断向当代延伸,只要年轻的作者愿意书写他们的故土和城市,那种带着特定天津味道的诙谐幽默就会扑面而来,因为谐趣是源自地域文化根脉和地域文化心理的一种奥秘,它蕴藉着码头文化和都市文化的精华,散发出迷人的历史与智慧的气息。

第四节　海河孕育的天津城市文化

河流对城市的起源、发展有着不可替代的作用,在全球人居环境内,距水域 60 公里的纵深范围聚集了全球 60% 的人口,江河海陆交汇之处诞生了许多世界著名的城市,河流不仅为城市运作提供了便捷的运输和港口条件,还创造了不同文明碰撞融合的机会。天津地处海河水系的下游入海口处,境内河流纵横,对于这座城市来说,最具代表性的河流还是穿城而过的海河。从选址建城到繁荣兴盛,天津都与海河密切相关,海河不仅为天津提供充足的水资源和宜人的濒水气候条件,还以其理想的水文、地理条件为城市发展繁荣创造了无可比拟的区位优势。天津因海河而兴,因海河而盛,天津与海河的相互依存创造了独特的海河文化,它是天津这座城市在形成与发展过程中所创造的物质载体和精神财富的总和。

一、海河文化的历史传承

海河被誉为天津的母亲河,天津这座城市的兴起、发展、繁荣与海河息息相关。狭义上的海河是指从市区三岔河口到海河入海口这几十公里的干流。广义上的海河则是指海河水系,除了干流之外还包括永定河、大清河、子牙河、北运河、南运河五大支流。这五大支流就像是一把巨大的扇子,覆盖了整个华北平原,海河干流如同扇柄。所以历史上才称天津为"九河下梢""诸河尾闾"。

古时这里海岸滩涂广袤,沽地星罗棋布,元代发展起全国规模的海与河并重的漕运系统,海津镇三岔河口是元代海上漕运的终点码头,海运而来的各种物资在这里被换上小船,向北抵达大都,漕运使天津日渐繁荣。公元 1404 年,明朝在三岔河口西南处设立卫城,卫城是天津的政治中心,发达的商业和航运使天津的经济中心仍处在海河沿岸。此时天津"河海通津、南北交融"的海河文化品格已然成形。近代以降,天津开埠通商。先后有九国在天津划定租界,各国租界在开辟之时,为取得自身的发展,无不是沿海河的走向而划定,而且相互毗连。由于海河上游水深河阔,各国租界都在海河沿岸修筑了条件良好的停船码头,这就为租界发展成为天津港口的航运中心创造了条件。开埠和租界的设立,极大地改变了天津的城市地位,海河和海河流域蕴藏的经济能量快速迸发出来,在不到半个世纪的时间里,天津一跃成为中国北方经济中心,联系世界的窗口。新中国成立以后,城市的交通网络由依赖海河主干线的枝状变为分布于整个城市的网状。改革开放后,由于海运发展,滨海新区的建设兴起,天津城市的总体结构发生了变化,城市逐渐形成双城格局,海河也随即成为连接中心城区与滨海新区的纽带。

天津城市空间布局受海河影响明显,整个天津南北长,东西狭,夹河而立,主要街道均与海河平行或垂直。市区被海河分割成东、西两个部分,需要依靠桥梁和渡口来联结,天津海河干流上类型齐全、造型各异的桥梁,构成了城市里靓丽的风景线,也使天津享有"桥梁博物馆"的美誉。天津自建城以来,政治中心在卫城,而商业和航运使天津的经济中心仍处在海河沿岸,形成了以海河水系为轴线由西向东逐步展开的带状城市布局。近代开埠以后,天津虽然成为了中国北方著名的港口城市,但港口却在海河上游,而不直接靠海。到 20 世纪 30 年代,因海河自身条件的限制,地处市区的内河港已不能适应经济发展的需要,只能移向新建的人工港区——天津新港。由于有海河干流的联结,下游的河口地区迅速得到开发,并成为天津密不可分的一部分。这也就是今日天津"一根扁担(指海河)挑两头(指中心市区和滨海新区)"、以市中心城区和滨海新区为双核心的城市格局的由来,海河是连接双城的纽带。

二、新时代天津海河文化的基本构成与文化内涵

城市地标建筑彰显了城市地域文化特征,是城市发展的象征和代号。环球金融中心(即"津塔"),在 2010 年正式封顶时以 336.9 米的高度成为当时长江以北地区第一高楼,也成为当代天津地标性建筑。津塔采用国际领先的建筑技术和材料,借用中国传统折纸艺术的结构形式,展现了融汇中西的城市形象。整幢建筑呈现扬起的风帆状,与海河景观融为一体,象征着天津以海河文化为深厚底蕴在新时代扬帆远航、拥抱世界的开放进取姿态。它也被称为"垂直的金融街",是天津乃至华北地区资金最密集、资讯最发达、交易最活跃的国际商务中心区,引领着城市国际化发展的未来。除此之外,被称为"津城第一街"的南京路,也是展示新时代天津城市形象的标志性窗口,高度集中的商业购物区、高端商务区、信息产业区、文化创意区,构成了最重要的城市发展集群,被誉为"天津金三

角"。以津塔为代表的当代天津地标性建筑(摩天轮、天塔等),以及以南京路为代表的新兴商贸旅游区和文体中心(古文化街、文化中心、奥体中心等),象征着新时代天津以科技和创新为引领,由传统工业城市向现代研发制造基地转变,进而向国际化大都市迈进的步伐。这些当代标志性文化是天津在新中国社会主义建设和改革开放过程中创造的成果,凝聚着敢于站队首、立潮头、勇当改革开放先锋的新时代精神,是天津建设新时代"五个现代化"大都市的强劲动力和精神支撑,代表了新时代海河文化精神的核心内涵。

近代中国看天津。晚清以降,天津作为最早对外开埠的国际大都市之一,与上海、广州并列为沿海三大重镇,是我国近代化和现代化进程的一个缩影。随着外国资本和侨民的涌入,欧美文化对天津传统文化产生了巨大冲击和影响,中西合璧的国际化文化特质由此形成。五大道历史风貌建筑群集中体现了天津在近代所发生的剧变及对中国近代史产生的深远影响。五大道是主要指在原英租界的西北区域中东西方向并行排列的六条街道(现为成都道、重庆道、常德道、大理道、睦南道和马场道)内所属区域,这里汇聚着英、法、意、德、西班牙等国风貌建筑二百三十多幢,名人宅邸五十余座,因此,被称为"万国建筑博物馆"。这些小洋楼的主人极少是洋人,大多数是倒台的皇族、下野的总统、失势的军阀、落魄的官僚,借助租界的独立空间寻求庇护,蓄势待发,随时准备进入中国的政治舞台。这些小洋楼并非普通的住宅,而成为中国政治后院的象征。天津京畿屏障、军事重镇的战略性位置,构成了它独特的政治文化和思想文化,对中国及世界历史产生了深远影响。以五大道为代表的近代风貌建筑及街区,昭示着天津南北交融、中西荟萃的全面开放格局,彰显出大气、精致、典雅的城市文化品位,既是建设天津新时代海河文化的深厚历史积淀,也是发展新时代天津商旅产业的重要特色文化资源。

老城厢及三岔河口周边一带地区,是天津城市的发源地,是建城初期政治、经济及文化中心。近代天津开埠以后,政治中心北移和经济中心向租界迁移,老城厢一带繁荣不再,地位逐渐衰落,这里居民主体由昔日达官显贵、富商巨贾渐渐转为市井平民。这种历史变迁过程使这一带保留了津味传统文化,成为当代展示老城津韵的历史风貌区。青砖灰瓦的四合院,威严的门楼、影壁、四梁八柱结构,古朴典雅的家具陈设,以及老天津人讲究礼法、与人为善的生活观念和实践,体现了中国传统儒家文化特质。传统文化在天津本土落地生根的过程中打上了津派文化烙印,大多数平民靠水而生,较农耕社会而言较早摆脱了小农意识,生活在以商业为依托的市井文化氛围中,由此产生了丰富多彩的市井民俗文化。相声、曲艺、泥塑、剪纸以及各色餐饮小吃,具有面向大众的通俗特征,又需要一技之长,凝聚着市井底层的智慧,发展成为现代工商业社会所需的工匠精神。新时代海河文化应对这些传统和民俗文化进行系统挖掘整理、保护传承,寻找与当代价值相契合之处进行创造性转化,让津城传统文化遗产在新时代再放光华。

在后工业时代,文化产业以其无污染、低耗能、高附加值等特征备受青睐,正在崛起为发达国家的战略性产业,天津海河下游沿海区域的滨海新区,以其独特的地理区位、国际港口功能和雄厚的经济实力抢占先机,成为中国新兴文化产业发展的示范区。2005 年,滨海新区被纳入国家发展战略,成为继深圳经济特区、浦东新区之后又一带动区域发展的经济增长极,肩负重大历史使命。它雄踞环渤海经济圈的核心位置,文化资源丰富,经济、科技实力突出,得天独厚的优势为滨海新区文化产业跨越式发展提供了强有力的支撑,吸引了一些国家级产业园落户于此。经过几年的发展,重点打造了创意设计、软件研发、影视动漫、广告会展等战略性新兴文化产业,实现了文化产业高起步、有特色、多亮点的发展格局。"一带一路"倡议、京津冀协同发展战略以及自由贸易试验区建设等,为滨海新区文化产业发展带来前所未有的历史机遇,它将以深厚的民族文化和特色海洋文化为支撑,以科技创新为引擎,开拓前所未有的产业内容及其产业形态,创造世界领先水平的新型高效产业项目,影响和带动全国文化产业发展,为未来中国的先进文化提出新思想、新创意、新业态和新产能,成为滨海新区文化产业发展的重要目标。

三、天津海河文化的精神内涵

海河文化是亲水型文化,它是指特定区域的人们对赖以生存的河流、海洋、湖泊等水态的深厚情感,以及对其所象征的精神价值的信仰和追求。天津作为一座依河傍海的城市,海河不仅是天津人赖以生存发展的自然空间,更深刻的主宰着天津的城市性格和人文精神走向。天津建城六百多年所创造的丰富物态文化,包括建筑、桥梁、水利工程、人文景观等等,体现了天津这座城市对海河的亲近、敬畏以及与水和谐共生的理念。海河通津,正是水的流动沟通了南北通商和文化交流,"水"催生了天津都市文化的多元、开放和包容,形成天津海纳百川的胸怀、乐观豁达的城市性格,并进而影响到这座城市的文学、曲艺、民风民俗、妈祖信仰等一切精神文化的特质。

以"进"为突出文化品格。"进"既是指市民整体保持进取的心理状态,也是指城市历史发展中形成的先进姿态,这与海河水文化特征有着密切关系。水的流动向前、不进则退的形态特征对傍水而生的海河文化产生了积极影响,内化为一种积极进取、勇立潮头、敢为人先的城市性格和精神特质。天津由一个漕运中转码头发展成为北方经济中心、国际化港口城市,在新世纪京津冀协同发展的国家战略中发挥着重要作用,始终展示出先进发达、勇当改革开放先锋的城市形象,海河文化中蕴藏的积极进取、创新竞进的优秀文化基因是一个强劲的动力源泉。

以"容"为深厚文化底蕴。海河水系形成一个扇面,最终在天津汇聚流入大海。这种依河傍海的区位环境对城市发展及城市性格形成都产生不可低估的影响。天津筑城设卫之后,商贩船家云集,戍守军旅常驻,流动人口激增。无数船舶通过来往于三岔河口,天津城则接纳了漕运船民、移居商贾、垦戍军士、破产农户和外省务工人员,形成"五方杂处"的移民城市。在近代开埠通商以后,大量的侨胞和海外资本进入天津,欧美文化对天津本土文化产生了重要影响。"海纳百川,有容乃大",这是天津的水域环境给人的最直观体验,同时也是在五方杂处、南北交融、东西荟萃的生存环境中形成的认知,它们共同塑造天津这座城市多元、开放、包容、大气的文化风格。

以"和"为最终价值取向。"和"是中国传统文化的一个重要概念,是对差异性的统一、多样性的共存。天津海河文化的"和"包含了和善、和睦、和平、和谐等含义,是从市民的生存哲学到整个城市发展理念的基本认知和价值取向。它与海河水文化流动、协调、平和等特征密切相关,更是在特定城市历史发展中形成的价值观念。天津发展过程中多元的人口结构、文化结构形成了丰富多元的文化基因,在城市发展中一直融会贯通。漕运文化的热情幽默、商埠文化的和气生财、军旅文化的刚健豪迈、异域文化的现代开放,互相碰撞融合,形成了天津海河文化"和"的丰富蕴含。体现为市民外豪内和的性格特征,乐观平和的生活心态,古道热肠的处世哲学,以及天津在新时代建设和谐幸福之都、追求和谐社会的发展理念。

第五节 城市中的摩天轮与文化生产

城市中摩天轮的发展历史表明它是发达的工业社会高度美学的产物,高层建筑和游乐设施的复合功能使它一直坚持这种美学追求,并借助资本的扩张和建筑技术的突破延伸到世界各地。从坐落在泰晤士河畔的

"伦敦眼"、新加坡滨海的摩天轮,到中国的"天津之眼"、南昌之星等世界著名的摩天轮来看,它已经远远超出了一般建筑和游乐设施的功能,具有了一种城市形象的象征意义和地标性。一个巨大的钢架轮廓,挂载着几十个透明观光舱,在缓慢地一周旋转后把游客放下,高度约百米,时间大概是三十分钟,这就是它的工作任务。如此简单的使命如何赋予它城市地标的光荣,驱动摩天轮的是机械、电力还是其他主观意志,它是否如大众媒介所宣传的那样隐喻着美妙的爱情、惊喜和城市梦想?作为城市的眼睛它在凝视我们,而思索这些问题是我们拥有回望能力的体现。

一、现代性奇观与国家视角

世界上第一座现代意义上的摩天轮出现在资本主义工业文明如火如荼展开的时刻[1],当 19 世纪末一个钢铁结构的巨轮缓缓转动把人类送上高空的形象出现时,它生动地诠释了现代工业文化的巨大推动力和带给人类的福祉。此后摩天轮一直在高度和技术难度的竞争中不断刷新纪录,强调着发达工业社会的建筑美学和科技追求。然而摩天轮与一般高层建筑对高度的执着有很大不同,一般的摩天大厦首先是出于高密度利用土地的功能性需求,"现代自产业革命以来人口向城市集中,而新诞生的办公大楼在社会上的地位也快速提高,导致建筑物不得不持续向上繁衍"[2]。而摩天轮向高空比拼是出于景观视野需要和压过对方的象征性,这二者内在统一于摩天轮的空间生产结构中。

从表面看,摩天轮是一个带有很强的娱乐性质的机械装置,它带给游

---

① 第一个现代意义上的摩天轮由美国人乔治·法利士(George Washington Ferris)在 1893 年为芝加哥哥伦布纪念博览会设计,目的是与巴黎在 1889 年博览会建造的巴黎铁塔一较高下。它重 2200 吨,可乘坐 2160 人,高度相当于 26 层楼。正是由于法利士的设计,日后人们皆以"法利士巨轮"(Ferris Wheel)来称呼这种设施,也就是我们所熟悉的摩天轮。

② 〔日〕安藤忠雄、许晴舒译:《在建筑中发现梦想》,中信出版社,2014,第 54 页。

客的是惊险、眩晕和刺激，甚至有很多商家会提醒那些有高血压、心脏病和恐高症的人群要谨慎选择，而实际上这种风险提示带有吸引的反作用力，是一种商业噱头，坐摩天轮并没有坐过山车或者乘飞机带来的那种眩晕感强烈。相对于摩天轮的商业性和娱乐功能而言，它的视觉生产功能更为关键，它实际是借着商业手段实现了城市现代性维度的建构和表达，它提供了一个观察城市现代化、工业化成就的最佳视角和平台。在所有摩天轮的商业宣传和看似客观实则炫耀的介绍中，都讲到摩天轮的直径（也即它转动起来的高度）和观景舱的数量、面积、空调设备和舒适度（科技进展），但这些装置绝不仅仅是提供了一个舒适的消费休闲空间，而是为景观消费主体建构了一套观看情境和视觉关系，为消费者和景观的相互观看提供了一个视角、程序和技术保障。在摩天轮由地面升向高空的过程中，我们借着几平米透明的玻璃观景舱缓缓离开地面，没有了市井的喧嚣和机械噪音，只有高度制造的城市奇观。那些具体渺小琐碎的东西渐渐模糊，人如蚂蚁般在蠕动，汽车汇成两个相对方向摆动的长龙，地面只能显示出轮廓，眼前清晰的是雄伟高大的建筑物、摩天大厦和城市的标志物。它们是钢铁、混凝土和玻璃等现代工业化学材料的杰作，体现了高大挺拔的现代建筑美学观念以及速度创造经济效益的时间观念，暗示着城市工商业发展和淘汰法则。因而一个封闭性的几平米的摩天轮观景舱展开的是一幅宏伟的现代工业画卷，它使观景者情不自禁的陷入对现代性的陶醉和赞美之中。现代性是一个比较复杂的概念，社会学家和历史学家对它的分析模式有很大分歧，但大体倾向认为它是伴随着资本主义的兴起和 18 世纪启蒙运动的展开而兴起的，"是指启蒙时代以来的新的世界体系生成的时代；在一种持续进步的、合目的性的、不可逆转的发展的时间观念影响下的历史进程和价值取向"①。摩天轮的高度追求蕴含

---

① 陈晓明：《现代性：后现代的残羹还是补药？（上）》，《社会科学》，2004 年第 1 期。

着对速度的崇拜,速度是现代性的核心含义之一,"它意味着科学、技术、制度、管理、信心、思想、热情,甚至意识形态,等等"①。摩天轮只有不断地向高空延伸才有可能超越那些高层建筑制造出俯瞰现代性奇观的效果,只有无限的摩天才能超过日新月异的现代化城市发展速度,在城市中独占鳌头。

摩天轮通过高度和视角的变换制造了城市的现代性奇观,它远远地脱离了我们的经验世界具有了图像和符号性质,它甚至通过特殊的呈现和遮蔽生产出了一种新的世界观,在一个360度的圆周运动中主宰了观景者的身体和精神情感。这是一个空间奇观生产世界观的微妙过程,居伊·德波在《奇观社会》中对此有过描述:

在现代生产条件蔓延的社会中,其整个的生活都表现为一种巨大的奇观积聚。曾经直接地存在着所有的一切,现在都变成了纯粹的表征。

从生活的各个方面分离出来的形象汇成一条共同的河流,生活以前的那种统一性永远地失去了。现实被片面的理解,并在新的一般性中展现为一个隔离的虚假世界,一个纯粹景观的对象……

不能把奇观理解为是视觉世界故意的歪曲,也不能把它理解为是形象的大众传播的产物。最好把它看作一种已被现实化和转化为物质王国的世界观——一种被转化为客观力量的世界观。②

居伊·德波在这里阐明了现代性奇观的物质性表征,并且是一种纯粹景观的对象。但是就是这样一个视觉奇观会造成人类对"物"的征服

① 蔡翔:《酒店、高度美学或者现代性》,载王晓明编《中文世界的文化研究》,上海书店出版社,2012,第181页。
② 居伊·德波:《奇观社会》,载雅克·拉康等著,吴琼编《视觉文化的奇观——视觉文化总论》,中国人民大学出版社,2005,第59页。

和占有的假象,从而在内心世界升腾起一种精神信仰。这种新的世界观在资本主义情境中被经典马克思主义和本雅明批判为商品拜物教,在现如今的第三世界和后发现代国家中由于商品经济运行的相似属性,但政体与意识形态的分别,分裂出一些更复杂的内涵,象征着战胜异己的客观力量与超越的意志力。当游客坐上摩天轮时,一开始对象物还是那样清晰庞大,离地的感觉和对象物的挤压还会造成眩晕、畏惧和恐慌心理,但是随着高度的不断攀升和视角的变化,观景舱逐渐从现实空间中抽离出来形成了一个高高在上的位置,对象物顿时变得渺小甚至那些琐碎不堪的片段从视野中消失,当摩天轮把游客送达制高点时,游客基本上已经克服了失重带来的身体不适和心理恐慌,拥有了俯瞰全城的能力,游客的身份在刹那间发生了戏剧性变化,由芸芸众生变成城市的主人,由以前的仰望变成了现在居高临下的俯视,身体和精神的双重超越激发了消费主体对现代化力量的由衷赞赏以及个人扭转乾坤的创造意志和信心。从这个意义上看,摩天轮所创造的现代性神话意味着发展主义倾向的国家视角,它通过城市的空间规划和摩天轮这种奇观装置形成对消费主体具有一定操控性的意识形态。

这种国家视角混杂着对社会动力基础——经济形态的极大重视,还彰显出道德规训能力和文明发展走向。所有的这些核心内涵都要融入城市的空间规划部署,还要借助形式维度体现出来。因而城市的整体空间布局、观看的地理位置与装置以及消费主体三者之间已经构成了一个结构性的关系场域,在这里国家性观念发挥着宏观的意识形态功能,他决定了观看者观看的内容、效果和观看后的动力方向。比如英国的伦敦眼摩天轮是名副其实的城市地标,再也没有比它更合适的俯瞰伦敦全景的地方了。它耸立于泰晤士河南畔的贝兰斯区,面向坐拥国会大楼与大本钟的西敏寺,这二者是英国政体与国家文化的象征,诠释了现代化的制度和时间内涵。观景摩天轮把这些象征性景观尽收眼底,向所有游览者昭示曾经依赖工业革命和资本主义制度崛起的古老帝国迈向新世纪的国家梦想。"伦敦眼"借助良好的地理位置和城市景观成功传达了国家观念,也获得了巨大的经济效益,本来决定五年后就拆卸的摩天轮最后被长期保留下来。2005 年 5 月 19 日有报道指出,伦敦眼其中部分资助所用土地的业主要提高租金,营运者表示这样会迫使伦敦眼倒闭。时任伦敦市长利文斯通表示会坚决维护伦敦眼作为伦敦地标,并炮轰该土地业主的老板是"完全的白痴",这些只看到经济利益而不顾及国家利益的商人当然要被贬损为白痴,以城市为载体展示国家形象和观念或许才是摩天轮的实质。值得一提的还有"天津之眼"摩天轮,与高度桂冠、"世界唯一建在桥上的摩天轮"等特色相比,选择地理位置的匠心独具更为关键。天津一直以河海文化为依托,海河是它的母亲河,赋予了城市一种传统的写意式的悠闲和灵性,东临大海又使它有了开放的气魄,较早地开启了中国都市的现代化进程。如何把这种中西合璧的城市气质体现出来,如何通过这种城市规划展现中国特色的现代化成果和未来发展走向,是需要一个合适的位置和角度的。从这一点看"天津之眼"的地理位置无疑是最恰当的,它坐落在海河三岔口黄金地段,这里是天津传统文化和民俗文化最集中的区域,周边拥有大悲禅院、古文化街、鼓楼、意式风情区、奥式风情区等天津重要的历史与商贸旅游资源。天津之眼的高度和视角凸显了城市的历史积累与现代工商业文明交汇,昭示出在继承传统的基础上阔步走向未来的国家发展战略。因而一个城市的标志性建筑不仅在于建筑本身的独一无二,更在于它坐拥城市的空间视野,这意味着它生产现代性奇观和国家性意识形态的能力,也因此并不是所有在高度上有突破的摩天轮都能光荣的成为城市地标,很多摩天轮因为不具备这种空间生产结构只能沦为游乐场里的机械旋转,或者成为耗费巨资而没有多少收益的塑料和钢铁的组合物。

二、都市休闲与现代人自我形象的想象需求

摩天轮作为国家观念视角的一种生产装置,它与都市奇观和观景主体形成的视觉关系是结构性的,而非决定论的,国家观念并非一种绝对操控性意识形态,观景主体也并非是消极被动的接受都市奇观所制造的一切表象,之所以能形成这样一个稳定的空间生产结构,观景主体的自我形象的想象需求是重要的内驱力。

马尔库塞曾经论述过人类需求的社会历史性特征:人类的需求,除生物性的需求外,其强度、满足程度乃至特征,总是受先决条件制约的。对某种事情是做还是不做,是赞赏还是破坏,是拥有还是拒斥,其可能性是否会成为一种需要,都取决于这样做对现行的社会制度和利益是否可取和必要。在这个意义上,人类的需要是历史性的需要。①

按照马尔库塞的论述,社会的存在形式决定了人的需求。现代工业社会由于劳动生产率的大幅提高,从而延长了现代人的休闲时间,现代社会需要通过空间规划和媒介引导等多种渠道把"都市休闲"正当化、审美化,并作为一种价值推销给现代人。现代人模糊的感到这种需求,并以此来建构自我形象,摩天轮成为这种审美化的都市休闲形象的一部分,参与到现代人自我形象的想象中。它被赋予城市之眼的美誉即是对其审美化的表现,再加之现代媒体形式报纸、杂志、期刊、影像等不厌其烦地渲染描述更是强化了这样的审美价值。这些陈述展演除了向市民、游客提供客观信息,一个重要的倾向就是把都市休闲行为与摩天轮的美轮美奂连接在一起,从而使二者得到双重美化,以此来转动起花了巨资打造的摩天轮。比如"天津之眼"摩天轮在每一个重要时刻,如开工、合龙、施工接近尾声、正式亮相、重要节假日等,都有媒体给予高度关注并不吝赞美之词,

---

① 〔美〕赫伯特·马尔库塞著:《单向度的人:发达工业社会意识形态研究》,刘继译,上海译文出版社,2008,第6页。

例如 2010 年 9 月 20 日《今晚报》就有这样一个报道：

> "天津之眼"摩天轮在中秋节 9 月 22 日—9 月 24 日期间与游客"共赏一轮明月,共食一份团圆",凡此期间购正价成人票和儿童票者即可获得月饼一块,购正价包厢票者可获月饼一盒。数量有限,先到先得。
>
> 天津之眼　城市高度
>
> 2008 年,天津新地标建筑——"天津之眼"摩天轮落成,即坐落于当年朱棣率千军万马渡河之处——永乐桥之上。上仰天子之渡灵气,下拥九河下梢风光,"天津之眼"实至名归,成为天津比肩世界同类建筑之代表作。
>
> "天津之眼"摩天轮高度 120 米,轮外装挂 48 个透明座舱,每舱可乘 8 个人,舱内舒适宽敞,有空调调节温度,可同时供 384 人观光,依据季节不同安排运营时间。摩天轮依靠电力驱动,匀速旋转,约 30 分钟旋转一周。座舱到达最高处时,乘客能看到方圆数十公里的景致,海河风貌尽收眼底。
>
> 世界唯一　桥轮合一
>
> "天津之眼"是世界上第一座跨河建设、桥轮合一的摩天轮,巧夺天工、奇思妙想,兼具观光和交通功用,是世界摩天轮建设方面的一大突破,堪称世界摩天轮之最。①

这篇报道再次强调了摩天轮所制造的城市景观,"上仰天子之渡灵气,下拥九河下梢风光","乘客能看到方圆数十公里的景致,海河风貌尽收眼底",并把摩天轮的巨轮形状与中秋月圆人团圆的文化隐喻相连接,

---

① 张晓明:《中秋节摩天轮活动多多》,见《今晚报》,2010 年 9 月 20 日。

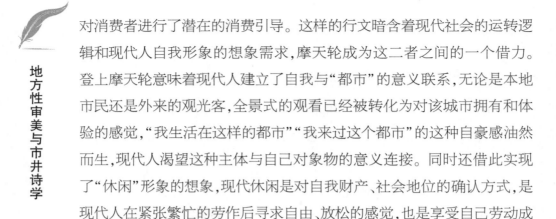

对消费者进行了潜在的消费引导。这样的行文暗含着现代社会的运转逻辑和现代人自我形象的想象需求,摩天轮成为这二者之间的一个借力。登上摩天轮意味着现代人建立了自我与"都市"的意义联系,无论是本地市民还是外来的观光客,全景式的观看已经被转化为对该城市拥有和体验的感觉,"我生活在这样的都市""我来过这个都市"的这种自豪感油然而生,现代人渴望这种主体与自己对象物的意义连接。同时还借此实现了"休闲"形象的想象,现代休闲是对自我财产、社会地位的确认方式,是现代人在紧张繁忙的劳作后寻求自由、放松的感觉,也是享受自己劳动成果的过程。摩天轮的现代化运转方式、规范的服务管理以及观景舱里封闭安全的空间,都符合这种休闲想象需求。

摩天轮在各个城市的火爆场景似乎表明现代都市人喷发式的休闲需求,但是同时它也折射了这种需求的某种异化属性。因为摩天轮也许是实现"都市休闲"形象想象的最经济节约、最省时省力的方式,在短短几十分钟时间里快速全景式的浏览了一个城市,以高度来制造对"都市"占有的幻觉,以"奇观"的视觉刺激和心理战术帮助实现了"畅"(flow)的感觉①,从而在最短的时间内完成了对自我形象的想象和建构。这恰恰说明了现代人的奔波忙碌和心灵束缚,以致于把所谓的休闲变成了一种短时间内的功利行为和对自己内心的敷衍,他们企图以观看的方式代替现场听觉、触觉、嗅觉等多种感官混合出来的丰富多元和生活质感,他们企图以冷漠的旁观代替传统社会人与人的交流和攀谈。但实际上这样做是对"都市"与"休闲"涵义的扭曲。规划好的城市景观不能代替我们对城市的真实感受,"城市最为强韧的生命力与复杂多样的氛围,却不是出自统治者也不是规划者之手,而是来自居民本身亲手的培育。而且越是无

---

① 美国心理学家席齐克森特米哈伊(M. Csikszentmihalyi)在 1990 年发表了对休闲心理学影响深远的专著《畅:最佳体验的心理学》,此书从心理学的角度对休闲体验的性质作了深入的研究,提出了"畅"(flow)的概念,即具有适当的挑战性而能让一个人深深沉浸于其中,以致忘记了时间的流逝,意识不到自己的存在的体验。

法用理论性、合理性收编的部分,越能孕育出城市独有的文化。也就是说,源自人们日常生活长期培育出来的文化,正因为具有独一无二的个性,才会将人们吸引到城市来"①。另外,这种把工作与休闲断然割裂开来的功利性方式无法抵达休闲的真正内涵,"休闲并不是拥有了驾驭世界的力量,而是由于心态的平和使自己感到生命的快乐。否则,我们将毁灭自己"②。从这个意义上说摩天轮不过是忙碌而浮躁的现代都市人的一个借口,以休闲之名,省去了用心去了解和倾听自己生活杂音的过程,并借助机械的力量安然的放下了对生命脚踏实地的触摸和反省。

三、摩天轮的文学隐喻

事实上摩天轮作为现代工业和科技的产物,它的空间价值伦理是一个双向生产的过程,一方面作为观看装置它制造了现代性的奇观和城市乌托邦梦想,另一方面它又在被看的位置上成为反制性观看的对象,逆向地表达着人类对现代化进程的反思,隐喻着现代性孤独和城市梦想的幻灭。文学以极强的个体性、精神性和精英化特征承担了后者,它不能苟同商业和资本逻辑下对摩天轮的鼓吹和美化,那种把大众淹没在非理性的旅游狂热中的类似宗教一样的东西。它也不能认同那些借着神话名义制造的庸俗的想象与隐喻,比如"转动的风火轮""爱情的魔盒""来自天堂的惊喜"等。文学的义务是摧毁这些假象的一个"除魅"过程,还原现代性生活本身冷漠、残酷与孤独的真实面目。

学者王晓明曾说:"主流意识形态的最有力的反抗者是现实生活,是人的现实的生活经验。"③从这个意义上讲那些揭示摩天轮虚幻性最成功

---

① 〔日〕安藤忠雄:《在建筑中发现梦想》,许晴舒译,中信出版社,2014,第67页。

② 马惠娣、刘耳:《西方休闲学研究述评》,《自然辩证法研究》2001年第5期。

③ 《从建筑到广告》,载王晓明编《中文世界的文化研究》,上海书店出版社,2012,第352页。

的作品是能够写出现实生活经验的不堪，与现代性象征物摩天轮的美轮美奂形成巨大反差，从而构成对现代性神话的解构和颠覆，薛舒的《摩天轮》就是其中之一。它借助一个摩天轮操作员王振兴的三十年人生的回顾，反思了由传统农业社会向现代工业社会过渡的现代性生产过程，呈现了一个农民变成产业工人的身份裂变必然要经历的撕裂、阵痛和生命不能承受之沉重。以摩天轮为现代性隐喻，作者揭开了一个农民现代工业梦想破灭的缘由，也写出一个工人对农业社会的忧伤回望。但现实是已经走上现代化道路的他们再也回不去了，必须在卑微、琐碎、平庸、焦灼的人生中挣扎并找到一条出路。这种现实生活的挫折困顿与他作为摩天轮操作员所驱动的壮丽人生画面形成巨大反差与断裂，从裂隙中裸露出虚无、怪诞、扭曲的现代主义情绪，嘲弄讽刺着盲目的都市化进程、混乱的娱乐产业和失范的道德伦理秩序。这个作品以想象方式表达了现代人对摩天轮以及它所象征的现代机械化的反思：它把人从土地和艰辛的劳动中解放出来，却使他们陷入另一种贫困的束缚，或者把他们悬在自卑、惶惑、没有安全感的涡旋之中。小说的结尾意味深长地强化了这一主题，在游乐场兢兢业业工作了三十年的王振兴知道自己在公司改革过程中要被辞退了，他第一次违规操作自己开动了摩天轮，然而他体验到的不是惊险刺激的感觉，看到的并非期盼已久的美景，而是残酷的现实和破碎的梦想：通过望远镜，他看到不算漂亮的妻子在家门口的市场抢购廉价的鱼，为了明天他要带的盒饭；他家的阳台晾着蓝色的工服，而这明天就用不上了；楼下园林局长的夫人正和情人私会闹矛盾，而这个养尊处优的女人是每天老婆和他怄气的导火索；他的堂兄因为被游乐场辞退转而有了事业的转机，现在是蔬菜基地的总经理，购豪宅、开名车、包二奶，现在正被老婆跟踪而来，他是对一个规规矩矩工作的工人王振兴的巨大反讽……摩天轮提供的独特视角让一个工人看到了现代生活的龌龊和道德无序，就在这时摩天轮出现故障不动了，他被悬在城市的半空。小说结尾充满象征性：

> 夜色完全降临城市，远处霓虹灯火次第亮起。大上海的中心，正走进灯红酒绿的黄金时段。没有知道，这一夜，城市西区即将毁弃的第一代游乐场里，有一架巨大的叫做摩天轮的游乐器械上，长久地悬挂着一双眺望的眼睛。①

这双眺望的眼睛不同于游客看风景的眼睛，它同时在审视自己的城市和生活处境，发现了现代性某种异化的结果。这是主体的挫败感引发的幻象和梦境的破灭，它终将导致这种反制性、祛魅式观看，以现代性的孤独撼动着那曾经给人类带来多少幻想和希冀的工业神话和集体梦幻。

借助摩天轮的虚幻性表达现代生存之悖论成为很多职场小说的主题，比如《巴黎没有摩天轮》中，作者把人生体验和建筑空间糅合在一起，创造了一种意想不到的强化主旨的效果。

> 有一种人生，名字叫作"摩天轮"。
>
> 你始终站在观光舱里透过玻璃看风景，即使转到最高点，即使无限接近，风景也不属于你。当转完一整圈之后，依然孤孤单单地离开摩天轮。
>
> 我正在进行着的人生，就困在摩天轮的某一圈里：
>
> 每天乘坐拥挤的公交车到达市中心的写字楼，就连电梯间都有中英文流利的礼宾小姐；每天整理巴黎米兰纽约伦敦的时装趋势，谈论秀场上摔倒的模特，然后跟同事一起打印电子优惠券去换购午餐；但或许白天还在约名人聊天拍照，晚上就回到租来的小房间里吃泡

---

① 薛舒：《摩天轮》，《飞天》2009 年第 3 期。

面写稿。

　　摩天轮很高,观光舱外的风景很美。

　　我站在玻璃后,只负责将最美的景象拍照留念。①

　　摩天轮以高度制造出的幻觉和风景是一种假象,而它所象征的现代化工业生产和机械化生活才是本质,人类正是被自己所创造的成果禁锢,这种反思正在文学艺术领域不停蔓延。它是对大众文化受制于主流意识形态的一种反制,是对商品拜物教时代视觉政体的有力颠覆。文学艺术不同于科学领域的逻辑论证和理性分析,它游弋于现代人的情感和心灵,捕捉到了现代工业材料和高层建筑的坚硬、锐利、冰冷对人柔弱敏感神经的挫伤和梦想的碰撞,对现代人面临"物"的挤压捍卫应有的私人空间和主动思想能力发出强有力的召唤。它引导我们思考自己的对象物,也是在思考我们自己。摩天轮作为建筑史上的一个奇思妙想,它所凝聚的人类智慧和想象力值得我们沉思,它除了引领我们打量外在的世界,还应该成为人类洞识自己内心的眼睛,它应该穿透表面的、商业化和娱乐化的种种内外迷障,照亮人类的心灵世界和未来之路。

---

　　①　浅白色:《巴黎没有摩天轮》,北京燕山出版社,2013,扉页。

第五章　天津作家作品解析

第一节　乱世中的爱情悲歌：论林希的家族小说

　　林希是当代津味文学代表性作家,他的《买办之家》《桃儿杏儿》《天津卫的金枝玉叶》《"小的儿"》《家贼》《醉月婶娘》等作品基于人物的姻亲关系、性格特征和命运结局等互文叙述,构成了具有谱系性的津门家族小说,以浓郁的地域文化和津门特色构成当代都市家族小说中的重要版块。其中婚恋情感是贯穿这些家族小说的核心叙事线索,它以"婚姻—家庭"的初级社会关系想象触及了社会文化的深层结构,曲折的映现出近代社会文化的新旧杂糅、多元交织的特征和某些"失调"的文化症候。与五四时期以家族兴衰反映社会的现代家族小说相比,这些作品具有一种历史高度和"后见之明",反映出在更加宽宏的当代文化视野下对近代历史文化的审视认知和艺术建构,在社会夹缝中讲述爱情婚姻悲剧、塑造中间人格和寻求情爱本质的文学书写,亦为当代家族文学贡献了一种新的审美构思模式。对其家族小说的系统性解读,有助于我们更加清晰的认识文学与社会、历史、文化的隐喻关系,在一种综合立体的维度中阐释它们的特质和互动关系。

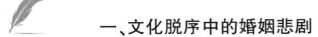

一、文化脱序中的婚姻悲剧

　　林希的家族小说历史背景选在风云突变且酝酿重大改造的近代,这也是中国传统家庭关系和婚姻模式发生现代化转变的起始期,即由亲子轴为主的扩大家庭向夫妻轴为主的核心家庭的转变。社会学者李银河曾引用帕森斯理论说:"工业经济的规则和价值观念与大家庭的义务、忠诚和价值观是不相容的。工业经济强调公正、公平和公开竞争;而传统家庭强调亲情、照顾和亲属关系网。前者强调普遍标准,后者强调特殊标准。"①在 20 世纪初叶,工业经济的迅猛发展带动工业化价值观念进入中国家庭生活领域,个人本位逐渐瓦解传统家庭血统规则和相互依赖关系,以夫妻以及他们未成年子女为核心的小家庭逐渐成为流行生活模式。这种现代家庭转型带动了婚姻文化的变迁,在中国传统的大家庭中,婚姻被放置在家族结构中更多地承担了祭祀祖先和传宗接代的功能,个人情感和意愿几乎不被重视,是一种压抑性婚姻文化。如潘光旦先生所言:"中国是一个家族主义的国家;婚姻是比较个人的功能,但是在家族主义很浓厚的空气里,个人的地位很小;个人既为了家族才存在,所以婚姻便为了家族才举行了。婚姻的家族效用有二:一是父母的侍奉,二是宗祧的承继。"②但是在夫妻依赖程度更高的现代核心家庭中,婚恋的自由度和双方情感融洽与否会变得更加重要。近代以来尤其是五四时期婚恋自由、个性解放等口号伴随着西方民主、自由观念逐渐在社会、家庭中蔓延开来,带动着传统婚姻文化发生着缓慢的变迁。

　　林希的家族小说以这种"家庭—婚姻"的现代变迁为背景,深入社会

-----

　　① 李银河、郑宏霞:《一爷之孙——中国家庭关系个案研究》,内蒙古大学出版社,2009,第 1—2 页。

　　② 潘光旦:《寻求中国人位育之道——潘光旦文选》,国际文化出版公司,1997,第744 页。

生活肌理探寻那个时期无数婚姻悲剧的文化根源,对那个年代婚姻文化没有发生预期的整体进步而是处于"文化脱序"状态进行了持久深入的思考。文化脱序(或者文化失调)是近年来研究晚清至民国历史文化常出现的概念,文化学家乌格朋曾进行过解释:"近代文化的各部分变迁速度不一,有的快,有的慢,因各部分是相关而互赖的,如一部分起了很快的变迁,其他有关各部分也就需要急速的调整……当文化一部分,由于某种发现和发明,先起了变化,而引起其他某些有关之文化的变迁时,有关部分的变迁则常是延缓的,这种延缓的变迁的范围依文化本身之性质而异,但可能延缓为几年,在这个时期当中,便可以说是有了失调。"①这种文化失调的状态在整个近代一直延续,林希的家族小说就是聚焦于那个特定历史时期文化脱序状态,并认为这是造成无数婚姻情感悲剧的根本原因。

　　林希小说中所写婚恋悲剧虽然各式各样,但几乎都可以归因为一种就是文化错位。处于婚恋中的男女双方在志趣、爱好、信仰、价值观念、生活方式等各个层面的差距造成了婚恋中的逃避、摩擦、抵抗和冲突,有的是男女双方之间的冲突,有的是与另一方所代表的家族势力和社会环境的抗争。而之所以是悲剧就在于那些美好的、正义的、弱势的往往难以取得最后的胜利,他们被严实地罩在巨笼般的世界里做着毫无希望的撞击。林希小说中婚恋悲剧中最动人的形象之一就是醉月婶娘宁婉儿(《醉月婶娘》),这位豪门家族中的媳妇几乎就是中国传统家族文化的祭品,她的爱情悲剧就是文化错位的结果。按照中国传统缔结婚姻方式她由父母许配给侯家南院的长子侯荣之,侯家是天津名门世家,侯荣之年纪轻轻已经是天津商会的副会长。按照传统眼光看他们门当户对、天作之合。但是醉月婶娘的内心却承受了无边的痛苦,这痛苦完全来自于她与丈夫侯荣之的巨大文化差异。她虽然是受传统文化熏陶的旧式女子,但尚有读

---

①　转引自周乐诗《新小说中新女性形象的意义》,《妇女研究论丛》2009 年第 6 期。

书写诗、舞文弄墨等雅好,而侯荣之却是个不折不扣的花花公子、庸俗功利之徒,醉月婵娘的才华反而铸成了他的自卑、荒唐和暴虐,一段孽缘由此开始。另外,宁婉儿自身的新旧观念的斗争也造成了她的困惑、挣扎和郁郁寡欢。像她那样的大家闺秀应该是恪守纲常礼教、吟诗品茗论画的,但她受家里新派青年的影响开始喜欢新体诗、喜欢看报纸、喜欢有志青年激昂的爱国论调。尤其对在南开大学读书的六叔萱之的暗恋带给她无尽的苦恼,喜欢丈夫的弟弟是不伦之恋,为家庭和社会所不容。因而她只能深藏自己的真实感受和相思之苦,以致积郁成疾,一个年轻的生命在最美的年华陨落了。作者要说明的是这个因袭着传统文化重负的女子开始觉醒,但是这种觉醒没有带给她希望,却造成了她的厄运,因为整个社会、家庭文化还处在沉睡中,不会随着她的觉醒而发生变化,这种文化脱序足以把一个鲜活的生命拖进历史的深渊。作品开头用一章篇幅所写的家族中种种醉态颇具象征意义,暗喻整个社会文化停滞不前、醉生梦死。"如是才想起侯家大院里父亲、母亲、叔叔、婶婶、姑姑、姨姨们一个个的醉态,也才明白了他们于醉酒之时何以那等的飘飘欲仙,彼时彼际,他们一定在享受着自己的快乐人生,那是他们被剥夺、被埋葬的人生,更是只能于醉酒之时才能拥有的美丽人生。"①那些心怀梦想的年轻人只有在借酒浇愁、消极逃避时才能拥有美丽人生,一旦清醒了就被现实撞得头破血流,这是整个社会文化发展不协调的结果。

林希借助一个大家族中的各式各样的人生对近代新旧交替时期的婚姻文化进行了非常有层次、立体性的展示:旧式婚姻无爱的悲剧,新式女子走出家庭的昂扬,青年男女自由恋爱的热烈,金枝玉叶们离家出走的悲壮……但是他们的人生又极少不是悲剧的,就像作者所说:"侯家大院里的故事也有两个凡是,一个凡是,凡是侯家大院里发生的事情,全都是悲

---

① 林希:《相士无非子》,百花文艺出版社,2013,第291页。

剧的结局。第二个凡是,凡是侯家大院里发生的悲剧,一定还得是好人蒙
难,坏人得逞。"①作者如此悲剧的宿命论调实际是基于对当时社会文化
结构的认识,在那个由传统向现代变迁的特殊时刻,各个部分的不协调、
错位必然会形成对婚姻家庭这种社会初级关系的碾压,悲惨的人生戏剧
一幕幕上演。他的作品以细节的形式反映了哪些人在承受这种痛苦,社
会文化的哪些部分发生了或前驱或滞后的运动。由此他的小说触及了中
国传统的儒家伦理体系以及相关的传统婚姻缔结方式,儒家的"无我"
"仁爱""尚群"观念以及由此形成的家族政治、门第观念都是文本最稳定
坚固的文化结构,相反在社会、家庭和青年人中流行的现代个人解放思
想、婚姻自由观念似乎沸反盈天,但是也只限于几个幼稚青年的口号、几
个弱女子不敢公开的心事和几个看似觉醒的新青年的莽撞行动,最后他
们在强大的传统抵抗下无不以失败收场。但是作者书写这样的婚姻悲剧
实际不在于陈述一种残酷的事实,这个任务在很多五四家族小说中已经
完成,他的文学任务更接近一种文化思想的建构,即文化不能简单地以新
与旧、传统与现代来区分,文化结构的复杂性、交叉性、互渗性造成文化变
迁轨迹的不规则性、非整体性,它不是简单的新与旧、传统与现代的对抗
与完整更替。我们必须充分重视这一点,才能对历史与现实形成一个客
观公正的判断,而不是简单地陷在一种美学式的悲剧情感共鸣中。

二、以"中间人格"投射乱世迷茫

　　林希对近代中国文化有一个基于历史态度的认识,对传统与现代、新
制与旧统、革命与反动、建设与破坏等有一个总体的把握,但是对此却没
有做简单概括和价值判断,而是以冷静机警的态度呈现着二者的内涵和
相互斗争的复杂性。在他的创作中,首先新与旧、传统与现代不存在一个

---

①　林希:《相士无非子》,百花文艺出版社,2013,第 338 页。

绝对的界限,而是一种互相渗透,即你中有我、我中有你的交错关系,这既体现在整个社会的错综复杂性,也体现在个体的纠结、焦灼的思想状态和行动中;其次,新与旧的更替、传统向现代的过渡并不是一个必然进步的过程,它往往伴随着传统思想精华的遗失、伦理道德的堕落以及历史河床中的沉渣泛起,而普通民众甚至是那时自认为精英的热血青年却浑然不觉。作者的高明之处在于他没有做出一个明确的澄清和评判,而是进入社会生活深处以"中间人格"的塑造呈现出这种混杂、丰富和多元,以及各种新旧势力与观念的相互掣肘与抗衡。

他的爱情悲剧中极少有绝对的人物,往往都是一些不彻底的"中间人格"或分裂人格。像巴金《家》中觉新那样的人物,在林希的小说中成为沉默的大多数。当时社会上流行的那些维新与守旧、传统与现代、礼教与自由、束缚与解放等喧嚣的爱情观念往往交织在这些个体身上,集中在他们的婚恋选择与情感生活中,他们的爱情婚姻悲剧也往往是沉重文化担负造成的身心垮塌和玉石俱焚。巴金所塑造的觉新还经常有一种内心的挣扎和叫喊,但在林希笔下,这些中间人格却是吞噬了所有的不幸创伤,独自舔舐着流血的伤口,他们都是内敛的、冷静的、孤独的,承受着内心撕裂的痛苦但是并不抱怨、抗争,甚至不发出一点声息。比如《买办之家》中的余子鹏,《醉月婵娘》中的醉月婵娘,《桃儿杏儿》中的桃儿,所有家族小说中贯穿的人物"我"母亲,他们的婚恋悲剧都是因为接受了时代的新思想,但是内心又因袭了传统儒家伦理道德信念,在挣脱与束缚之间迂回、碰撞、煎熬,无论做出哪种选择都陷在巨大的失落中消沉下去,最终坠落在历史的深渊之中。婚姻情感生活只会带给他们痛苦和纠结,这是时代纠结在个人身上的凝聚,他们无法摆脱也无法凭借个人努力解决,某种意义上说他们也是那个多事之秋和混乱社会的祭品,他们的存在似乎是为了缀住那个时代在危机四伏和内忧外困中艰难前行。这是非常典型的"过渡时期人格",他们很难用新或旧、革命或反动来概括,他们的文化心理、精神思想新旧莫辨,行动上自然也是踟蹰不前,没有后退的条件,也缺乏前进的动力,最终消殒在时代、社会、家庭与个人共筑的迷城之中,一点点耗尽了青春、虚掷了生命。这是那个动荡、变化莫测的时代造成的结果,也与中国文化传统中消极、中庸、认命的思想根蒂有关。

处于那个迷茫时代的传统大家庭是这种人格形成的土壤,诗礼之家让他们饱受儒家正统文化的规训,一种较为完善的智识教育让他们比那些碌碌无为的人更能够感受到社会思潮的涌动,传统的坚固和新文化的激荡形成了这些有心人、智识者的困惑。醉月婶娘是北京一个书香门第培养出来的闺秀,传统家族的女德规范、纲常伦理都不允许她按照自己的意志追求新生活、追求理想中的爱人,她凭个人能力也无法与强大的传统、家族和残暴的丈夫反抗,她也只能拿出全部首饰去营救六叔萱之,在病得奄奄一息的时候向"我"母亲倾诉心事,最终在六叔萱之住过的冰冷房间里悲惨地离开人世。像余子鹏那样的大家族的长子更是处在种种新旧势力的夹缝之中,余家是津门首富,秉持诗礼传家,他作为长子理应诵经读史,虽不能兴邦治国,但到底给下面的兄弟树立榜样,可是他终不能只做一个儒门圣贤,过着传统士子的理想生活。因为社会在发生剧变,他的家庭也在办洋务、做买办,他的父亲余隆泰大人是洋务界的首领、三井洋行的掌柜,怎么可能再要求自己的儿子不问世事、闭门读书呢? 余子鹏在中西书院学习时结识了最好的朋友苏伯成、苏伯媛兄妹,他们在一起纵论天下大事,畅谈匡时救国的文韬武略。但是他最好的朋友苏伯成在北洋舰队与日本的激战中以身殉国,他喜欢的新式女子苏伯媛在堂哥牺牲后也落发为尼,这些都象征着那个时代维新派没有出路,余子鹏也跟着消沉下去,"再不问天下兴亡,也不再热衷新学,他一头钻进古书堆里,每天写字、吟诗,训诂他的《尚书》去了"①。他的家庭环境、教育环境和社会经

---

① 林希:《买办之家》,新世界出版社,2003,第95页。

历都充满了新旧交织的特征,旧痕迹抹不去,新道路行不通,他只有缀在中间靠一些无用的东西麻痹着自己。"我"母亲也同样是处在这样的新文化与旧观念夹缝中的一个悲剧典型,她以一个封建家长身份管理家务、规范家族成员,维系家族稳定和团结,这是对儒家伦理文化的"顺从",但是她在骨子里对正统礼教、婚姻门第观念、传统女德要求、纲常伦理等充满"强力批判"。首先她的婚姻是自己的选择,虽然当时侯家看起来是暴发户,没法和马家这种名门世家相提并论,但是父亲的才学、谈吐征服了她;其次她的身份虽然是一个代替爷爷治家的家长,但她做得最多的事情是拿出自己的嫁妆首饰去营救不断犯错误的家族成员,暗中保护那些在外面从事新文化活动和爱国义举的青年,她才是家里新生势力的保护伞。可是她自己的情感生活就窒息在这种"中间角色"之中,她大胆选择了一个看似新派的家庭和"新青年",但这个新家庭却把她安置在传统规范里,做一个规矩的长房媳妇,包容丈夫的花天酒地、风流成性,不断收留丈夫带回家里来的小妾。丈夫最终还是辜负了她,领回来了一个戏子宋燕芳做了"小的儿",后来又领回来一个歌星王丝丝,母亲无尽的忍让和付出却不断遭遇欺骗,让她有一种深深的挫败感,她带着年幼的"我"躲在山西的亲戚家抑郁而终。

作者对这类"中间人格"的书写态度是不动声色、极其冷静的,这种冷静源于他站在一个思想制高点上对时代和社会的一个宏观把握,隔着近百年的时空与他们交流,认为他们是那个社会的承重主体,他们只有背负着那个社会的文化重负前行,除此之外他们没有其他选择。所以那个时代几乎没有彻底的人格,偶尔有几个彻底人格也没有出路,从作者所写的其他或前进或后退的两类人物便可知。那些固执向后走的人必定没有新生可言,比如家族里那些睡在祖上荫蔽中的遗老遗少。那些奋发有为的青年又怎么样呢? 作者赞扬了他们的雄心抱负、爱国举动,但是走出家庭、参加革命的新式青年最终也都沮丧地回来了,并没有想象中的那种方向性胜利和辉煌的未来。南院里的六叔萱之,因为办激进的报纸为父亲不容,被兄弟出卖,惨遭日本人的毒打(《家贼》)。《天津卫的金枝玉叶》中我的松哥也曾经是"一个有志气有才气的青年",因为婚姻不美满失去了生活的锐气,"在孤独和寂寞中度过了他的一生"①。六叔萌之冒着生命危险参加抗战,回来的时候"面黄肌瘦","看着和乞丐差不多","我爷爷看见六叔的样子,立即就大骂国民党不是东西,铁血青年一心抗日,怎么就一连八年失业,只靠写点小文章喝粥呢?"②新女性苏燕不满父母指定的丈夫和家庭妇女的角色,她离家出走,并在战场上找到了自由的爱情,可是最终为了维持高官厚禄、家世清白却连自己的亲生女儿也不敢相认,她所要的自由的爱情不过是功名利禄的幌子,这种离开一个男人再投入另一个男人的怀抱、以谋爱来谋生的手段与那些旧女性本质上没有区别(《天津卫的金枝玉叶》)。可见作者不认为新与旧代表着一种出路,新文化中包裹着旧杂质,传统中也孕育着代表时代发展方向的新因素,肩负着新文化与旧传统的"中间人格"才是那个社会文化塑造的沉默的大多数。作者回到那个不可更改的历史时刻让他们重新发出声音,呈现出他们内心的挣扎和困惑,写出与历史学家不一样的历史,用作者自己的话说他更重视历史中人的"情感经历","在历史的雾瘴中为含辛的人述怨,在兴衰成败的过程中为饮恨的人伸张",这种"情感体验"的真实才是历史小说的使命。③ 由此作者构建出与传统家族小说不同的婚恋生活与人生真相,在文化思想上虽然显得庞杂,但却是呈现了前所未有的丰富多元,在文化建构和历史认识上也走得更远。

---

① 林希:《天津卫的金枝玉叶》,中国青年出版社,1999,第289页。
② 林希:《天津卫的金枝玉叶》,中国青年出版社,1999,第295页。
③ 林希:《买办之家》,新世界出版社,2003,第3页。

三、在社会夹缝中开出"美丽情爱"之花

晚清以及五四时期的很多爱情婚姻描写带有很强的伦理导向性,在两情相悦的浪漫结合中承载着自由的神话和解放的允诺。但是在这种允诺已经基本成为现实的当代,林希再来重新审视那个历史时刻时,他已经卸掉这种给人力量或者希望的道德教化负担,而只需更加贴近历史真实和情感本质。所以他的家族小说已经从文学的伦理统治中解放出来,减少了人为添加的暖色、光亮和各种爱情修辞,走向历史与生活的真实重建。研究者程朝翔引用雅克·朗西埃的美学理论,来解释文学艺术与现实的三种关系,即伦理统治、再现统治、美学统治。"伦理统治以柏拉图的《理想国》为代表,文学艺术并不独立,从属于道德教化和社会和谐。再现统治以亚里士多德为代表,文学艺术已经独立,但是不同的体裁有高低贵贱之分,有等级制度,也有约定俗成的约束力。而美学统治则是与过去截然不同的新统治,艺术与生活终于融为一体……"①如果按照这种文学功能划分,林希的创作更接近美学统治,他是以自己的生命和记忆形式重建一种艺术真实,它不是简单为了道德教化和社会和谐,也不仅是为了再现一段历史,而是为了无限接近生活本身、无限接近爱与美的本质,它的旨归是思考未来。作者曾表达过他创作的动力就是为"寻找人世早已绝迹之美丽情爱",这可以看作是他家族小说中爱情描写的一个基本价值立场,在谈及写作动机时作者曾说他已经没有"做官入仕"或"发财享福"的追求,"我只想重温先母'人类相亲相爱的本性不会泯灭'之教诲,寻找人世早已绝迹之美丽情爱"②。虽然对爱情观念他有"早已绝迹"的悲观认识,但是他并没有绝望,也没有停止追寻,认为在大历史和生活细

---

① 程朝翔:《理论之后,哲学登场——西方文学理论发展新趋势》,《外国文学评论》2014年第4期。

② 林希:《"小的儿"》,新华出版社,2010,第472页。

微处爱与美始终在放出光芒,成为指引人生之路的方向。他在《桃儿杏儿》的题记中非常明确地说:"人世间的一切都无法挽回,人世间的一切也无可惋惜,唯留下圣洁与美丽,升华为永恒的记忆。"(《桃儿杏儿》题记)圣洁与美丽的情爱一直是林希家族小说的核心理念和精神支撑,是贯穿着历史和虚构的艺术真实。

从古至今爱情都是文学的一个永恒主题,那么这种圣洁与美丽的情爱到底去哪里找寻,作者如何既写出那个社会和时代的特殊性又挖掘到婚姻爱情的本质,这是家族小说写作面临的最大思想挑战。林希的创作中暗含着这样一种思想逻辑:真正的爱情存在于自由与阻力之间,爱情之美在于冲破障碍的巨大力量。中国近代是现代冲击传统、新制撼动旧统的一段特殊社会转型期,障碍、阻力、压抑、束缚无处不在,像一个锈迹斑斑但是坚固无比的巨大铁笼困住那些追求自由和解放的年轻人,撞碎了无数人的爱情梦想,造成了他们无可挽回的人生悲剧。但是圣洁之爱恰恰就存在、生长于这个铁笼与光明世界的夹缝之中,铁笼的坚固、黑暗恰恰显示出爱情的疯狂、力量、自由与奔放。因而作者是借助了爱情的存在悖论,书写了那个文化与社会的脱序造成现实中的情爱绝迹事实,但也同时释放出理想爱情的蓬勃状态和巨大生命力,在社会夹缝中盛开着"美丽情爱"之花。

基于对爱情本质和那个时代的认识,林希所写的高贵和圣洁之爱都是压抑的,相爱的两个人中间一定隔着伦理道德、门第观念、阶级鸿沟等各种巨大障碍,而被家庭和父母指定的婚姻或者是很容易结合在一起的两个人无法体会到爱情的幸福滋味。比如醉月婶娘和侯荣之、"我"母亲和父亲这两对夫妻极其相像,都是门当户对、父母做主、男女一见倾心,但可惜大家闺秀都被"正人君子""风流名士"的外表给欺骗了,婚后她们忍受着丈夫的不学无术和风流成性,陷入婚姻期望的巨大落差中直至抑郁而终。相反真挚美好的爱情存在于醉月婶娘和六叔萱之之间,存在于萌之和桃儿之间,他们之间都隔着不可跨越的伦理道德和阶级门第的巨大障碍。醉月婶娘和萱之两个人有共同志趣,都热爱新学、渴望在家庭之外有所作为,"一起读书,一起切磋诗艺,抨击时政,指点江山,我们一起盼望中华复兴,我们一起希望国富民强"①。但是他们之间隔着家族、伦理道德的巨大阻力,这种阻力又激发了爱情的巨大力量,萱之只能以修改新诗的借口见到醉月婶娘,并把藏在心里的全部压抑都写在日记里;醉月婶娘本是大家闺秀,更是不肯越雷池一步,但是只要在六弟面前她就生动无比、才华横溢,没有六弟就像一朵花一样枯萎了,爱情给了这个不幸的女子生命。她以旧式女子自我牺牲的方式表达她无私的爱,她拿出全部积蓄去营救被捕的六弟,在六弟出走之后靠思念活着,无怨无悔。"我此生无悔无恨,我活过,我爱过,我没有得到光明,但我知道哪里有光明,我没有享受过情爱,但我贡献了自己的情爱。"②而她惨死在那得不到的爱情虚幻里,像飞蛾扑火一样奋不顾身的燃烧了自己。作者还写了桃儿与萌之隔着门第、阶级鸿沟的真挚恋情,爱情的美好也恰恰在于彼此无私付出但知道毫无结果的绝望。

在作者所写的相似爱情模式中,那些被新爱情观念鼓动的男青年还存在斗志和期冀,可是那些受传统压抑深重的女子却是没有任何幻想,她们更贴近现实,所以她们表达爱情的方式就是自我牺牲、隐藏真实感受和为爱奉献青春和生命。醉月婶娘抑郁而终,桃儿没有随萌之私奔,也不回乡嫁人,而是削发为尼。这些女子的悲惨命运其实也正是那个时代自由爱情观念与社会化严重分离脱节的最好见证,即当时社会观念对自由婚恋作用的提倡、夸大,与真实社会生活中作用微乎其微甚至基本没有什么实际影响力之间的脱节现象。③ 一种新观念的兴起到沉淀为社会行为准

---

① 林希:《相士无非子》,百花文艺出版社,2013,第344页。

② 林希:《相士无非子》,百花文艺出版社,2013,第346页。

③ 余华林:《婚姻问题的观念史之新探索——民国妇女婚姻问题研究漫谈》,《中华女子学院学报》2011年第3期。

则和生活模式有一个漫长的过程,那个时代的问题是观念甚嚣尘上、此起彼伏,但是对社会生活的渗透力实际没有那么大,男尊女卑、三纲五常、家族政治联姻、封建等级观念依然形成一个难以撼动的巨型网络,约束着人们的行为和思想,真正的爱情只能在夹缝中生长,因而形成林希小说的这种悲观的爱情观念和独特婚姻书写模式。作者并不是让人绝望,现实中真挚的爱情可能在某个时刻夭折了,但是永恒的爱情依然发出璀璨的光华吸引着年轻骚动的心灵。这也正是某些文学作品的主题,它一次次回到历史的某个时刻去捕捉思想变革和社会阻力,对历史文化做出审查和选剔,当然也呈现真挚的情感和高贵的心灵,让人倾听历史深处传来的或昂扬或心碎的声音。文学审视历史是为了照亮未来之路,让继续前行之人获得勇气和智慧。这也是我们解读林希家族小说的当代现实意义。

第二节 新家族小说与"儒家文化认同": 以林希小说为中心的考察

在中国传统的家国"异形同构"的文化结构中,家族小说不但是一个小说类型,而且是一个观察视角,是以文学虚构方式展现国家、民族文化与命运的审美切口,是探讨历史本质和民族出路的叙事场域。美国学者杰姆逊认为第三世界的文本都是"民族寓言"①,是否可以一概而论值得商榷,但是中国现代家族小说确实都被这样的内在家国隐喻结构所驱动几乎是无须辩驳的事实。家族小说创作经久不衰且不断被后来的研究者所检视,也是基于这个重要因素。中国现代家族小说以五四新文学以后鲁迅、巴金、老舍、张爱玲等创作的家族题材为代表,他们的作品把"家"

---

① 〔美〕弗雷德里克·詹姆森:《处于跨国资本主义时代的第三世界文学》,载张京媛编:《新历史主义与文学批评》,北京大学出版社,1993,第235页。

想象成压抑青年理想、囚禁女性生命、完全剥夺个体自由的黑暗牢笼,是铸就封建专制制度和儒家伦理道德的坚固堡垒。家族文化作为落后的封建文化受到无情攻击和鞭笞,这种"新文化"价值指向是基于晚清以来中国知识界就有的"危机意识",是中国遭受"三千年未有之大变局"下"亡国灭种"的恐惧①,所有关于家庭、家族、家人的叙述都指向如何革除旧制度使中国现代化起来。而当代"新家族小说"在文化认同上构成了对现代家族小说的解构,它不是对"破旧立新"的文化思维的颠覆,而是力图走出西方中心论的藩篱对新与旧的文化内涵有一个重新认识,即它并不质疑中国文化现代化的走向,而是对传统家族文化的儒家伦理价值做了审美化的新评估。当代作家林希的创作具备这种典型性,考察他的家族小说有助于厘清一代作家如何以审美方式复活传统儒家文化的生命力,并以之参与当代思想文化空间的建构。

一、传统家族故事蕴含新的文化命题

到了 20 世纪八九十年代,当代文坛涌现了一批新家族小说,它们在文化结构和叙事模式上沿袭中国现代家族小说,但是在文化指向上二者迥然有别,如陈忠实的《白鹿原》、莫言的《红高粱》、张炜的《古船》、赵玫的《我们家族的女人》等,作者不是批判传统家族文化,而是在历史的语境中以更加宽容、理解和审美的态度重新审视它。这其中尤以林希的津门家族小说为世人瞩目,他以留存在童年记忆中的侯家大院为原型创作了津门家族系列小说,它们虽有传统家族小说的叙事要素和叙事模式,但是其历史感受和文化认同却完全不同于旧家族小说,在旧家族故事里蕴含了新的文化命题。从某种意义上说,它是对传统家族小说的解构和颠覆性叙述。

---

① 刘卫东:《被"家"叙述的"国"——20 世纪中国家族小说研究》,中国社会科学出版社,2010,第 81 页。

　　从表面看,林希的家族小说与五四以来的家族小说有一个自然的接续,写豪门贵族由盛转衰的总体故事架构与巴金《家》《春》《秋》思路如出一辙,通过家庭变故映现民族战争风云的笔法类似老舍的《四世同堂》,对家庭内部的细节描写,如丫鬟婆子们的对话、少奶奶的相思之苦、旧家庭里的嫡庶之争、飞短流长等,又让人联想到的张爱玲的《金锁记》。但他继承的只是这些作品的形式,在文化精神上则构成了这些作品的反叛。这主要源于其作品中都有一个内在的文化主体,他不再借助家族悲剧命运谴责家长制的黑暗、“吃人的礼教”,而是以家族和人的遭遇反映历史的潮流走向和一种民族文化的绝续存亡,这种民族文化在文本中就是以儒家伦理为核心的中国传统文化,作者对此有一种基于历史境遇和审美上的文化认同感。

　　认同是一个心理学概念,弗洛伊德最早使用,是指“个人与他人、群体或被模仿人物在感情上、心理上趋同的过程”①。按照弗洛伊德的提法,认同是个体与他人产生情感联系的最初表现形式。后来的大多数心理学家和哲学家在解释认同时更看重认同的情感功能和由此衍生的行为后果。比如,菲尼(Phinney)认为认同是一个复杂的结构,他不但包括个体对群体的归属感,而且还包括个体对自己所属群体的积极评价,以及个体对群体活动的卷入情况等。文化认同的前提是“认别”,是对他者文化的了解和觉知,“没有差异,也就无所谓认同”②。因而它是多元文化比较后主体选择的一个情感认知和评价结果。就林希的创作来讲,虽然他所写的家族故事与现代家族小说都集中在大致相同的时代情境中,即晚清以来到中国抗战结束的这段中国近现代历史最为动荡混乱、文化厮杀的最为激烈的时期,但是林希已经是经历现代与当代两段较长历史进程的

---

　　① 　陈国强编:《简明文化人类学词典》,浙江人民出版社,1990,第 68 页。
　　② 　贾英健:《认同的哲学意蕴与价值认同的本质》,《山东师范大学学报》2006 年第 1 期。

文化主体,他的文化结构与历史认知已经不同于现代的那些作家。他经历过中国传统文化被激烈扫荡后的历史虚无感以及改革开放后工商业文化的快速发展。中国传统文化已经在历史动荡和社会改革中显示出强韧的生命力和民族心性的强大支撑功能。现代作家的那种激烈的"家族革命"的虚妄性已经显现,在几次政治运动中遭受人生挫折的作家不再相信任何一种移植过来的文化可以成为拯救民族心智的神话,相反他对历史传统中那些自然保留下来的、给过他最温暖人生记忆的东西有了天然的依傍,那就是童年的家庭和它所象征的中国传统儒家伦理文化,作者不是要把它重新树立为一种新的民族神话,而是要重新在当时历史情境中复原和审视它。

作者主要通过一个"买办之家"的兴旺发达和不可避免的衰落之途唤起人们对中国传统家庭和儒家正统文化的情感,或许他的那句"穿行过岁月的黑暗隧洞,唯爱给过我们光明"(《天津卫的金枝玉叶》题记)能解释他所做的这些家族小说的文化深意,以及他对自己家族的一种情感记忆。正是经历了历史动荡和多元文化碰撞的主体的这种情感依附,给予了中国传统儒家文化一个积极的审美评价。"买办之家"既是这个家族的生存特征,同时更具有文化隐喻性质。近代买办是把西方现代工业及其价值观念引渡到中国的桥梁,"买办作为最早同西方人进行直接而广泛接触的中国人之一,首先看到了近代工业的利益和前途……与正统的士大夫不同之处在于他们是最早强调工商业发展的重要性,而不强调军事装备和儒学纲常伦纪。他们受到孔孟之道的灌输较少,因而成为某些中国传统价值观念的有生气的挑战者。"①林希所写到的这个买办之家余隆泰家族、侯家大院与历史学者所记录的稍有不同,它具有双重文化特征,一方面它依赖帝国主义和近代工商业而生存,但另一方面在文化上却

①〔美〕郝延平:《十九世纪的中国买办——东西间桥梁》,上海社会科学院出版社,1988,第5页。

还是沿袭中国传统儒家纲常伦理。尤其是伴随着他们在外商那里的失势以及家国破碎后的挣扎,每个家庭成员感受到的是民族凝聚力和亲情温暖,买办之家在文化上更坚定了民族传统方向,这是林希家族小说系列的一个整体文化认知。

二、对传统家族小说的解构

林希作为一个天津本土作家,天津在中国近现代史上领先的工业和文化地位成为他创作的地缘优势,使他置身在一个国际化的文化前沿背景中观察和思考中国传统家族文化,这是多元文化碰撞博弈、并且是经过长时段的历史沉淀后的思考和建构,而不是单一文化环境中的故步自封和短视的夜郎自大行为。作者对中国儒家正统文化的想象都是在东西方文化交流与碰撞的历史环境下展开的,他借助秉承诗礼传家的"买办之家"在近现代史中的颠簸命运,凸显了儒家正统伦理道德、"仁爱思想"的熠熠光华。

学者张岱年曾说,"中国文化对全世界的贡献即在于注重'正德',而'正德'的实际内容又在于'仁'的理论与实践。"①这正是林希家族小说的一个重要题旨,他并非全盘接受儒家正统文化,而是剔除了那些陈腐的礼教观念把"仁爱"思想作为其思想精华,阐释"仁爱"思想如何使一个大厦将倾的豪门贵族保持它最后的尊严,如何让个体在国家民族分崩离析的撕裂中感受到坚强和力量。林希颠覆了传统家族小说中封建专制的家长形象,塑造了秉持儒家文化理念的家长威严背后的仁慈,以及如大地母亲般的宽厚与博爱。《买办之家》中的余隆泰既是天津首富,也是重行善积德之人,他靠皮货绸缎生意起家后为造福乡里,在子牙河上修筑了一座大桥,之后连续多年办粥厂舍粥、寒冬"舍衣",惠及天津穷苦百姓千万

---

① 张岱年:《心灵与境界》,陕西师范大学出版社,2008,第6页。

人;他虽然在日本三井洋行做掌柜,但是不顾及个人利益暗中支持中国民族商人联合起来反对日企的压榨。他的这些善举并非商业性质的树立口碑、保住他的首善牌坊,而是儒家"仁者爱人"观念的文化支撑使然。"母亲"作为侯氏家族的实际家长,以家族日常生活的治理展示了儒家所要求的无私、仁爱的伦理美德。常年在外忙碌的爷爷赋予她行使封建家长的权利,但是在这个走向式微、人心已经涣散的大家庭里,她唯一能做的就是不断地拿出自己的嫁妆和首饰来应付家人面临的灾难,使家里那些不成器的纨绔子弟和隐藏的革命力量渡过难关,以保存家族的生命和完整性。纳妾的丈夫对她感恩戴德,从日本爪牙下脱离危险的六弟把他看成母亲,出嫁的芸姑妈在落难时受到她无微不至的照顾,家人感受到的都是她的宽宏大度、无私无畏。她既有男儿胸襟气魄又有慈母的爱心,既精于传统的诗词绘画又能处理大家族的人际关系和俗务,她趣味雅好和处身立世的原则都体现了儒家的女德要求,正德修身、克己爱人,她是儒家文化仁爱的集中体现,是中国传统女子美德的最后绽放。虽然如此,无论是余家还是侯家,最后都无可挽回的衰落了,这一方面是历史洪流裹挟的结果,个体和家庭都无法抗拒。另一方面还是儒家文化信仰在那个新学崛起、西方文化强势来袭所必然遭遇的悲剧性命运的结果,是一种传统儒家圣者人格和他们所依附的古典文化的悲情谢幕。

家庭中的"等级制度"和"门第观念"也通常是那些传统家族小说声讨的对象,它们经常还要对那些发生在主仆之间的爱情悲剧以及社会上的阶级对立负责任,这是五四时期西方文化牵动的自由平等和劳工神圣观念的一种文学叙事上的折射。新家族小说在某种意义上也构成了这种叙事模式的颠覆性,它并不是对这种观念的一种对立和逆反,而是在新儒家伦理文化框架下对家族内部门第观念、等级秩序的情感化、人性化书写,昭示出它存在的某种合理性和历史必然性。林希的每一部家族小说中都要写到"吴三爷爷",这是在侯门大院里服务了几十年的老仆,他与我爷爷、我父亲、我母亲之间几乎没有了主仆之间的身份等级界限,完全是一种类似血缘亲情的相互依赖关系。

> 吴三爷爷善良,他爱侯家大院里的每一个人,他爱侯家大院里的一草一木。就是后来长大之后,我也是不好理解,吴三爷爷到底为什么对于侯家大院怀着这样深的感情……吴三爷爷不仅对侯家大院没有仇恨,吴三爷爷希望侯姓人家兴旺的心情,比侯姓人家的子孙还迫切,儒家文化的可怕,就在于它在主与仆,沟通了一种共通的心灵话语,在"主"的兴旺里,有"仆"的荣耀。①

除了吴三爷爷,仆人中还有桃儿、杏儿也是作者着力书写的,"桃儿、杏儿很得我奶奶的宠爱,我们也从不把她两个人当佣人看,现在回想起来,我好像从来也没歧视过她们,相反,倒是我从心里早就把她两个看作是朋友和亲人了。"②作者对现代家族小说推崇的源自西方的个性解放、婚恋自由的观念也报以审慎态度,对中国传统家族门第观念的存在合理性给予审美化表现。醉月婶娘与侯荣之、我母亲与我父亲这两组婚姻悲剧具有相似性,都是书香门第里出来的大家闺秀嫁给了买办之家的纨绔子弟,诗礼之家的风雅与现代商业社会的庸腐,造成他们之间无法调和的情感矛盾;还有六叔萌之与桃儿存在豪门少爷与丫鬟之间的阶级鸿沟和门第悬殊,尽管六叔在时代流行观念的鼓舞下要娶桃儿,但是桃儿非常理性地拒绝了,"齐大非偶"在那个维新时代看起来有点陈腐,但是它暗含着两性结合对彼此成长环境所造成的兴趣爱好和价值观念差异的尊重,作者对桃儿虽出身低微但见识不凡这一点尤其欣赏,也是借机阐发他对传统儒家婚姻伦理的现代认识。

---

① 林希:《天津卫的金枝玉叶》,中国青年出版社,1999,第8页。
② 林希:《桃儿杏儿》,作家出版社,1994,第15页。

三、新儒学复兴思潮的审美表达

新家族小说中的"儒家文化认同"与当代新儒学的复兴思潮有一定的关联,在某种程度上说是文学对社会文化思潮的一种审美反应。新儒学与现代化的关系自晚清以来就成为一个结构性话题,蜿蜒在20世纪中国社会历史与文化发展史中。20世纪30年代梁漱溟、熊十力等思想先驱就倡导弘扬儒家文化;后有张君劢、牟宗三、冯友兰等创建各自独立的思想体系,使得新儒学发扬光大;其后又有余英时、杜维明等把新儒学放在现代化与全球化背景下提出"儒学复兴"论。尤其是20世纪七八十年代日本和亚洲四小龙的经济崛起,为东亚地缘性文化——新儒学的理论探讨注入了强劲的现实生命力。"东亚地区经济(也被称为'第三种工业文明'或'儒家资本主义')的迅速发展,宣告了西方一些社会学家理论的破产,人们不得不重新认识儒家文化,认真研究'第三种工业文明'与儒家传统有无关系等问题。"①因而在哲学及其他人文科学领域迅速掀起了新儒学与现代化的热烈讨论,文学与这些社会科学介入的方式有所不同,它是以虚构和想象的方式、借助历史复原和细节呈现做出自己的回应。林希介入的方式是一种历史化的文学方式,他的小说带有自传性,并且选择了晚清至民国这个历史时段,这也是中国传统儒家文化受到外来文化冲撞的源头和反应最为激烈的时期,作者回到中国现代化起点上来呈现民族传统文化的本质和它曾经遭受断裂的精神创伤。当然现代人回到历史的起点并不能以后见之明改变历史的发展走向,即使林希以新儒学的文化立场重新审视近现代的家族、民族的动荡,他依然要呈现儒家文化精华在历史重创下碎片散落的现场和那些当事人无声的啜泣,政治上和家庭生活中儒家文化的失势是无法更改的历史事实。

---

① 林娅:《中国当代哲学热点问题透析》,中国政法大学出版社,2000,第166页。

　　新家族小说在当代视野下的儒家文化认同与历史上儒学失势存在着矛盾冲突,作家重新评估的是一种历史中一度失落和失势的文化,纵使它历史悠久、博大精深、凝聚过民族心性,但是在近代受到西方工业文明和帝国主义侵略时却显得十分脆弱。张岱年先生曾说:"东方文化与西方文化的差异,在于东方特重'正德',而西方则特重'利用'。"①西方文化是一种重科学、实用的文化,中国文化则重视"正德修身",即儒家所讲的"内圣"之后"外王"。这样一种重视个体德性修为的文化在近代西方列强如虎狼般觊觎我族的时刻已经显得不合时宜,在不断遭遇的军事失败与维新派强势围攻下,它成为承担近代被侵略历史和民族精神创伤的箭靶受到无情的攻击挞伐,而现代工商业文明以及文化现代化则对精英阶层和普通民众发出强有力的召唤。因而作者的儒家文化认同与历史中的儒学失势、现代西方文化的兴起是矛盾的纠缠在一起的,作者如何处理这种矛盾,怎样表达创作主体的文化认同倾向显得无比重要。林希的小说文本往往通过人物形象塑造中的悲剧美学实现这一文化认同的转换。他所塑造的主人公都是传统儒家文化信仰者,但是无论他们怎样拼搏抗争,最终都以悲剧收场,带有英雄谢幕的悲壮色彩。作者在书写他们悲剧性命运的过程中赋予他们人格气质和文化精神上的审美光环,他们的"毁灭"会激起读者的同情和惋惜,这是美学上的悲剧性力量的微妙转化过程,即虽然他们输了人生与现实,但是赢得了英雄人格和历史尊重,作者由此实现了儒家文化的正面表现。比如母亲的人生悲剧具有文化象征性,她坚持儒家的仁爱、忍让、忠恕的思想,但是当时社会上和家庭里已经到处充斥着商业意识和市民功利思想,她的儒家观念被视为守旧、软弱,不断被欺骗、被利用:侯家辉是个利欲熏心的市侩,宋燕芳是个一心要进入豪门改变自己戏子身份的利己主义者,二者联合起来套住了纨绔子

---

① 　张岱年:《心灵与境界》,陕西师范大学出版社,2000,第6页。

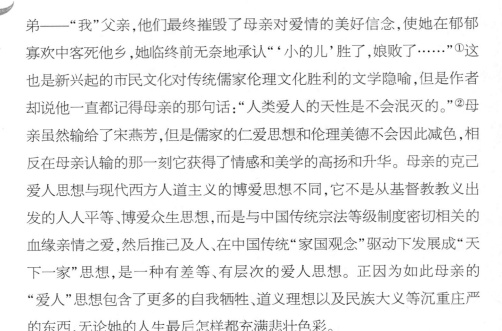

弟——"我"父亲,他们最终摧毁了母亲对爱情的美好信念,使她在郁郁寡欢中客死他乡,她临终前无奈地承认"'小的儿'胜了,娘败了……"①这也是新兴起的市民文化对传统儒家伦理文化胜利的文学隐喻,但是作者却说他一直都记得母亲的那句话:"人类爱人的天性是不会泯灭的。"②母亲虽然输给了宋燕芳,但是儒家的仁爱思想和伦理美德不会因此减色,相反在母亲认输的那一刻它获得了情感和美学的高扬和升华。母亲的克己爱人思想与现代西方人道主义的博爱思想不同,它不是从基督教教义出发的人人平等、博爱众生思想,而是与中国传统宗法等级制度密切相关的血缘亲情之爱,然后推己及人、在中国传统"家国观念"驱动下发展成"天下一家"思想,是一种有差等、有层次的爱人思想。正因为如此母亲的"爱人"思想包含了更多的自我牺牲、道义理想以及民族大义等沉重庄严的东西,无论她的人生最后怎样都充满悲壮色彩。

新家族小说中的儒家文化认同常被研究界认为是一种文化保守主义以及向传统价值观的倾斜,研究者曹书文说:"作家对儒家文化重要基石的家族文化表现出一定程度的认同,对血缘亲情、家庭伦理、封建家长的正直人格、对保守知识分子、对传统母姓角色的首肯流露出作家对传统文化的眷恋,对现代个体本位思想的淡化、对知识分子独立人格的陌生,呈现出在现代与传统之间厚比薄彼的价值倾斜。"③这一观点代表一部分研究者的共识,但实际上不能笼统的概括所有的新家族小说,必须看到某些新家族小说并不是以儒学与现代化二元对立思维来展开书写,儒家文化认同是在一个更广阔的多元文化视野下与所有陈腐落后、功利肤浅的文化糟粕碰撞的结果,是在普泛性的先进与落后、高雅与世俗、广博与狭隘的文化维度上的比较,而不是简单的中与西、传统与现代的对立。在林希

① 林希:《"小的儿"》,新华出版社,2010,第409页。
② 林希:《天津卫的金枝玉叶》,中国青年出版社,1999,第309页。
③ 曹书文:《中国当代家族小说研究》,中国社会科学出版社,2010,第313页。

的小说中我们看到作者表达了对儒家文化的仁爱观念和气节操守的肯定,但并没有简单地否定现代西方文化的历史进步性,甚至还在比较中强调了它的优越性,比如通过战时康宁别墅和传统侯家大院居住空间的比较,从伦理层面肯定了西式生活方式和现代文化的价值观念(《天津卫的金枝玉叶》)。同样作者对儒家文化的某些历史惰性和腐儒也进行了无情的暴露和批判,比如作者以大量的笔墨写那些纨绔子弟不思进取、荒淫无度的生活,暗示了传统的以血缘、姻亲为纽带的关联家族政治容易滋生腐败、助长青年怠惰的流弊;比如作者还无情地揭露儒家正统在晚清以后逐渐退出文化中心位置的一个重要原因就是它在"内圣"与"外王"方面的偏废,经学发展到极端就是闭门读经诵典、修炼圣者内在人格,但外在的开创王道乐土、齐家、治国、平天下方面渐渐输给新学,这种实践性、现实性的短板导致近代儒学转型失利和无法承担文化新命。

　　新家族小说的儒家文化认同是当代思想意识的文学反应,与 20 世纪八九十年代的新儒学复兴和现代商品经济兴起撼动精英文化价值观念有千丝万缕的联系。可贵的是新家族小说的创作主体没有简单让文学成为社会学思想的附庸,而是在叙述细节和故事骨架中贯穿了自己的文化支撑,那就是历史态度、美学方式的儒家文化认同,这种历史态度可以概括为对儒家文化的辩证认知:"与其说近代以来的危机是来自历史传统的负面影响,不如说是来自历史传统的某种断裂和缺少把握历史传统的正确方式。所以出路并不在于尽可能把我们与自身的历史断开,而是必须走向历史的深处去寻找我们自身存在的根据和走向未来的契机。"①因而作者深入历史对传统儒家文化的精华和杂质都做出了彻底清理,并且在与现代西方文化、佛教文化等多元文化比较下突出其历史地位和意义,使得文本摆脱了过于关注形式先锋而常出现的文化精神贫血症,具有一种

---

① 　许纪霖:《二十世纪中国思想史论》,东方出版中心,2000,第 193 页。

深厚的文化底蕴和丰沛的生活质感。而所谓的美学方式即是一种审美形式的文学认知方式,在现实描写中掺杂进浪漫主义成分,在历史的废墟、失败、毁灭中高扬人性之光和民族理想。因而那些古老的文化传统才会重新走进我们的视野,那些背负文化重负和民族希望的失败英雄才会重新绽放出胜利者的光华,这种美学方式弥补了历史留下的遗憾,给优秀的文学创作打开了面向民族传统与本源性文化的广阔思想空间。

第三节　海派与津派的相遇:《上海的金枝玉叶》与《天津卫的金枝玉叶》之比较

陈丹燕是 20 世纪 90 年代上海怀旧文学中的佼佼者,是当代海派都市文学的重要作家;林希是当代津味小说"双帜"之一(另一个是冯骥才),新时期以来推出了很多具有浓郁津门文化特色的小说。非常巧合的是,两位作家在 1999 年先后推出了都市文化代表作,即陈丹燕的《上海的金枝玉叶》与林希的《天津卫的金枝玉叶》。两部作品都运用"城与人"相互指涉的文学构思模式,以都市豪门贵族的命运沉浮映现城市的历史与生活,以金枝玉叶的绽放与凋零讲述着地域文明的前世今生,并隐喻物质与精神、卑微与高贵、死亡与新生相互转化的辩证哲理和内涵。陈丹燕被认为是具有中产阶级文化特征的"小资教母",林希是从 20 世纪 30 年代走来经历了时代剧变与政治风波的文化启蒙者,他们对现代化发祥地的南北两个大都市有怎样的文化共识与认知差异,他们不期而遇的作品又表达了哪些共同的思考和不同的认识,这些相关问题对当今的都市文化与文学研究都具有重要的启示意义。

一、东方史诗式审美表现

上海和天津在近代相继开埠通商,从而开启了早期的城市现代化进程。近代两个城市形成了中西合璧的文化特征,也孕育了具有相似文化特征的都市文学。早在 20 世纪三四十年代上海和天津就成为南北派通俗文学的重镇,涌现出了张恨水、刘云若、宫白羽等一大批擅长描写市民生活境遇的通俗小说大家,海派和津派的文学旗帜在那个时代就已经树立起来。20 世纪八九十年代这种渗透着地域文化的都市文学思潮在对现代性的追逐中重新抬头,陈丹燕和林希就是当代海派和津派都市文学的代表。陈丹燕因为一系列书写老上海的作品备受关注,其中《上海的金枝玉叶》是她的都市三部曲之一,讲述了上海永安公司郭家四小姐黛西在历史大变迁中的命运沉浮:六岁的时候操着一口流利的英语跟随父亲从澳大利亚回到上海,20 世纪 30 年代在家族鼎盛之际经历繁华旧梦,1949 年以后在革命的惊涛骇浪中变得一无所有,20 世纪 90 年代在一个人的独居生活中旧梦重圆。尽管生活大起大落,但黛西始终安之若素、不惧不惊,以难以想象的坚韧和宽容展示着一个大家闺秀的气质和尊严。因而作者送给她的挽联是"有忍有仁,大家闺秀犹在,花开花落,金枝玉叶不败"①。林希在同一年推出的《天津卫的金枝玉叶》同样讲述了一个津沽世家的衰落和少爷小姐们的命运遭遇,一个津城豪富之家在历史动荡中渐渐涣散,然而家国不幸却激发了金枝玉叶们的坚强品质,有的为民族解放走上革命道路,有的为匡扶一个完整的家庭牺牲自我。这里的金枝玉叶不简单指那些出身高贵、锦衣玉食之人,而是泛指在历史的惊涛骇浪、家国危难之际表现出高贵品质与人性光华的年轻生命,如母亲的贴身丫鬟桃儿,她在关键时刻表现出的坚强勇敢以及对六叔萌之这个革命青

---

①　陈丹燕:《上海的金枝玉叶》,作家出版社,1990,第 263 页。

年坚贞含蓄的爱情,散发着金枝玉叶般的华彩。

　　由于创作者的地域文化自觉,两个以塑造人物形象为核心的文本都内含"城与人"相互指涉的隐喻思维,以"人"的成长与命运勾勒城市的历史与文化,城市的历史与文化孕育着独特的地域性格与文化心理,探寻二者之间的传承积淀与历史突变乃是这类作品的重要主旨。陈丹燕的创作中始终贯穿着"上海精神"的芯子,她曾说:"我对别人笔下的上海没有意见,我自己笔下的上海,是为了挖掘这个城市的精神,我认为,这是这个城市最容易被遮蔽,也最有价值的一部分。在它的混乱,嘈杂,时髦,欲望,梦想,失败,迷失,奋斗,林林总总之下,有一种恒定的,宽广的,痛苦的,公允的东西存在,我想那就是我要寻找和表现的这座沧海桑田的东方城市的精神。"①城市的精神沉淀在城市历史里,体现在个人命运中,作者就是要挖掘出这种城与人缠绕生长中的"上海特性"。林希的小说创作也浸透着浓郁的天津味,他的市井小说和家族系列都意在重塑天津文化。他认为天津文化的精髓是基于海河地理和独特历史形成的一种兼容并包的地域文化,天津人的性格融汇"北方人的粗犷豪爽与南方人的精明干练",同时还兼具本土码头文化的"开放性"和"包容性"。②但是他不满意文学对天津精神的表现,"老实讲,天津的地域特色和天津人的文化心态一直没有在文学作品中得到公正的反映,多年来不少人写天津,但都写天津的粗野,蛮横和愚昧无知,虽说有人也曾将此类作品称之是津味小说,但这类作品不具有较高的文学品位和较高的文化品位,所以也就不具有艺术魅力……"③强调对城市表现的文学品位和文化品位的提升,是对文学审美表现力和思考深度的高要求。因而作者沉潜在城市历史深处,观察那些特定的历史进展和社会转折如何锤炼了天津人的性格与文化心

　①　陈丹燕:《城与人——陈丹燕自述》,《小说评论》,2005 年第 4 期。
　②　林希:《天津离精神大都会尚远》,《小康》2007 年第 9 期。
　③　林希:《津味小说浅见》,《小说月报》1992 年第 9 期。

理,并把这些思考化作一个个鲜活丰满的文学形象,试图在文学虚构与历史真实之间复活一个城市和那些顽强的生命。

创作者强烈的地域文化自觉以及南北两座城市共同的租界历史背景形成了两个作品共同的"东方史诗"式的美学追求。上海和天津都因为被侵略历史而较早的开启了现代化城市进程,都市豪门以社会地位和财富的优先性较早地享受到了西方文明的成果,以及无尽的财富、特权、便利、舒适,但是在经历了物质的奢靡繁华和生活剧变之后他们都坚守着东方民族的精神气韵和价值操守,并以此在历史的惊涛骇浪中磨砺出珍珠般的光华。基于这种整体文学象征,作者都退回到民国历史中来展开金枝玉叶们的命运,作者需要在多元文化激烈碰撞、无序竞争中凸显出历史结构性的文化支撑,在西方文化最为强盛、霸权地侵略到东方古国的历史时刻找到中国历史与城市的心性,那些凝聚着中国传统的、民族的、地域的独特情感和价值观念得到了最为完整生动的审美呈现。

陈丹燕笔下的黛西小姐骨子里是一个典型的东方女性,虽然童年在澳大利亚度过,回到上海后一直生活在父亲以雄厚资本创造的摩登世界里,她的语言、教育背景、生活习惯都已经西化了,但作者突出她的思想信仰和文化根脉却在中国。她终生只穿中式服装,这不仅是一个审美习惯,还表明了自己的精神寄寓和文化立场。她凭着东方女性的坚韧和宽容美德接受了一切磨难。经历大风大浪之后她依然热爱中国、热爱上海,直到晚年也没有随兄弟姐妹和后代移民海外,八十多岁还靠教授外语独立生活,在上海弄堂的一间屋子里度过一个人的晚年,面对别人不解的询问,她说:"我是中国人"①"我的整个生活在上海。"②她的坚强勇敢、不抱怨显示了东方女性的美德,她表面的西化生活方式背后深藏着对于国家与故土的眷恋,而她表现出的这一切都是作者要挖掘的上海精神:在摩登时

---

① 陈丹燕:《上海的金枝玉叶》,作家出版社,1999,第263页。
② 陈丹燕:《上海的金枝玉叶》,作家出版社,1999,第251页。

尚中透着一丝传统的精致优雅,在混杂拼接中联结着坚韧和密实,在入侵的西方文化的情调装饰下埋藏着东方风骨。在林希的创作中同样存在这样一个比附关系,金枝玉叶们的命运映现着天津"九国租界"时期中国传统文化如何在内外交困中自我救赎。府佑大街的侯家大院是遵从儒家伦理的津门望族,随着近代天津开埠通商,这个家族逐渐走向了"买办之家",大家族的爷爷和父亲都依靠在外国企业做代理而给这个家族带来经济利益和数不尽的财富,但金钱和利益也带来了奢靡和堕落,传统文化价值观在这个大家族中土崩瓦解而失去道德约束力。随之而来的是血腥的战争,这个时候,民族和国家的正义以及人性光华在这些侯门子弟、金枝玉叶中显现出来。"我"母亲在见证了这个大家族的败落、忍受情感打击之后仍然坚信"人类爱人的天性是不会泯灭的",她仍然以一己之力保护她的丈夫、孩子、侄女、仆人,无论自己遭受多少经济损失和情感创伤,她都无私无畏、无怨无悔地付出。母亲象征着这个买办之家的传统文化肌理,代表着东方文化精髓在西方文化入侵时的强大的生存能力。包括桃儿、菊儿以及"我"的六叔萌之、松哥,这些在豪富之家长大的金枝玉叶,他们都体验过租界小洋楼的西式奢华生活,但是都恪守着中国诗礼之家富贵不淫、威武不屈、堂堂正正做人的伦理价值观和传统美德。

由此可见,大都市里的"豪门叙事"是对一个世纪以来东西方文明等级观念的一种质疑和颠覆,这种文明等级观自从中国开启现代化进程以来一直存在。正如列维−斯特劳斯曾指出的,"所有的文明一个一个地承认它们中的某一个具有优越性,这个优越的文明就是西方文明。"①它助推了落后国家的文化殖民和同质化现象,挤压一些弱势的部落文化和差异性文明几乎失去了生存空间。当然对这种文明等级观念的质疑也从来没有停止过,其中 20 世纪八九十年代中国文学的地域意识和民族观念的

---

① 〔法〕克洛德・列维−斯特劳斯:《种族与历史・种族与文化》,中国人民大学出版社,2006,第 37 页。

同时觉醒便是质疑和反抗的表现,陈丹燕和林希的作品就是这种大背景下出现的讲述东方城市和民族的史诗,是在东西方文化激烈碰撞交融时期对东方文明特征的重新历史化和审美化。因而陈丹燕的上海怀旧不是简单的怀念过去,而是应对新时代背景的文化前瞻,林希的津味也不是简单地写天津,而是以天津为镜像反观民族与世界的对话,他们都有全球化的宽阔文化视野和文明多样性的思考深度。

二、隐含的情感价值差异

产生在同一个时代与历史背景下的两部"金枝玉叶",作者讲述方式、情感态度和价值观念方面都存在差异。《上海的金枝玉叶》中作者以城与人的比附关系重塑了老上海的魅力,它华贵、精致、典雅、开放、多元、时尚,一如那个中西合璧又风华正茂的少女黛西。作者借助她的生活经历描写了大上海南京路上的新潮百货公司,详尽介绍享有盛名的新式贵族学校"中西女塾";20 世纪 30 年代才子佳人在私家花园草坪上的浪漫订婚仪式;贵妇们如何准备一顿丰富的西式早餐;以及午后在淮海中路逛街购物。作者还借助黛西的生活说明这座城市的富裕豪华没有使金枝玉叶们沉沦堕落,反而练就了他们抵御诱惑的能力和成熟的思想气质。"有时候,真的让人怀疑,是不是一个人的品质是童年生活中就确立了的,而且很可能,富裕的明亮的生活,才是一个人纯净坚韧品质的最好营养。"①黛西人到中年之后经历的风风雨雨一如上海这座老城发生的翻天覆地的变化,相同的是他们都以宽容开放的胸怀安然处之、淡定自若。作者由衷的赞美黛西,也深切怀念与之相似的老上海城市精神,借助城与人的融合表达了她温情脉脉的中产阶级文化认同观念。"包含着对丰裕的物质生活的追求,也覆盖着诸如体面、品位等精神价值,甚至还勾连出了

---

① 　陈丹燕:《上海的金枝玉叶》,作家出版社,1999,第 23 页。

对日常闲暇时间的令人兴奋的规划"①,在陈丹燕笔下,上海这座城市具有这样一种"中产阶级文化特征",它算不上多么高尚,但精于实际生活的追求,她以充满灵性和睿智的笔触在营造着"中产阶级文化"氛围的城市,描绘着那些与之气质相匹配协调的古老建筑、富家小姐和上海故事,作者、主人公与城市三者之间已然形成了相互映衬的稳定统一的认同情感和价值观念。

但是在《天津卫的金枝玉叶》中,作者对他所塑造的人物以及城市文化特征有一种严厉的解剖和审视,他以那些充满了矛盾性格和时代弱点的"金枝玉叶"们来凸显一个并不完美的都市与时代,它充满了混乱、嘈杂、阴谋、欲望、拜金,连同那些华丽、精致、革命、激情、文明一起,构成了一个近代"九国租界"时期中的旧天津藏污纳垢、鱼龙混杂。作者摒弃小资情调坚持文化精英立场和启蒙姿态,并且怀有鲁迅式的揭开伤疤、治病救人的批判意识。所以作者以人的弱点来写城市与时代的某种局限,戳穿了传统家族文化、革命以及现代西方文明的种种谎言和虚妄。比如在新的文化观念冲击下传统儒家伦理文化逐渐被边缘化,然而"我"的母亲仍然固执地要维护传统家族的和谐完整;"我"的六叔萌之、松哥和三婶娘苏燕是那个时代的革命者,但他们的革命道路似乎讲述了革命的脆弱幼稚、功利无情的一面。在租界里拥有一幢小洋楼成为多少中国人的梦想,因为那象征着财富、特权和西式文明生活。但是作者写侯家搬到租界别墅后,渐渐发现这里隐藏着中国军阀政治的仇恨、中国民族商人的穷困潦倒和他们处于中西夹缝中的尴尬处境。这些描述表明曾经的殖民主义席卷到天津后带来的是畸形繁荣、残酷的战争和影响几代人的心理创伤。林希作品中人物与城市的内在矛盾分裂感、作者无情的审视批判,与陈丹燕在《上海的金枝玉叶》中所表现出来的温情脉脉和文化认同有根本区

---

① 董丽敏:《"上海想象":"中产阶级"+"怀旧"政治? ——对 1990 年代以来文学"上海"的一种反思》,《南方文坛》2009 年第 6 期。

别,这导致两位作者对历史与城市进行了符合他们情感态度和价值取向的选择性的截取、修饰和雕琢,造成了两个城市文化形态的差别,一个精致一个粗糙,一个时尚一个乡土,一个完整光滑,一个矛盾分裂。

三、海派与津派的都市现代性审美差异

上海和天津在近现代化进程中伴随着将近百年西方列强的入侵历史,这段特殊的城市经历在它们各自的文学书写中留下深刻痕迹,西方、西方列强的入侵以及迎拒问题成为文化因子性质的重要介质,环绕流淌在它们各自的文学世界里。"西方"到底是文明、强大、进步的民族,还是野蛮、霸权、凶残的帝国主义,到底中西文明在相互过滤中彼此曲折渗透还是在交错缝合中最终断裂,这样的西方想象有一个历史衍变轨迹:晚清帝国遭受西方列强坚船利炮打击后,中国的"家天下"观念瓦解,现代世界地理观逐渐成形,西方不再是遥远的极乐世界或佛教圣地,而是一种近代世界关系体系的符号,一种凌驾于包括中国在内的所有非西方世界之上的霸权。之后的历史文献中诸如"师夷长技以制夷"或者"全盘西化"的争论从未停歇,依据时代和社会需要而给出不同的回应,正如萨义德所言"东方""是地域政治意识向美学、经济学、社会学、历史学和哲学文本的一种分配",是西方世界根据自己的利益建构出来的"相当微妙甚至是精心谋划的差异"①。同样道理,"西方"也从来不是一个固定不变的"自然",它有很强的时代、民族和地域认知差异。《上海的金枝玉叶》和《天津卫的金枝玉叶》两部描绘都市现代性的文学作品恰恰说明,即使在同一个时代因为创作主体思想差异和地域区别,对"何为西方"这个问题的回答也充满差异性,两位作者给出了不同的"西方想象"和它对中国大都市影响的描述。

---

① 〔美〕爱德华·W.萨义德:《东方学》,王宇根译,生活·读书·新知三联书店,1999,第16—17页。

在《上海的金枝玉叶》中，近代的上海充满了殖民主义的特征，即它的都市现代性是西方文明和本土文化的杂交结果，从外在的建筑、街区到内在的日常生活方式、市民的文化心理都发生了融合他者的蜕变，这种融合了宗主国和属地的文化与单一文化相比显得多元、摩登、时尚和国际化。因为当时的"西方"在想象中是先进的政治体制、发达的资本主义经济和具有普世意义的人文精神的集合体。它对落后的东方民族实施了经济和领土的掠夺，但同时也让东方民族在沉睡中惊醒，揭开了他们轰轰烈烈的现代化进程。被殖民的区域因为对"先进西方"的学习、模仿和借用而对其他落后地区具有话语霸权和文化优先性。作为租界的"上海"这时就成为一个先进、文明、发达、时尚的符号，而金枝玉叶的生活是对这种涵义的细节化和画面性呈现。郭家小姐和少爷们开着豪华汽车在马路上兜风、参加上海小姐竞选和举办时装表演的新潮观念、以及在自家花园身着优雅白裙、笔挺西装的浪漫婚礼，都是这个城市西化的表现，黛西父亲雄厚的经济资本、举家从澳大利亚回来的特殊经历，以及后来完整的西式教育培育出的贵族气质，都在诠释一个抽象的"西方"渗透上海之后的具体内涵。当然西方文化并不能取代上海原来的城市特性和民族特性，这也正是作者根据自己文化设想的需要对西方与上海关系想象的另一个层面。上海"西化"的只是物质文明，它镶嵌在城市的表层，而精神上它依然保持着东方性和民族特征，它融化在每一个中国人或上海人的文化心理结构中。它支撑着黛西度过艰难的后半生，即使遇到再多的困难她也不悲愤、不抱怨，作者认为这个成熟、坚韧、独立的黛西才是真正的她，那个青春、华贵、时尚的少女不过是外表。黛西小姐的塑造说明西方殖民文化只是在物质的、外在的层面融进上海，而在精神上、骨子里上海从来都是自己，它有极强的包容性和自我主体性，这正是它的魅力所在。

不同于上海殖民主义现代性的都市文化特征，天津的都市现代性

"长期以来呈某种二元对立式的并置状态甚至是冲突状态"①,即本土文化对西方文明有强烈的排斥和对抗,如历史上有名的"火烧望海楼",义和团与洋人及教民的流血冲突。"九国租界"在天津相继建立后,更加剧了两种文明形态在地理空间、城市规划、建筑风格、语言系统和阶层的区隔分界状态:一种是老城厢、"三不管"等尊崇中国传统文化和码头文化的华界;一种是五大道、小洋楼所体现的西方现代文明的租界,两者矛盾并存或者是融而不和。在《天津卫的金枝玉叶》中;作者是在华洋交错的时代氛围中写了一个传统聚族而居的大家庭逐渐衰落的故事。这个家族具有典型的传统儒家文化特征,它是在与西洋文化、中国新兴买办文化的斗争中被放逐到了时代边缘,但是它一直在顽强的坚守着诗礼传家的古训,不为金钱堕落,不为个人利益出卖国家,在残酷的民族解放战争中那个家庭的空架子散落一地,但是它的生命被侯门的金枝玉叶带到了新的时代中去,仍然生生不息。作者对民族传统文化的认同是显而易见的,对这个家族曾经经历的一段西式生活也进行了详尽的描写,作者带着戏谑的口吻在描述一个传统中国家庭的"全盘西化",但是它只限于衣食住行等日常生活层面,其后就是爷爷以"守旧宣言"终止了这场家庭变革,这个供职于美孚油行的总会计师虽然挣着洋人的钱,但要求他的子孙们不能变质:

　　　　别以为住到租界来了,我们诗书人家的家风就要改变了,不能够。我们说仁义道德,他们讲平等博爱,这是看似相似,其实完全是不一样的两种信条,他们对,还是我们对? 用不着我们去管,反正我们是不相信他们那一套。②

---

① 藏策:《"津味"到底什么味儿》,《小说评论》2008 年第 4 期。
② 林希:《天津卫的金枝玉叶》,中国青年出版社,1999,第 211 页。

上海的郭家和天津的侯家一样都是大都市的豪富之家,都有雄厚的资本在这个城市里过他们想要的生活,但是郭家处处新潮,侯门却总是固执守旧,其实是反映了在租界环境中都市"现代性"诉求差异。对于对西方文化与本土文化的认知:一种是认同,追求文化共性与融合;一种是认别,强调差异与自我。因而在中国近现代城市史上上海与天津具有一定的代表性,代表着都市现代性发生的复杂经验和多种可能,它们各自的都市文学本文参与了这种复杂经验的描述,带着创作主体的各自人生阅历、差异化的思想观念和美学趣味重新建构了一座城市,并在城市历史与想象之间建构了一套新的历史发展逻辑和文化意识形态,在全球化与地域文化激烈争夺城市空间的时代背景下,他们意在回顾城市的过往,以更成熟的心态谋划城市的未来。

第四节　民族梦想与城市精神的诗性同构：论赵玫《我们家族的女人》

文化与地理的双重边缘位置促使少数民族对近现代以来逐渐展开的国家性现代化与主流城市主义蔓延有着天然的抵抗心理,少数民族作家作为本民族文化代言人,往往陷入民族传统与现代城市文化的结构性对立冲突之中,应激性表达往往是以对城市的负面书写强化少数族群社会融入的障碍。但是在中国少数民族文学中,满族似乎是个例外,他们本是游牧民族的后裔,但祖先最光荣的历史又与大一统的封建王朝和辉煌的都城联系在一起,所以城市情结就像缅怀先祖努尔哈赤一样成为满族的集体记忆,游牧文化与城市文化奇妙的结合是满族区别其他少数民族的重要文化标记。自近代开始,老舍、穆儒丐、王度庐等满族作家的文学表达就在昭示民族记忆与城市衰荣的复杂关系,北京城被民族化的诗性思维暗含着一个民族的心结,也成为其后满族作家文学创作的重要心理暗示。

一、民族认同的诗性建构

天津作家赵玫在很多场合不愿强调她的族属,但在创作中却显示了她骨子里的满族文化基因和血脉传承。她虽是土生土长的天津人,但不是地域文化意义上典型的津门作家。她的文本中没有本土作家的习惯性修辞,更是没有民俗风物描写嗜好,天津只是作为城市观念承载着她对民族精神气质和家国梦想的寄托。1992 年作者推出了代表性长篇小说《我们家族的女人》,在这部充满寓言性的作品中,民族梦想与城市精神的诗性同构成为它的重要特质。

作者坦言"用这部作品完成了我 1991 年对于民族的认识"(赵玫《残阳如血》),这部自传体性质的作品表现出强烈的民族文化认同倾向,并以家族叙事完成了民族寓言的书写。"我们的祖先是贵族。镶黄旗。武士",作者笔下的肖氏家族是满族皇家后裔,"一个个气宇轩昂",保持了"游牧民族的体态,削瘦而高",崇尚勇武。"爷爷是真正的努尔哈赤的后代",保持着满族八旗子弟的威严,在抑郁不得志中一遍又一遍的读着《红楼梦》。姑姑们则延续着皇家格格心高气傲的脾气秉性,在那个一夫多妻盛行的时代书写着不合时宜的离婚史。作者不仅强调民族文化基因的宿命性传承,还演绎了满族文化在动荡的近现代历史中所发生的交融、西化、现代化与城市化的命运。它凝聚在奶奶这个人物形象的象征意义中,奶奶已经不是满族,"到了爷爷这一代已无力再做到同族联姻",但这个汉族的小脚女子确实给这个走向衰落的大家族注入了坚韧的精神血脉和异质文化因子。奶奶既是这个满族之家与汉族交融的开端,也是这个家族西化、现代化与城市化的推动者,她以异族的身份用裂变的方式把古老的满族文化在衰朽中变得强大和丰满。满族文化不仅是祖先血洒疆场的英勇和激情,还交织着大地母亲般的厚爱与宽容,阳刚与阴柔相济、创造与牺牲结合,这种至高的哲学境界才是一个高贵民族所应有的完整人格与文化结构,这正是作者期冀的民族文化理想。由此我们看到作者的民族文化认同不是简单地站在既定话语立场上美化自己的祖先和民族,而是在涅槃、裂变的疼痛中付出个体的反省和思索,保持了一个现代知识分子对民族文化的理性自觉,以此获得民族文化的批判性重构。

二、城市人文精神的时代性与民族化

如果只关注民族意识而忽略了城市精神指向,那依然是对作者及其创作的误解。在《我们家族的女人》中,文本的另一条线索讲述"我"的故事并不仅仅是放大的一个满族后裔的人生,而是在讲述一个城市女人的心灵史,并以此为依托建构一种城市人文精神。城市人文精神是指内含在城市文化中与科学精神相对的人的价值、境界、理想和道德追求。它具有明显的空间和地理属性,但总是通过特定空间范畴的城市人群来体现和传承,因而它是主观与客观、共性与个性的结合,呈现出鲜明的时代烙印与民族编码。

首先,作者所建构的城市人文精神具有明显的时代性。20世纪八九十年代中国文学中暗藏着空间等级化意识,城市与乡村犹如五四文学思潮一样蕴含着思想等级界限,乡村再次成为宗法制、落后、蒙昧的代名词在某些文学书写中被贬抑,城市则携带着文明、进取、理性的精神符号承载着知识分子重走现代化道路的梦想。因而对个性、自由、尊严的歌咏高扬着城市精英文化意识。作品中,"我"的爱情故事是20世纪八九十年代知识分子精神恋爱的缩影,没有写实场景和戏剧性故事冲突,完全是张承志式精神河流的写法,主体就是一个现代知识女性爱恋一个有妇之夫的困顿与挣扎,她最终超越了"依靠""归宿"这些庸俗追求而坚守了理性的道德立场,放弃了任何外物的依附而选择了绝对的漂泊和精神自由。

她的精神历程是 20 世纪八九十年代城市精英文化趣味的折射,昂扬着道德理性和适度的浪漫主义色彩。

其次,这种城市人文精神还表现出鲜明的民族性,它汇聚在这个城市知识女性的族裔信仰中,她认为自己的性格命运无法逃脱遗传基因和家族命运的符咒。这个满族之家有着浓郁的贵族情结,这是清朝漫长的封建等级制度培育的结果。在清朝,"旗人不仅可以享受国家的官饷,衣食无忧,而且还拥有较高的社会地位。从而强化了所有人对这一组织的认同感,正如民间所流传的一样,'不分满汉,但问旗民'"(郭梦秀《论满族文化的生成》)。"而临到我们,就不仅有了宫廷里皇族的高贵,也有了王朝覆灭之后的凄凉和悲怆。"(赵玫《残阳如血》)作品中的"我"一直笼罩在"破落贵族"的民族悲剧心理中未能逃脱——不顾及现实的惨痛而执着于贵族式精神追求。读书、思考、爱情和创作几乎就是我生命的全部,甚至那个使我无法自拔的"他"也是精神的抽象,作者多次强调"他是那个精神的我"。精神追求是最奢侈的东西,它造成现实生活的举步维艰甚至无路可走,但这是无法破译的民族文化密码使然,对于纯正的满族后裔来讲,哪怕现实生活是一片废墟,精神世界里他们永远是华丽的贵族。"精神贵族"是 20 世纪八九十年代中国文学城市想象的一个重要元素,它是对抗物质、庸俗、功利思想追求的衍生物,作者在族裔文化中延伸着这种城市精神诉求。

三、对地域文学的"叛逆"与超拔

作家的满族文化认同与 20 世纪八九十年代文学赋予城市的道德理性产生了思想共振,在"精神贵族"维度上民族与城市实现了诗性的契合与同构。作者所建构的城市人文精神具有内在的民族文化内涵,这是对满族作家文学创作精神的一种自然传承,在以后不断的循环与再生产中逐渐被地域化,成为天津城市文化的一种新元素。历史上的天津文化是买办文化、商埠文化、码头文化、市井文化和租界文化的混合物,但是市井文化由于本土特色和历史机缘成为天津城市文化的外在表征和内在基因,强有力地制约着文学的发展走向和整体特色,城市精英文化一直处于压抑和潜伏的层面。有评论家曾表示,如果文学迫于历史和传统的压力而贴着家乡地面写作,即使本土性再强也不过是趋俗性的写作,若不补充新的文化元素,建立小说叙事的精神维度,是很难有所作为的。赵玫的满族血统赋予了她精神追求,也成为她思考城市精神的重要载体和质素。她对历史上满族文化的自觉寻根和反省为现代天津城市内涵增添了民族色彩和文化个性。在民族与城市的相互激发下,她不但发现了新的城市精神,也重构了自己的民族。

作为地域文学的"叛逆者",赵玫的作品的深层意义是某种程度上改变着天津本土文化的基因谱系及市井文化形象,以精英文化因子激活了天津自身的子文明系统,形成了高品位的现代城市叙事话语。作为中国当代文学史上获得广泛认可的优秀作家,她启示人们思考中华民族与各个少数族裔的文化辩证关系,族属不过是一种身份明确而文化界限模糊的标识,只有身为异族而又融于他族,由此得出的经验才能超越族类,融汇于更加广阔无垠的时空。

第五节　人文知识分子的书房美学:
评冯骥才的《书房一世界》

《书房一世界》是著名作家冯骥才 2020 年出版的散文随笔集,作者聚焦最富个性色彩和精神特征的书房空间,生动再现了作家独特的物质空间和心灵天地,表达了人文知识分子的书房美学。

一、一己的精神世界

作家认为书房是一己的世界,个人性情自然而然地渲染着书房,在满屋堆积的书籍、稿纸、文牍、信件、照片和杂物中,隐藏着只有自己心知的故事或者秘密,可能是不能忘却的纪念,或许是人生中必须永远留住的收获。书房里的丁香尺、笔筒、字画、楹联、佛头、小盖罐、琥珀等小物件,都有其独特渊源,它们神态俊逸、意趣高远、文化内涵厚重,就像"美的天使"将一间普通书房照亮。

书房是藏着流年风景、有故事又有温度的情感天地,书房旧物牵连着过往岁月里的情感记忆,如佛像擦擦是小学同学张鹏举送的,他送"我"这件擦擦时很认真,说是大爷(张学良)的东西,让"我"保存好。这擦擦"就像记录我童年少年生活情感的图书一样,立在我的书架上"。书房里还珍藏着姥姥的花瓶、姥爷的闲章、舅父的笔筒、母亲年轻时的照片、贾平凹馈赠的唐罐等,作者睹物思人,通过一件件小藏品追忆起亲戚老友的人生故事以及"我们"之间的深厚情谊。

二、书房里的流年风景

冯骥才称,文学、绘画、文化遗产保护、教育是他的"四驾马车",书房则承载了"四驾马车"驱动的激荡起伏的艺术人生。硬木树桩、万宝龙钢笔凝结了作者和读者的互动和友谊,包含了作为新时期文学开拓者的冯骥才以文学影响社会人生的殷切期望;诸多画作显示出画家冯骥才的高超绘画造诣,那些生动活泼、信手拈来的家庭漫画尤见作家豁达幽默的人生态度;山西农妇所赠的虎枕,从旧城改造中抢救回来的檐板,以及汶川灾区捡拾回来的生物学课本,这些独特的藏品都与 20 世纪 90 年代以来作者投入传统民间文化抢救工作相关,记录了冯骥才奔波在田野一线艰难而又有意义的工作。作者借用哈姆雷特的话表达书房一隅与广阔社会人生的联系，"即使把我放在火柴盒里，我也是无限空间的主宰者"。

三、野趣与自由之美

"把大自然请进来，是我书斋的理想，亦我书斋之美学。"大自然的美是随性自然之美，因而作者的书斋向来是阳光明媚、木叶葱茏并充满野趣。大自然的启示也成为整个书房布局的灵魂，处处体现出自由随性的特点。书架是从地面到房顶，因为喜欢被书埋起来的感觉。各类藏书只有一个大致区划，找什么不大费劲就好。"图书在我家纷纷扬扬，通行无阻。它们爱在哪儿，就在哪儿；我随手放在哪儿，它们就在哪儿。但只要被我喜欢的书，最终一定被我收藏到书房里，并安放在一个妥当的地方。如果不喜欢了，便会在哪一天清理出去。逢到此时，便要暗暗嘱告自己：写作不可轻率，小心被后人从书房里清理出来。"作家的书房美学里包含了人文知识分子自由不羁的灵魂和庄重严肃的写作态度。

书房不仅仅是读书写作之所，更是读物、读人、读世界的宽阔审美场域，一间书房深深打上作家个人性情的烙印，也凝聚着中国传统文化和民间文化的细致精深，让读者深切感受到新时期以来中国经历的重要社会转型和文化更迭。此书又恰逢 2020 年疫情期间出版，在全世界面临考验的艰难时刻，它给予我们柔情和力量的双重慰藉，用艺术触角引导我们在有限的空间里感知浩瀚世界之大美。

第六节　人间烟火中的"秘密花园"：
陈曦的《男旦》解读

作家陈曦是资深京剧票友并有丰富的舞台表演经历，他把这种深厚的艺术积淀和独特生活经历融汇在长篇新作《男旦》中，这就保证了艺术与生命体验的完美结合。文学创作讲究好的题材要找到了最佳创作者才有可能变成经典流传于世,好的作家往往也需要经历多次尝试才能发现属于自己的素材,从这个角度看《男旦》出版是一种因缘际会,标志着作家陈曦经历长期摸索以后找到了自己的秘密花园,在这里他调动所有个体经验记忆以文字形式完成一支生命之舞,演绎着传统京剧艺术与当代个体生命的交相辉映,诠释了生命、艺术、信仰和选择的恒久纠缠。

一、巧妙的儿童视角

《男旦》立意紧扣时代热点话题且叙事视角巧妙,作者以少年苏子轩进入戏校学习男旦的经历遭遇,从儿童成长视角复现了中国传统京剧艺术的技艺和精髓,以此彰显中国传统文化的阔达境界和生生不息的活力。也许每个人心目中都有一个先验的"国粹"印象,它是与舞台效果密不可分的优美唱腔、华丽戏服或是璀璨摇曳的珠翠。然而从苏子轩成长视角来看国粹却是另一幅真容:它是在太阳底下苦练毯子功以致晕厥的日常情景;它是因为饰演男旦而被排挤找不到搭档的尴尬无助;它是跟着食堂师傅夜练太极的钻研琢磨;它是为买一双心仪彩鞋而逾矩的虐心记忆;它是像外公、李叔、余卿老师一样不可能享受舞台光芒然而却视戏如命的执着追求,后者所指代的日常、朴素、挫折、磨砺、不计得失、初心不改才是京剧艺术长存不灭的内在灵魂。台上的雍容华美与台下的血泪磨砺构成强烈戏剧反差,京剧艺术的历史命运与个体成长的挫折困顿遥相呼应,苏子轩、高峰、筱煜等人对京剧的痴迷热爱,真切体现了传统文化给予当代青少年的宝贵生命滋养。

作品主旨从儿童文学视角来看极富思想感染力和价值观正向引导功能,从表达人生况味和哲理感悟层面来看,它已经超越特定年龄群体和戏曲表现对象,无疑给成年人以及所有传统文化艺术痴迷者以身心鼓舞和思想启迪。面对五千年中华文明历史和光辉璀璨的戏曲艺术瑰宝,我们哪一个不是内心卑微而又坚如城堡的少年,没有人生路上的艰辛磨砺和奉献付出,我们何谈来过人间?作者把儿童成长与传统文化精神紧紧牵系在一起,使作品在具备儿童文学真善美等精神价值指向外,表现出可贵的思想多义性、情感包容性和艺术厚重感,也推动文本实现了从普通成长叙事向综合性哲理叙事的华丽转身。

二、触摸博大精深的京剧艺术

京剧艺术是打开作品的一把钥匙,是深入咀嚼文本要义和走进人物心理世界的核心叙事要素。从作者此前发表的《醉扶风》《夜深沉》等作品来看,戏曲作为传统文化载体持续受到作者关注,这一次作者是调动此前多年艺术积累和情感积蓄,集中以长篇形式对京剧艺术做了系统性自觉书写。京剧流派、代表人物以及演唱风格都有历史谱系性呈现,借助苏子轩学习男旦过程把京剧演员扮相、身段、台词、唱腔、技法、功夫等各个细节都给予专业性审美展现,一招一式、一板一眼都做了生动鲜活的示范。整体文化氛围营造和细节化场景呈现相结合,共同打造了这部作品的独特魅力,使其成为当下文学创作聚焦京剧艺术的佳作。

当然仅仅给文本贴上"京剧艺术"的标签是不够的,还要看它对京剧艺术的独特理解与表达,以及它多大程度上牵动了理论和现实的能量。作品对京剧艺术的审美并非静态和谐式的,而是使其带着人间烟火气息渗透在个体生命成长之中,在一次次与现实的撞击龃龉中彰显其强韧生命力。苏子轩参加商演的行为违背校规,然而这又成为艺术价值实现的契机;苏子轩离开戏校选择去拍戏剧电影,是艺术走向商业化歧途还是为艺术打开一扇新的窗户?在狭仄卑微的现实处境中我们如何安放传统文化的荣光,是封闭还是开放,是保持纯粹还是任其生命触角在现实延伸?这些裹挟着时代困惑和思考的问题被京剧艺术书写连根拔起,同时还牵动了复杂的人性、现代性、人生选择等多重话题,因此可以说戏曲犹如走进秘密花园的地图,循着它的标记我们能够看到任何我们向往的风景,触及任何我们渴望的精神栖息地。

三、克制与文学性的释放

陈曦是极富艺术才华和语言天赋的作家,但是在这部小说中作者保持着足够的克制。主体情节结构简洁清晰,以苏子轩学习生活和心理成长为主线推进叙事,没有使用复杂的叙事技巧,也没有炫酷夸张的修辞,语言风格洁净自然。这不禁使人想到文学史上沈从文、汪曾祺等现代文学作家创作的《边城》《长河》《受戒》等散文化小说,正如清代诗人张问陶所言:"敢为常语谈何易,百炼工纯始自然。"没有经过创作的千锤百炼很难抵达那种自然笃定的艺术境界。当然在具体创作细节上还是能看到那种难以遏制的"文学性"释放,作者不时以华丽语言表现京剧艺术的惊艳,还是会动用多种修辞描摹京剧唱腔起承转合之妙,也会共情地抒发苏子轩内心的全部敏感、幸运与孤独。文学的细腻、匠心与语言弹性也往往蕴藏在这些细节里,给人无穷回味和美的享受。

总体来看,《男旦》融合创作者的生命体验书写了传统京剧艺术与个体成长的互动关系,表现出深厚的文化底蕴和较高的艺术造诣,不仅从儿童接受角度看具有教化与美育的双重效果,对成年人以及传统文化爱好者也具有思想启迪和心灵开悟的重要意义。

附　录

新世纪以来中国生态小说的价值[*]

　　生态文学的兴起与人类对环境危机的反思密切相关,尤其是工业革命以来,对自然资源的开发利用导致的生态失衡,已成为影响人类生存发展的重要问题。这促使人类反思自己的生存发展方式,并对人与自然关系重新做出调整,由此开启了人类的生态文明建设。自 20 世纪 90 年代以来,生态与环境问题日益引起中国学界的重视,特别是党的十八大以来,习近平总书记从谋求中华民族长远发展和实现人民福祉的全局高度,围绕生态文明建设提出了一系列高屋建瓴的深刻论述,在党的十九大报告中明确指出:"建设生态文明是中华民族永续发展的千年大计。必须树立和践行绿水青山就是金山银山的理念,坚持节约资源和保护环境的基本国策,像对待生命一样对待生态环境""人与自然是生命共同体,人类必须尊重自然、顺应自然、保护自然。""像对待生命一样对待生态环境""人与自然是生命共同体"的论断,包含着深刻的生态整体论哲学,成为新时代进行生态文明建设的指导思想。在这样的历史背景下,新世纪以来中国的生态文学作为社会主义生态文明建设的重要组成部分,应引

---

　　* 此文是与王光东先生的合作成果,发表在《中国社会科学》2020 年第 1 期。

起我们的特别重视和研究。生态文学作为一种明确的写作形态,在中国大陆出现于 20 世纪 80 年代,经过几十年的发展已取得了诸多成就。但是,受各方面因素的影响,目前的一些生态文学创作还存在概念化、简单化和审美品质弱化等问题。由于生态文学理论主要来自国外,因此,如何把外来理论本土化以推动中国当代生态文学研究的发展,就变得非常重要。如何针对生态小说的不足,进行具有开拓性、前瞻性的建构,对于当下的生态小说研究而言具有尤为重要的意义。

一、生态文学的概念内涵及基本特征

何为生态文学? 生态文学作为一种创作现象在中外文学史上早已存在,但作为一个文学批评概念,是 20 世纪 70 年代由美国学者约瑟夫·米克在《生存的喜剧:文学生态学》中提出的。迄今为止,人们对于“生态文学”内涵和“生态文学批评”方法还有不同看法,但在如下方面意见还比较一致:首先,“生态文学”是以生态整体主义为思想根基的文学,与以“人类中心主义”为理论基础的文学有别。其次,“生态文学”关心和表现人与自然的关系。最后,“生态文学”探寻生态危机产生的社会根源和文化根源。20 世纪 90 年代以来,鲁枢元、曾繁仁以及文艺美学研究领域的一些学者推进了生态美学、生态文艺学、生态文学批评在中国大陆的发展。对于中国当代生态文学创作而言,在很长一段时间里并没有明确统一的命名和概念界定,常被冠以“环境文学”“自然文学”“绿色文学”等多种模糊性称谓,实际上它们与生态文学有重要区别。不能将“环境文学”等同于“生态文学”。从词源学意义上看,“环境”一词就是二元思维的产物,它预设了人在中心且被自然万物环绕的意向;而“生态”是整体性思维,“生态系统并没有中心,它是一个关系网”。① 因此环境文学仍潜

---

① 王诺:《欧美生态文学》,北京大学出版社,2011,第 14 页。

藏着人类中心主义或者是"弱人类中心主义"视角;而坚持整体论哲学观的生态文学是对环境文学的超越,它必须突破二元论并批判这种二元论导致的后果。"自然文学"这一概念主要源于中国台湾,研究者倾向于以此指称特定地区或国家聚焦自然书写的文学。"自然文学"涵盖面宽广,必然包括很多叙述层面书写自然但在观念上属于非生态或者反生态的文学作品。"绿色文学"概念由童庆炳提出,他认为,绿色文学"是一种崇尚生命意识的文学,崇尚人与自然生命力活跃的文学,崇尚人与自然和解与和谐的文学"。① 这样比较宽泛的定义无疑忽视了生态文学产生的特定历史语境。与这些术语的局限性相比,使用"生态文学"能更加突出这类文学的特点和主要使命,也更符合国际学界的"生态+"命名模式和惯例。新世纪以来,国内学者王诺对这个概念进行了明确界定,他认为:"生态文学是以生态整体主义为思想基础、以生态系统整体利益为最高价值的,考察和表现自然与人之关系和探寻生态危机之社会根源,并从事和表现独特的生态审美的文学。生态责任、文化批判、生态理想、生态预警和生态审美是其突出特点。"②综合国内近三十多年生态文学创作与批评实践,我们认为,生态文学是诞生于现代工业文明造成自然生态和精神生态危机的历史背景下,通过对人与自然关系的描写,深入探寻生态危机的思想文化根源,以树立生态整体观为价值目标,以追求人与自然和谐共生为理想的独特审美形态。

"生态整体利益价值观"是生态文学的思想之魂。从人与世界的关系来看,工业革命以后人类特别重视自身对世界的主导性,人类中心意识愈来愈强,其核心观念被简化为最有助于实现现代化效率目标的"擅理

---

① 童庆炳:《漫议绿色文学》,《森林与人类》1999 年第 3 期。
② 王诺:《欧美生态文学》,北京大学出版社,2011,第 27 页。

智"和"役自然"。① 当人类对自然界的专制主义达到极端并引发自身生存危机时,反思人类中心主义观念并试图重建人与世界整体关系的生态学知识潮流逐渐兴起。从承认自然界价值出发,现代生态哲学深入反思在人本主义观念遮蔽下的认知偏颇——只关注自然的经济价值和商品价值,提出在地球生态系统的物质循环、转化和再生过程中,自然对于人类和其他生命持续生存的生态价值才是最重要的。现代生态哲学在与传统个人中心主义价值观的联系与思考中,逐渐建构起"人—社会—自然"复合生态系统的整体主义价值观,确立"普遍的共生"、②整体的和谐稳定和持续生存为终极价值目标。"生态整体观"作为新型价值观,深刻改变了人们对世界的理解和认知,成为蓬勃兴起的生态文学思想之魂,生态文学开阔的审美空间和思想活力也多源于此。生态文学不再把人类作为自然界中心,不把人类利益作为终极价值标准,这并不意味着生态文学蔑视或反人类;恰恰相反,生态灾难的严重后果使生态文学作家认识到,人类无权将自己定义为中心,也不可能将对自然的征服进行到底。人是自然界的一部分,永远也不可能脱离自然,唯有保持整个自然的持续生存,才能确保人类的安全、健康和永续发展。因而只有把生态系统整体利益视为根本前提和最高价值,人类才能真正有效解决生态危机,最终也一定有利于人类的长远生存和根本利益。不但如此,生态文学还特别突出人在维护生态系统平衡中的能动作用,着力表现人与自然交换物质能量、能动改造自然等实践的合理性。现代生态整体主义虽强调系统各要素的相互依存和相互作用,但又超越一般物种的被动式生存进化逻辑,暗含了既适应又主动改造自然的主体理性预设。正是在此意义上,恩格斯说不能把生

---

① 美国学者艾凯把"擅理智"解释为"一个结构或过程变向运用最有效的手段达到经验性的目标",把"役自然"解释为"对自然的征服和控制",参见艾恺《世界范围内的反现代化思潮——论文化守成主义》,贵州人民出版社,1991版,第6页。

② 奈斯认为"普遍的共生"是一种包含地球上所有生命形式的自我价值实现状态。参见余谋昌《生态哲学》,陕西人民教育出版社,2000,第121页。

物界规律简单搬到人类社会中来,①这也正是马克思主义人文生态观区别于现代西方"非人类中心主义"生态哲学的关键。现代生态学中的"主体间性"理论可以在一定程度上诠释恩格斯的这种辩证法思想。现代生态学中的"主体间性"理论挑战以人为中心的主体性理论,强调人类与非人类生命的主体间际关系,探索人类命运共同体与自然共同体在生物圈中共存、合作、繁荣的基础。该理论一方面突破主体性理论的单向思维模式,把人与自然置于平等的主体地位,另一方面发展了主体性理论中能动性的精神内核,强调人与自然的和谐共存、融合为一,并在此基础上强调人类的主动建设意义。这种观念深刻影响了生态文学创作,成为评判生态文学思想性的重要标准。真正的生态文学不夸大任何物种和个人的作用,它要探究"生态结构"所蕴含的奥秘和智慧,警示人类在自然面前既要进取更应懂得顺应,同时还不能放弃维护、优化生态圈的主体性使命。至于人类克制和能动的界限何在、个人价值与群体价值无法统一时以什么作为抉择的依据,这恰恰是生态文学目前正在积极探讨的、最富价值和生命力的重要问题。

以"生态整体主义价值观"为思想根基的生态文学具有鲜明的历史性、反思性和批判性特征。进入工业社会后,人类有感于自然环境遭受破坏并逐渐开始对生存发展方式进行反思,于是出现了真正意义上的现代生态意识。现代生态意识是生态文学审美的重要组成部分,是现代生态文学创作形态诞生的重要标志。相对而言,人类早期对天地万物、自然神灵、原始图腾的崇拜,上古神话传说,以及后来歌咏自然山水的诗词歌赋等文学艺术形态中蕴含的生态思想,都还只是一种朴素的生态意识。它具有感性、偶发性和局限性等特征,往往"只是先知者的一种生态直觉感悟,并没有形成一种自觉和系统的生态思想,当然也不具备学理上的'原

---

① 恩格斯:《自然辩证法》,人民出版社,1971,第284页。

点'意义。"①而现代生态意识是在现代生态科学逐渐发展以及现代环境
问题渐趋显现过程中出现的,具有明显的理性、自觉性和整体性特征。它
以现代生态学知识体系为基础,又以整体论哲学观作支撑,是人类在深刻
反省自身后获得的,凝聚着人类的创伤性情感体验以及身处现代化悖论
中的精神痛苦。现代生态意识使文学呈现出与以往不同的独特叙事范式
与艺术形式,成为生态文学创作的先决条件。因此多数研究者认为:"从
时间上而言,工业化进程之前没有生态文学,只有非生态文学。而工业化
进程之后,生态文学与非生态文学并存。"②这种观点就凸显出生态文学
的历史性特征。另外,以现代生态意识为出发点的生态文学致力于改善
人与自然不断恶化的紧张关系,反思并批判造成生态危机的文化根源,从
而形成了反思性、批判性的思想特征。生态文学正是这种反思现代化思
潮的重要组成部分,它在对人与自然关系的审视中,发现现代工业社会的
价值观局限和发展模式偏向,于是对日益滋长的欲望动力、科技崇拜、经
济理性、消费主义做出深刻反省和批判,但是生态文学并不是反科学、反
理性、反发展,而是深入社会发展内部,洞察理性、工具、技术的本质和奥
秘,探寻人类可永续发展的动力和源泉。

二、新世纪中国生态小说的叙事维度

20 世纪初,生态学整体观逐渐扩展至社会科学和人文领域,促成生
态学与哲学、伦理学、社会学等现代人文学科的交融,生态文学即这种背
景下文学与生态学深层交融的结果。生态文学既关注世界性生态危机的
真相,迫切寻求解决方法,又以其独特的审美形态参与生态文明建构。从

---

① 吴秀明等:《新世纪文学现象与文化生态环境研究》,浙江工商大学出版社,
2010,第 3 页。
② 张丽军、许家云:《面对生态危机的诗意反抗——生态文学的发生学研究》,《山
东师范大学学报》(人文社会科学版)2009 年第 1 期。

梭罗的《瓦尔登胡》（1854）到蕾切尔·卡森的《寂静的春天》（1962），西方生态文学在工业革命进程中逐渐形成自己的创作形态。中国作为后发现代化国家，直到20世纪80年代中后期才出现生态文学创作。1987年徐刚的《伐木者，醒来！》、1980年代中期张炜的一些中短篇小说，这些作品表现出的生态意识逐渐引起人们关注。张炜的《海边的风》《蘑菇七种》《三想》《问母亲》《我的老椿树》《梦中苦辩》等作品，均涉及人与自然的关系。他在小说集《美妙雨夜》中说："我觉得对待小动物们的情感跟对待生活中的美好事物是一致的。我不相信无缘无故伤害动物的人会有一颗善良的心，一个人道主义者也会广爱众生。人道不仅用于人，人道应该是为人之道，是人类存在的基本原理和法则。他要更好的、健康的存在，就必须与大自然中的一切和谐地相处。人不能破坏生态平衡，也不能破坏心态上的平衡。"①在此张炜已意识到，人不能仅仅以"自我"为中心，应与自然、万物众生建立一种新的伦理关系，和大自然中的一切和谐共处。进入新世纪后，中国的生态文学创作进一步发展。贾平凹的《怀念狼》、姜戎的《狼图腾》、郭雪波的《狼孩》、阿云嘎的《燃烧的水》、迟子建的《额尔古纳河右岸》、杨志军的《藏獒》、张炜的《刺猬歌》、阿来的《空山》、周大新的《湖光山色》、赵本夫的《无土时代》、杜光辉的《可可西里狼》、李克威的《中国虎》、胡冬林的《野猪王》、红柯的《生命树》等长篇小说，以及叶广芩的《老虎大福》、杜光辉的《哦，我的可可西里》、阿来的《河上柏影》、阿云嘎的《黑马奔向狼山》、鲁敏的《颠倒的时光》、白雪林的《霍林河歌谣》等中短篇小说，均显示出中国生态小说动人的艺术魅力。

新世纪中国生态文学的兴起有深刻的现实原因。中国是世界第一人口大国，生态资源承载力面临严峻挑战。改革开放后，中国经济虽取得巨大的发展，但也付出了沉重的资源、环境代价。西方工业国家几百年来遭

① 张炜：《美妙雨夜》（代后记），上海文艺出版社，1991，第423页。

遇的环境问题,在世纪之交的中国集中显现,生态危机从显性的"宏观损伤"到隐蔽的"微观毒害",引发社会持续关注和深入思考。人类活动必然引起环境变化,但能否避免损伤？人们对环境资源问题的思考,有力推动了新世纪中国生态文学的创作与发展。此时的中国生态文学,由人类中心或弱人类中心思想,走向以生态学整体论为核心的生态价值观,在融汇中西生态思想智慧的基础上,围绕人与自然关系形成以下叙事维度。

第一,揭示生态危机及其社会文化根源、富有现实关怀和批判色彩的"反思批判叙事"。现代化是社会发展的必然进程,良性的现代化力量带来美好生活,但现代化进程中的负面力量却往往带来痛苦。张炜的《刺猬歌》对现代化负面力量的反思是深刻的,揭示现代人对自然资源的掠夺性盘剥,反思人们如何一步步破坏自己赖以生存的美丽家园。阿来的《三只虫草》《蘑菇圈》《河上柏影》等作品,则表现了现代消费社会对边疆物产(如虫草、松茸、柏树等)的灭绝性开采。过去青藏高原上野生植物数不胜数,满山遍野都是美味的蘑菇。自从知道山野美味能卖大价钱后,山民们就倾巢出动进行挖掘,大片土地被踩板结再也长不出松茸,人们就用钉耙翻开腐殖土,采走那些还没长成的蘑菇胎儿(《蘑菇圈》)。不仅食材、药材被掘地三尺挖个精光,连那些被奉为神树的千年古柏也被砍伐殆尽,变成一段段昂贵的木材被运走。更可怕的是,现代人为满足私欲残忍猎杀野生动物,使其濒临灭绝。《哦,我的可可西里》写了青藏高原的可可西里被开发后遭受灭顶之灾的残酷现实。大规模开采金矿使美丽的可可西里草原沟壑纵横,即使在盛夏也像"无垠的荒漠",采金队和偷猎者在高额利润的诱惑下疯狂捕杀藏羚羊。陈应松的《豹子最后的舞蹈》以拟人化手法,从动物视角讲述湖北神农架最后一只豹子失去同类的孤独感,及最后被人消灭的悲剧。叶广芩的《老虎大福》则讲述了1963年秦岭最后一只华南虎被人猎杀的悲惨经过。贾平凹的《怀念狼》描述商州最后十五只狼在被列为环保对象后仍惨遭灭绝的过程。这些"不与人争饮,不与人争食,并不与人争居"的自然生命,在人类的残酷猎杀中渐渐消逝。

这些生态小说具有相似的叙事逻辑:对生态危机的揭示折射出自然观的扭曲、人类私欲的膨胀,以此来表现对现代功利主义和物质消费欲望的批判。在新世纪以来的中国生态小说中,那些肆意破坏环境的反面人物往往具有欲望型人格,他们贪婪、自私、狠毒、浅薄,对大自然缺乏敬畏和爱心。《狼孩》中猥琐的猎手金宝、《河上柏影》中善于投机钻营的贡布丹增、《哦,我的可可西里》中充满铜臭气的董事长王勇刚、《怀念狼》中喜欢拈花惹草还伺机猎杀野生动物的"烂头",这些人共同的特征是利欲熏心、欲壑难填,为满足个人口腹之欲或实现眼前经济利益,无视自然规律和祖先不杀生的戒律,动用各种力量(如器械、工具、资本、权力等)对自然界进行掠夺性索取,最后都遭到大自然报复,或受到法律严惩。作品正是以此来彰显警示意义。当然,欲望批判中往往也伴有对工具理性的反思。上述生态小说都对杀戮野生动物的猎枪、取代骏马的摩托、砍伐森林的电锯、追踪定位的 GPS 等现代化器械作了象征性书写,表现人类的可悲与狂妄,也提醒现代人应深刻反思自己的行为。

第二,探寻人与自然和谐共荣的生态智慧、表达诗意栖居的生态理想叙事。阿来聚焦川坝藏区高原生活的"机村史诗系列",迟子建追溯东北林地原始游猎文化的《额尔古纳河右岸》,姜戎回忆知青插队额仑草原的《狼图腾》,红柯展开西域生命神性述说的《哈纳斯湖》等作品,这些作家的生态文学创作共同创造了多姿多彩的边地原生态文化景观。"边地"意味着远离城市与现代工业文明,是万千物种保持勃勃生机的原生态沃土,是展示朴野之美和生态和谐的诗意空间。在这些作品中,自然不是人类认识和改造的对象,也不仅仅是如诗如画的风物景观,而是人类的栖息之所和生命本源。人与天地万物都是自然所赐,共同构成整体性存在。在《额尔古纳河右岸》中,鄂温克部落生活在额尔古纳河右岸大兴安岭丛林之中,世世代代放养驯鹿,过着原始的狩猎生活,河流、山川、树木是他们的栖息之所。白天男人们去狩猎,女人和孩子留在营地挤鹿奶、做靴子、晒肉条,晚上大家围着篝火载歌载舞享受打猎的成果。自然既是他们的生命来源,也是其最后归宿。这种天人合一的生活方式和信念也主导了《狼图腾》的书写。草原游牧民族始终把天地自然视为更高的生命存在,把人、畜群、各种野生动物看作生命整体系统的环节,小心翼翼维护它们的平衡。因此,当包顺贵和乌力吉想把狼一网打尽时,毕力格老人认为是"罪孽","再这么打下去……牛马羊还有我们都要遭到报应"。在草原生态系统中,人也要靠与狼的斗争保持机警和生命力,因此狼不能被任意消灭或驯养成没有战斗力的家畜。《狼图腾》生动诠释了额仓草原人民敬畏自然、保护生态的生存智慧,这正是游牧民族既要生存发展还能把蓝天绿地传给子孙后代的重要原因。

"边地系列"小说对和谐生态图景的构建过程,也是为自然复魅的审美过程。为自然复魅,就是恢复大自然的神奇性、神圣性和神秘性,承认大自然是人类养育者。在《额尔古纳河右岸》中,大自然化育天地万物,为人类提供了生存居所和资源,却从不向人类索取,是神圣无私的母亲;而灾难、瘟疫、惨烈厮杀、离奇死亡等则象征自然的神秘力量,折射出人的渺小悲壮。小说通过大量的仪式性书写来表达人对自然神性的尊崇。通过萨满跳神仪式来降灾祈福,这是鄂温克游猎部族最重要的精神信仰。猎杀到大型猎物要先举行隆重的祭祀仪式才可分食,不得不猎杀大熊后也要为其举行风葬仪式,这些古老的戒律中蕴含着对动植物神性的敬畏。阿来的小说《随风飘散》中兔子的火葬、《天火》中多吉烧荒时的颂歌、江村贡布为多吉举行葬仪等仪式性书写,都隐含着自然崇拜。新世纪中国生态小说中的自然复魅,是对人类维护生态平衡的悲壮歌唱。人既不是自然的主宰,也不是自然的奴仆,他们有维护整体生态平衡的职责和使命,并表现出自我牺牲的崇高之美。生命的神性是人性和自然神性的互渗,也是万物一体的融合,新世纪以来的中国生态小说以这种原生态文化,诠释出理想的生态图景。

第三,尊重生命,追求人与自然共同进化的生命伦理叙事。中国传统文化中的"民胞物与"观念是产生于古代社会的朴素生命伦理,其中就包含着祛除生命等级意识、善待一切生灵的思想。现代生命伦理则是在人类逐步控制自然后,主动调整自己与自然关系的道德进化。19世纪末20世纪初,一些敏锐的西方思想家主张把道德对象从人扩展到自然,认为应肯定动植物与人一样,具有感受苦乐的情感能力和平等生存的权利,进而通过道德、法律等多种方式保护它们免遭伤害,共同维系生态和谐。英国思想家塞尔特在《动物权利与社会进步》(1892)一书中就明确表示,动物与人一样拥有天赋权利,所有生命都是神圣可爱的,因而必须抛弃那种耸立在人与动物之间过时的"道德鸿沟"观念,扩展道德共同体的范围。[①]法国学者施韦泽在《敬畏生命:五十年来的基本论述》(1963)中进一步提出,只涉及人的伦理是不完整的,要对人及所有生物的生命都给予关爱、同情和帮助,这才是敬畏生命、对所有生物行善的"尊重生命的伦理"。[②]此外,利奥波德的"大地伦理"、丸山竹秋的"地球伦理"、罗尔斯顿的"环境伦理"等现代伦理观,几乎都涉及相同内容,即自然界的所有生物都与人类平等。某个事物,当它有助于生命共同体的永续生存,它就是正确的,反之就是错误的。这种现代伦理观以生命共同体的永续生存为道德判断尺度,带来了重视人、动物、荒野等多种类共存的文学叙事。以人为主体的类关怀逐渐向万物共存共荣的生命关怀转变,道德情感、叙事空间、艺术形式等也相应转变。贾平凹的《怀念狼》、郭雪波的《狼孩》《银狐》、姜戎的《狼图腾》、杨志军的《藏獒》、赵剑平的《困豹》、李克威的《中

---

① 余谋昌:《生态伦理学——从理论走向实践》,首都师范大学出版社,1999,第26页。

② 余谋昌:《生态伦理学——从理论走向实践》,首都师范大学出版社,1999,第27—34页。

国虎》、京夫的《鹿鸣》、方敏的《熊猫史诗》、胡冬林的《野猪王》等作品,
都渗透着现代生命伦理。这些作品以动物家族的生死存亡、人与动物共
存共荣为叙事中心,反映动物的生存危机,由此反观人类世界的生存镜
像,批判人性堕落的精神危机,探求更加完善的生命伦理和更具价值的生
命意义。不同于寓言故事的情感指向和道德教化,这些作品大多能站在
生态整体性立场上体察和关怀动物,聚焦动物的生存权利、精神品性和生
命尊严,表现出独特的审美特征。

　　以《怀念狼》《狼图腾》《狼孩》为代表的"狼文化"小说,体现了新型
伦理观念为文学创作带来的改变。在传统文学审美中,"狼"具有相对固
定的形象特征,是集凶残、丑恶、自私、贪婪、狡猾于一身的反面角色,甚至
被高度抽象为一种极富侵略性和野蛮性的文化象征。但是在生命伦理观
念中,狼却具有无可替代的生态价值,艺术形象也为之一变。《怀念狼》
写人狼残酷斗争和狼死人衰的悲惨故事。过去商州南部的狼患给老县城
留下很多残忍记忆,但当狼群被大规模猎杀后,商州的猎人都出现一种怪
病,"先是精神萎靡,浑身乏力,视力减退,再就是脚脖子手脖子发麻,日
渐枯瘦"。当狼全部灭绝后情况更加严重,原来骁勇矫健的打狼队队长
傅山"发了胖,长得像个大熊猫了",雄耳川的人"行为怪异,脾气火暴,平
时不多言语,却动不动就发狂,龇牙咧嘴的大叫,不信任任何人,外地人凡
是经过那里,就遭受他们一群一伙地袭击……"作者通过狼被人灭绝后
人的畸变,暗示生物界各物种之间相互依存的生态链关系。怀念狼实际
是"怀念勃发着的生命,怀念英雄,怀念着世界的平衡"。① 《狼图腾》在狼
与人、狼与狗、狼群与马群激烈斗争的书写中展现狼的生存智慧、军事才
能和自由不屈的魂灵。它们能够在头狼的带领下分工合作,表现出很强
的组织纪律性和自我牺牲精神。陈阵偷养的小狼,最后宁可走向死亡也

---

① 　廖增湖:《贾平凹访谈录——关于〈怀念狼〉》,《当代作家评论》2000 年第 4 期。

不接受人类豢养,表现出草原战士的本色和荒野精灵的风骨。正是在此意义上,作者认为,"草原狼是草原人肉体上的半个敌人,却是精神上至尊的宗师。一旦把它们消灭干净,鲜红的太阳就照不亮草原"。在《狼孩》中,作家郭雪波也赋予草原狼不寻常的文化内涵。它们拥有丰富的情感世界,具备善良正义的优秀品格。母狼改变复仇计划哺育人类的孩子"小龙",训练他适应荒野丛林生活成为狼孩,为了保护他不断更换自己的巢穴。当狼孩被父亲强行带回人类世界却无法适应人类生活时,母狼机智地隐藏在城市中,伺机救回"小龙",最后为保护狼孩牺牲了自己的生命。作者生动刻画了母狼无私无惧的慈母情怀,并高度赞誉狼超越种属的高洁大爱。无论是野性狼还是充满文化内涵的狼,它们都超出其形象本身具有了独立的审美价值和象征意义,映照出人类被异化的精神世界。作者希望通过非人类物种的美好精神品质为人性提供有益补充。新世纪中国生态小说中的生命伦理叙事,不但扩大了文学叙事空间,使文学由人类社会转入更加开阔生命空间,还进一步提升了文学的道德目标和伦理境界——文学作品不仅思考人类福祉,而且把人与自然万物的和谐发展、共同进化作为最终的精神追求,在文本中予以呈现。

三、新世纪中国生态小说的思想文化资源

新世纪中国生态小说表现出的现代生态意识,不仅与当代中国社会现实联系紧密,且与古今中外生态文学思想密切相关。西方古希腊神话、自然写作、生态文学中的生态思想,中国传统的"天人合一"等文化观念,都是新世纪中国生态文学创作的重要资源。

和谐自然观是早期人类社会的思想共识,在文学艺术创作中有大量的反映。在古希腊神话中,"宙斯用黏土造人,雅典娜给泥人以活力和生命",充分表现出人与自然的密切联系;赫西俄德描写洪水过后唯一幸存的一对男女用石头造人;奥维德记载普罗米修斯用泥土捏出主宰一切的

天神,并从各种动物那里摄取善恶放入人心。西方有关人类起源的神话传达一个共同信息:一切都是有生命的,人与自然万物密不可分。"只有不离开作为自然象征的大地母亲,人才能有无穷无尽的力量。"①中世纪宗教哲学充满神学色彩,基督教文化虽取代多神教和万物有灵论占据主导地位,但对人与天地万物关系的认识还停留于古代生态观。《圣经》首篇"创世记"记录上帝六日创世的历程,从同为被创造者角度看,人与天地万物是平等的。从 18 世纪开始,反思工业文明社会价值观及人类现代化生存方式、向自然赎罪的文学艺术逐渐出现。吉尔伯特、华兹华斯、梭罗、杰克·伦敦等作家,以浪漫主义方式歌咏自然并表达对自然的迷恋。真正使生态观念深入人心并产生世界性影响的,是蕾切尔·卡森的《寂静的春天》。作家以大量事实和科学依据揭示滥用杀虫剂对生物物种和人类健康造成的损害,质疑技术社会对自然的态度,倡导一种全新的生态哲学思想。这部被誉为"改变了历史进程""扭转了人类思想的方向"②的作品,由此成为现代生态文学的滥觞。此后半个世纪,欧美生态文学经历了前所未有的繁荣,出现了一些享誉世界的作品,如法国作家勒·克莱齐奥的《诉讼笔录》、德国作家君特·格拉斯的《母老鼠》、加拿大作家莫厄特的《与狼共度》、苏联作家艾特玛托夫的《白轮船》、美国作家艾比的《沙漠独居者》、英国作家多莉丝·莱辛的《玛拉和丹恩》等。西方文学中的生态智慧,理所当然成为新世纪中国生态文学创作的重要精神资源。

中国传统文化中倡导的"天人合一""物我一体""民胞物与"等观念,蕴含着丰富的生态思想。"天人合一"是中国传统文化中的重要概念,体现了中国古人对世界的基本态度,是对主客浑一、物我一体等和谐自然观的高度概括提炼。其中"天"泛指自然万物,"合一"是"浑一""交融"。《周易》称"天、地、人,三才之道";道家尊崇天人一体,老子提出

① 王诺:《欧美生态文学》,北京大学出版社,2011,第 132 页。
② 转引自王诺《欧美生态文学》,北京大学出版社,2011,第 176 页。

"人法地,地法天,天法道,道法自然",认为天地人都统一于道,人如果能顺乎道,就能无为而无不为,达到"复归于婴儿"的澄明境界;庄子继承并发展老子的思想,提出"天地与我并生,万物与我为一"(《庄子·齐物论》);孔子认为天是统治一切的主宰,所谓"君子三畏",即含有"对自然之天的适度敬畏";①汉代董仲舒明确提出"天人之际,合而为一"(《春秋繁露·深察名号》);至宋代,张载在"天人合一"命题的基础上发展出"民胞物与"的生命共同体思想,认为"儒者则因明致诚,因诚至明,故天人合一"(《正蒙·乾称》),"故天地之塞,吾其体;天地之帅,吾其性。民吾同胞,物吾与也"(《西铭》)。人民都是我的同胞,万物与我同类,因此要以平等生命意识对待他们。此外,佛教思想中也蕴含天人一体、万物平等的生态智慧。佛家认为众生皆有佛性,万物皆平等。"所谓一切法无相故平等,无体故平等,无生故平等,无成故平等,本来清净故平等,无戏论故平等,无取舍故平等,寂静故平等。"②在此基础上佛家认为慈悲为怀、普度众生乃佛法之首,引申出戒杀生、戒淫盗等若干戒律。中国天人合一的观念使中国古典文学的许多作品都注重对自然的和谐审美,一方面抒发亲近自然、视自然为人生归宿的热烈赞美,另一方面也对违背自然规律、破坏自然天性的行为予以批判。早在《诗经·大雅·公刘》中,周人就表现出对生态环境的选择意识。公刘从原居住地向他地迁徙,"即景乃冈,相其阴阳,观其流泉"。庄子以"天地有大美而不言,四时有明法而不议"(《庄子·外篇·知北游》)形容大自然的壮美微妙;魏晋时期,已出现把自然作为独立表现对象的山水田园。陶渊明的"少无适俗韵,性本爱丘山""久在樊笼里,复得返自然"(《归园田居·其一》)等诗句,表现出中国传统文人把自然趣味与高洁人格相融合的艺术追求。此后,歌咏自然、表现人与自然和谐关系的诗歌大放异彩。古人也强烈反对违背自然规律

---

① 曾繁仁:《生态美学导论》,商务印书馆,2010,第213页。
② 张新民等注译:《华严经今译》,中国社会科学出版社,2003,第272页。

的"暴殄天物""网张四面""涸泽而渔"等取用无度的行为,批判"发系蜻蜓""线绑螃蟹""盆鱼笼鸟"等"屈物之性以适吾性"的畸形趣味(郑燮《潍县署中与舍弟墨第二书》)。由此可见,中国传统的"天人合一"观念一直深刻影响着中国文学的发展历史。

新世纪中国生态小说虽受西方生态文学影响,但其走向独创性建构却依赖深厚的本土文化文学资源。"天人合一"的生态智慧在那些富有建构性的作品中得以延续传承,成为文化叙事的支点,决定文本的价值取向和形象特征,并在生态文化愿景书写中发挥结构性功能,凝聚多元、融汇古今。《额尔古纳河右岸》是大兴安岭林区最后一个游猎民族的生活史诗。在小说中,推进叙事进展的是中国古老的生态智慧和自然法则,它们是看似杂乱无序、不断重复的日常生活的精神内核,为四季更替、日常狩猎、生殖死亡以及祭祀仪式等循环生活赋予诗性品质和生命力量。文本中有多处游猎民族与大自然的自洽关系的描写,作者通过文学审美为游猎民族重建诗意栖居之地,为那些"被现代文明的滚滚车轮碾碎了心灵、为此而困惑和痛苦着的人"寻找到精神家园和生命原乡。[①] 动物小说中"狼孩"(《狼孩》)、"人狼"(《怀念狼》)、"人狐"(《银狐》)等艺术形象,充满魔幻浪漫色彩。这些形象的塑造也包涵着"天人合一"的文化寓言,从中可见优化物种和升华人性的想象。中国民间自古便流传着很多人与动物互生情愫、结婚生子的传奇故事,古典小说《西游记》也塑造了猪八戒、孙悟空、白龙马等人与动物混合的艺术形象。新世纪中国生态小说中的某些跨物种合体形象,对应现代社会智能发达但肌体羸弱、物欲横流却心灵萎靡的病态,同时也昭示了以动物的自然品性激活生命元气、增强生命韧性、丰富心灵世界的人类自我救赎。

植根于中国传统生态文化沃土,新世纪中国生态小说在总体风貌上

[①]　《从山峦到海洋(跋)》,载迟子建《额尔古纳河右岸》,人民文学出版社,2014,第266页。

呈现出渐趋民族化的审美特征。那些蕴含朴素生态意识的远古神话、民间故事及宗教传说等叙事资源,带着灵动传奇的色彩重新回到文学视野中。《怀念狼》融合现实主义和怪异美学的叙事风格,多次写到动物幻化成人的奇幻经历。猎人傅山路遇长相漂亮、头发金黄的女子感谢救命之恩,后来才醒悟这竟是自己多年前救下的一只金丝猴所变;最后一只狼为躲避猎人追杀,一会儿变成头上长着一撮白毛的老头,一会儿变成一头披着雨衣的猪蹲在摩托车后座,营造出虚实结合、亦真亦幻的叙事氛围。《额尔古纳河右岸》写原始游猎部族日常生活、节庆祭祀仪式中的神秘现象。当有流星划过营地,就会带走一个生命;泥都萨满与弟弟竞争达玛拉姑娘不成,就表现出超乎常人的力量,能用自己的气息止血,踏过荆棘丛也毫无划伤,踢起的巨石像鸟儿一样飞起。小说中也出现了动物幻化人形报恩的奇幻情节。伊万的葬礼上出现一对身穿素服的俊俏姑娘,直觉敏锐的伊芙琳说是伊万年轻时放过的白狐来报不杀之恩。《银狐》中的银狐姹干乌妮格不仅能幻化成人形,且能用气味让哈尔沙村的女人患上魔症癔病。珊梅被丈夫冷落囚禁几度绝望,关键时刻被银狐所救。《空山》中有关色嫫措湖的神话则具有寓言色彩。色嫫措湖是机村的神湖,机村过去干旱寒冷一片荒凉,直到色嫫措湖来了一对金野鸭,从此生机盎然。当机村森林着火,指挥部决定炸开湖泊引水灭火,湖底却神秘塌陷。作者暗示,人类若失去对自然的敬畏之心,必会遭到报复。值得注意的是,新世纪中国生态小说并没有对传统叙事资源进行简单套用挪移。这些作品祛除了古代人类被动依附自然、把自然视为神明的盲目崇拜心理,站在现代生态立场上,呈现宇宙、地球、自然万物的生命奥秘和审美价值,引导现代人重新尊重自然、顺应自然、与自然和谐相处。同时,魔幻、异形、仪式等艺术形式,使新世纪中国生态小说呈现出虚实结合、灵动飞扬的美学风格。传统民族文化和审美元素,在新的历史文化语境中焕发出灿烂生命力。

四、新世纪以来生态小说的创作局限

新世纪以来的中国生态小说,吸收中西生态文化资源,借助传统文化资源逐步确立民族化审美风格。这一时期出现了一批具有较高艺术价值、极富社会影响力的作品,同时也暴露出一些思想和艺术上的局限,部分创作存在的观念认识偏颇、艺术粗糙等问题,影响了生态文学的进一步发展。对此进行全面梳理和检视,将有助于推动中国生态小说的健康发展。

历史性的来看,中国生态小说在 20 世纪 80 年代起步阶段更多地受到西方生态理论的影响,在后来发展过程中,西化的生态思维一直或隐或显的存在,典型的莫过于把生态和谐与现代化进程简单对立起来,在批判功利主义的现代化的叙事中进行生态文化启蒙,在创作中表现为欲望批判、科技批判、机械批判以及赞美前现代生活的模式化叙事。从 20 世纪 80 年代徐刚的《伐木者,醒来!》、沙青的《北京失去平衡》、阿城的《树王》,到 20 世纪 90 年代陈桂棣的《淮河的警告》、哲夫的《天猎》、郭雪波的《沙葬》,再到新世纪以来杜光辉的《哦,我的可可西里》、张炜的《刺猬歌》、阿来的《河上柏影》等作品中,都可以看到现代西方生态观念影响下的思维惯性和模式化叙事痕迹。我们无意否定这种创作历史的、现实的意义以及在生态文学发展过程中的作用,但其中隐含的问题应引起我们的重视和思考。《哦,我的可可西里》就采用了这种二分式叙事。二十年前可可西里无人区有成群的野生动物,黄羊、牦牛、藏羚羊等对人毫不戒备,总是慢悠悠的在草地上觅食,呈现出一派和谐景象。在可可西里开发总公司成立以后,当地经济有了大发展,但生态却遭到毁灭性破坏,草原几乎被采金队挖掘成沙漠,野生动物也不见踪迹。张炜的《刺猬歌》表现出对自然的强烈情感认同,叙事者认为扼杀自然活力和美感的是大规模工业化、商业化开发,因而对唐童等人横行乡里、利欲熏心的批判是叙述重点。这类文学创作所表现出来的重要问题在于,把功利主义的现代化(包括工业化、城市化等维度)视为万恶之源,难免把生态小说引向单一的道德伦理批判,导致生活的丰富性和生态问题的复杂性表现不够,中国生态问题的具体性和解决方式等重要问题更是难以触及。或者可以说,没有人愿意把地球搞得乌烟瘴气,究竟是什么使人放弃箪食瓢饮的精神享受去追名逐利,宁可铤而走险也不愿放下屠刀铸剑为犁? 没有对中国社会历史结构整体性认知和独特性的深刻把握,仅从私欲膨胀和道德沦丧的角度去批判现代化进程,是无法揭示生态问题的复杂性和具体性的。阿云嘎的长篇小说《燃烧的水》在这方面提供了一些正面启示,小说写戈壁滩几代人开发油田的故事,探讨了现代化生态问题的复杂交织。石油这种"能燃烧的水"使戈壁滩的牧民摆脱贫穷落后,过上了富裕文明的现代化生活,但生态问题随之出现:畜群不断生出怪胎、地方与油田的污染纠纷不断、富裕起来的牧民后代变得无所事事,炼油厂发生爆炸夺去了众多无辜的生命……"石油"既是社会进步的动力,也是毁灭生态环境的魔鬼。有意思的是,叙述者没有简单的否定现代化及其推动力,而是在接近一个世纪的开阔历史视域中,揭示现代化的复杂性与生态变革的艰难。戈壁滩最早支持石油勘探和开发的,是处在社会最底层和受尽屈辱的仆人郎和,即使现在这里的牧民也已经离不开油田,作者提出了是要经济利益还是要生态环境,这个矛盾如何解决的重要问题。就像研究者曾繁仁所说:"现代文明作为一种时代的进步已经成为历史的结论,它同一切文明形态一样都有利与弊两个方面。我们不能因其造成环境污染的'弊'而否定其推动社会前进的'利',更不能对'前现代'的低层次的'均衡'加以不恰当的推崇。历史已无法也不可能倒退,我们只能站在现代文明的基础上并借助现代文明的力量而迈向新的'生态文明'。"①在这个前提

---

① 曾繁仁:《生态美学导论》,商务印书馆,2010,第 195 页。

下,文学创作不再简单否定现代文明,也不沉溺于虚幻想象,而是站在现代生态文明立场上提出真实的问题,才是对生态文明建设最有助益的文化启蒙。因而,中国生态文学亟须克服初期观念移植、模仿等问题,结合中国社会历史发展的独特性和现实问题进行中国化的生态创作,为生态文学创作铸造思想和灵魂。

新世纪生态小说创作的第二个局限是对生态整体论理解的简单化倾向。生态整体论反对人类中心论,但它并不是要为人与自然重排序位并采取反向的自然中心主义,其"基本前提就是非中心化,它的核心特征是对整体及其整体内部联系的强调,绝不是把整体内部的某一个部分看作是整体的中心"①,因而"与以人类的名义过度地攫取自然一样不可取的是以自然的名义把人类排除在生态圈之外,任何非此即彼的写作都是远离生态整体的写作。"②以此检视中国的生态文学创作,显然还存在着对生态整体论删繁就简的片面化理解,大量作品在把生态危机归咎于人类功利主义的发展观认识基础上,又陷入了自然中心主义的思想泥淖,很多以表现动物生存悲剧或者动物高贵精神品性为主旨的创作,极力彰显原始自然性而否定人的文化追求和主体能动性意义,造成生态创作中人物形象塑造空洞化、脸谱化和生态情感的迷茫。《狼孩》《银狐》《狼图腾》《老虎大福》《豹子最后的舞蹈》《藏獒》等作品都以动物命运为主线高度赞誉其自然荒野品性,同时又运用拟人化手法把善良、慈爱、智慧的美好人性转移到动物身上,相反人物形象塑造却是缺失或者极其单薄的,往往以群像或者没有灵魂的"纸片人"形象出现,成为表现动物形象需要的背景或者道具。很多作品人物形象简化为两种类型,一种是缺乏敬畏之心、没有惜生、护生观念的欲望化人物,如《狼孩》中的娘娘腔金宝、《狼图腾》

---

① 王诺:《"生态整体主义"辩》,《读书》2004 年第 2 期。
② 马兵:《自然的返魅之后——论新世纪生态写作的问题》,《中国现代文学研究丛刊》2011 年第 6 期。

中的包顺贵、《老虎大福》中的打虎村民、《豹子最后的舞蹈》中的猎人老关,他们往往是作者批判的对象;另一类是具有朴素生态意识的自然守卫者,如《狼图腾》中的毕力格老人、《狼孩》中的弟弟小龙、《银狐》中的珊梅、《老虎大福》中野生动物保护者二福等。他们目睹生态惨遭破坏后成为野生动物保护者或者选择皈依荒野和自然,其命运结局颇具象征意义,隐喻性表达了人类文明的溃败和自然的胜利、自然主宰人类而不是人类主宰自然。作品反复强化自然的神奇伟大、人类的渺小卑微,希望借此唤起人类对自然的敬畏,"万能的大自然,是人这粒粒尘沙的主宰……人应该回到自己的自然,恢复这准确位置"(《银狐》),"老母狼的智慧和伟大,令我突发奇想,未来的地球统治者有可能就是狼类……"(《狼孩》),有时作品在缺乏思辨的情况下把自然性价值绝对化并以此否定和贬抑人的社会性、精神性特征,如"野兽则先行动,后——后也不思想,它们不要思想。人类已被他们的思想弄得乱七八糟了"(《狼孩》)。这样不加分辨的否定人类的思想、精神性追求,使得生态理想的实现终将无所依傍,毕竟现代的生态和谐绝不是简单退回到人类认识能力低下时被动依附自然的原始社会,不是"简单地维护原有的生存条件,追求所谓的无矛盾状态"①,而是在充分的掌握自然规律和生态限度基础上主动维护和优化整体生态平衡。如果只是简单肯定自然具有独立于人类的内在价值和内在精神,而看不到人类与之进行能量交换和能动改造的合理性,甚至以此就主张弃智绝文退守到前现代社会无异于因噎废食,势必造成生态情感的迷失。同样道理,当《狼图腾》把狼的自然属性夸饰为具有永恒和普遍意义的精神源泉,并把狼的生存法则移至人类世界并以为找到为中华民族输血换种的良方时,同样也造成不应有的认知错位。毕竟动物界遵循的是弱肉强食、适者生存的丛林法则,而人类文明社会的进步则"必须符合

---

① 吴秀明等:《新世纪文学现象与文化生态环境研究》,浙江工商大学出版社,2010,第17页。

人道,是有着可靠的价值指向和健全的道义尺度的"①,而作家把狼的自然生态位转化为文化生态位时无疑是模糊了动物界和人类社会之间的界限,造成价值观方面的严重偏颇。俄国作家乌斯宾斯基曾提醒过我们,不能把"动物界和丛林中信奉的真理"当作真理。② 人与动物本质区别是人有精神文化需求,在创造属于人类文明的漫长历史过程中积累了深厚的文化底蕴和宝贵的精神财富。历史发展到今天,已经不可能以剥离人类文明特质回归荒野丛林的极端方式来解决生态危机问题,而必须是在现有文明形态基础上创造性建设更符合人性、更能持久发展的和谐生存环境。因而生态文学创作还是要细细咀嚼生态整体论哲学思想精髓,充分认识到人与地球建立可持续性关系离不开人的能动性发挥和积极建设的实践探索。以辩证态度正视现实、克服矛盾,推动形成人与自然和谐共生的生命伦理叙事,使生态文学走出价值和情感的迷茫是当务之急。

　　新世纪中国生态小说创作的第三个突出问题是审美性弱化,一些作家重视"生态学"的思想启蒙,聚焦生态危机真相和寻求解决办法,但是忽略作家对生态观念的艺术转化力,表现出同质化、模式化、概念化的艺术瑕疵。例如,近年来的动物题材小说集中出现了"最后一个"的挽歌式书写,陈应松的《豹子最后的舞蹈》、叶楠的《最后一名猎手和最后一头公熊》、沈石溪的《最后一头战象》、袁玮冰的《最后一只黄鼬》等均属这类作品。这样密集趋同的主题和构思方式,折射出作家对素材调动的不足和艺术创新的欠缺,而趋同的哀伤基调、明确的伦理诉求以及毫无悬念的情节设计也容易使读者产生审美疲劳。这种同质化还表现为同一作家专注于固定题材叙事,如一个作家多篇有关草原、山林或动物的书写,往往就形成模式化倾向。阿来的《河上柏影》《蘑菇圈》《三只虫草》虽具体故事

---

①　李建军:《是珍珠,还是豌豆? 评〈狼图腾〉》,《文艺争鸣》2005 年第 2 期。
②　〔俄〕尼·伊·纳乌莫夫:《俄国民粹派小说特写选》(上),外国文学出版社,1987,第 195 页。

情节有差异,但人与自然对立、传统礼俗与现代经济理性冲突却是相同的主题。这样就形成了一整套关于机械、科技、大地、母亲、消逝、感伤等与文化冲突相关的固定意象。同样,郭雪波的《狼孩》《银狐》《狼与狐》等作品也具有共同的核心情节和相似的叙述。如科尔沁草原在反生态农垦开发中变成荒漠的历史,狼、狐等野生动物与人类身份互换的传奇故事,以及原始萨满教的自然崇拜等内容,就在不同的作品中反复出现。同一作家的"反刍式创作"说明,当前中国生态文学亟待摆脱僵化的生态思维方式,展示富有启示意义的生态思想智慧。另外,有些作品在感性和细节方面欠缺,叙事中插入大段的"训导式"论述。如《狼图腾》中多次穿插关于草原狼生存智慧和军事才能的议论,《哦,我的可可西里》中不时陈述人类破坏生态环境引发的严重后果,《银狐》中反复强调人与自然关系的正确序位等。这种充满生态正义的议论容易干扰或打断叙事进程,给读者生硬、概念化、重质轻文的感受。优秀的生态小说既要通过生态文学传达新的生态思想要义,唤起人们保护地球的使命感和责任感,同时也要凸显自身的文体属性和审美特质,不能把生态文学简化为生态学。我们看那些享誉世界的经典,如蕾切尔·卡森的《寂静的春天》,梭罗的《瓦尔登湖》,艾特玛托夫的《白轮船》,爱德华·艾比的《沙漠独居者》等,都是思想性与艺术性兼备、既能给人思想启迪又能给人情感温度和美的享受。正如研究者所言:"真正的生态文学,它所有有关生态的思维理念都被充分地情感化、形象化了的,因而它的生态叙事既是生态的,更是审美的,具备文学作为人学应有的情感和美感、温暖和魅力。"①

五、中国生态小说的建构性思考

在生态思想观念已经深入人心、生态文明建设在世界范围逐渐成为

---

① 吴秀明、陈力君:《论生态文学视野中的狼文化现象》,《中山大学学报(社会科学版)》2008 年第 1 期。

社会共识的历史背景下,中国生态小说的发展必然面临思想和艺术方面整体性提升和综合创新的重要问题。换言之,生态小说在新的历史条件下要实现历史跨越并在世界生态文学领域发挥重要叙事影响力,就必须站在时代制高点上,克服创作初期的诸多思想和艺术局限,重构生态文明观念的坐标轴,在更为宏阔的思想视野和历史纵深中,针对当代中国和世界最为迫切的经济发展与环境冲突问题做出思考和判断,融合中国传统生态智慧以及西方现代生态伦理思想,汲取一切优秀文学艺术精华开拓生态诗性重建之途,以思想和艺术的创新性发展推动中国生态小说发生根本性变化。

奠定坚实的思想根基是建构中国生态小说的首要问题,深刻的生态文明理念仍然是生态文学创作的核心支撑和不灭的灵魂。中国生态文学创作者应在广泛吸收现代生态伦理思想基础上坚定中华文化自信,继承和发扬中国传统文化中的生态智慧,深入领会习近平新时代生态文明思想的重要论述,把富有深广哲学内涵的"生命共同体"理念作为坚实的思想根基,描画充满中国民族风范和世界开放特征的生态文学画卷。习近平新时代生态思想中的"生命共同体"理念是对人与自然关系的哲学概括,它强调"山水林田湖是一个生命共同体,人的命脉在田,田的命脉在水,水的命脉在山,山的命脉在土,土的命脉在林和草,这个生命共同体是人类生存发展的物质基础"[1]"自然是生命之母,人与自然是生命共同体,人类必须敬畏自然、尊重自然、顺应自然、保护自然"[2],强调人类与山、水、林、田、湖都是有机生命体,它们是由生命体及其赖以生存发展的环境构成的相对独立的子系统,各个子系统之间紧密相连、互为生存发展的条件。同时人与自然万物又构成一个大的复合生态系统,每一个子系

---

[1] 中共中央宣传部编:《习近平新时代中国特色社会主义思想学习纲要》,学习出版社:人民出版社,2019,第 173 页。
[2] 中共中央宣传部编:《习近平新时代中国特色社会主义思想学习纲要》,学习出版社:人民出版社,2019,第 167 页。

统的生存发展又构成复合生命系统生存发展的必要条件。这就要求从整体上把握生命共同体的运行,按照生态系统的整体性、系统性和内在规律,对生态进行整体性保护和系统性修复,以增强自然生态系统循环能力和人类可持续发展。中国传统文化中包含了这种生命整体观,古人认为万物同源,都属于自然这个大生命共同体的一部分,因而人与自然应亲和融洽、和谐共处,人不能凌驾自然之上,而应视自然万物为同胞手足。"道法自然""天人合一""民胞物与""取用有度"等思想,均反映了中国古代对人与自然是一个生命整体的基本认知。西方18世纪以来的生态哲学也包含着这种思想,英国博物学家吉尔波·怀特、美国生态学家梭罗等都从不同角度阐释过。习近平新时代生命共同体理论是在继承发展传统和融会贯通中西生态哲学基础上的提炼和升华,它继承发展了中国传统文化"天人合一""道法自然"的生态智慧,融会贯通马克思主义自然观的思想精髓,结合中国基本国情和现实问题,在新时代语境下凝聚为"生命共同体"的哲学表述,表现出鲜明的中国理论特色和新时代精神内涵。中国生态文学作家理应立足于这一时代思想高度,深入阐发和表现生命共同体的精神文化内涵,创作出富有世界文化视野、体现时代思想高度和彰显民族审美特色的生态文学作品。

首先,中国生态文学创作应该深入开拓生命共同体理念的实践性叙事空间。中国的生态小说在很长一段时间内曾陷在思想焦灼中踟蹰前行,尤其是在现实层面生态保护遭遇经济发展的矛盾该如何处置的问题上,很多作品表现出彷徨、回避或者简单回归自然的姿态,暴露出生态题材作品在生态思想观念方面觉醒但具体到社会实践层面则呈现出某些困惑迷茫,也就是说思想的逻辑未能与现实生活及社会实践的逻辑完全一致,这也是新世纪的一些生态小说产生概念化倾向的原因之一。生命共同体理念主张在尊重自然规律的前提下科学合理的开发和利用自然,形成人与自然和谐共生的进化关系。这就要求转变传统发展观,树立"绿

水青山就是金山银山"①"保护环境就是保护生产力,改善环境就是发展
生产力"②的生态发展观,走生态优先、绿色发展的生态文明道路。这为
中国生态文学创作深入复杂的社会现实挖掘矛盾冲突,在深广的社会历
史视域中展开富有创造性的生态想象建立了重要的坐标轴。当前我国正
在经历一场深刻的社会变革,生态文明建设的规模和力度前所未有。多
数发达资本主义国家走过一条先发展、后治理的道路,即当人均 GDP 达
到 7000 美元左右,环境负荷达到顶点,经济发展面临着"环境高山"时才
开始大规模生态治理。中国经济发展起步较晚,至今仍处在"爬坡阶
段",我们的生态文明建设不再走翻过"环境高山"的老路,而是探索从半
山腰开辟一条隧道穿过去,变"翻山"为"穿山"。③ 不以牺牲环境为代价
换取一时的经济发展,而是坚持绿色发展,形成人与自然和谐发展的新格
局。当然,这场深刻的生态变革不可能一蹴而就,这也恰恰是生态文学展
开中国立场、中国问题和中国故事的重要叙事空间。在新世纪生态文学
创作中,也产生过富有实践探索意味的"中国生态故事",比如郭雪波《银
狐》中塑造的治沙能人老铁子、充满生态忧患意识的旗长古治安、追寻萨
满教的知识分子白尔泰,肖勇《重耳神兔的传说》中刻画的苏木党委书记
任念亲和他领导下的治沙农民宝利高,这些富有民族英雄特征的人物,利
用科学技术在沙漠里种草、在荒山上植树,以"功成不必在我"的奉献精
神和以科技造福人民的治沙种草行动,表达生态发展的决心和以科技为
动力助推绿色发展的方向。非常可贵的是,作者不再沿袭简单否定科技
的现代性批判思维,而是贯穿了以道驭术、道术相生的传统文化理念,让
民族的生态智慧和人格美德驭现代科学技术,从而让科技褪去了黑色魔

---

① 习近平:《习近平谈治国理政》(第二卷),外文出版社,2017,第 393 页。
② 中共中央宣传部:《习近平总书记系列重要讲话读本》,人民出版社,2016 年,第
234 页。
③ 时青昊:《20 世纪 90 年代以后的生态社会主义》,上海人民出版社,2009,第 166
页。

鬼的隐喻变为绿色天使,充盈着积极改变现状的现实主义精神。相信在未来的生态小说创作中,类似这样富有民族特色的生态探索故事将会有更加开阔的格局和思想境界,以富有建设性和开创性的想象与伟大的生态文明实践相得益彰。

其次,中国生态文学应该在生命共同体理念的伦理维度上进行持续性叙事探索,推动浑融的"生命伦理"观念在现实世界落地生根。中国文学中的生命伦理思考源远流长,庄子认为,人与万物"亲和"是"至德","夫至德之世,同与禽兽居,族与万物并"(《马蹄》),因而他认为人的行为准则应该是"无以人灭天,无以故灭命,无以得殉名"(《秋水》)。《吕氏春秋》则认为,"人之与天地也同。万物之形虽异,其情一体也。故古人之治身与天下者,必法天地也"(《情欲》)。因人与万物"生性相同""其情一体",而推导出"亲和万物""各得其宜"为仁、为善的道德结论,实现从生命客观规律到伦理道德的转化,这是中国古代伦理文化的重要思路。其后中国古代叙事传统中有很多这种伦理文化的变体,蒲松龄小说中的狐狸是介于动物性与神性之间的有情有义的生命,民间文学中的牛郎织女、许仙与白蛇的故事,则围绕动物与人相互报恩、结婚生子展开了浪漫主义色彩的文学想象。现代文学虽然受到西方人本主义思潮影响而形成独特的"人道主义"文学传统,但在沈从文、废名、汪曾祺等人的小说中我们仍然可以感受到人处于自然状态的自在和惬意,它是对中国传统生命伦理的自然延续,不同于现代西方产生的《老人与海》等作品中的征服自然、突出自我本质力量的人类中心思想。当代的生态文学创作含有这种现代生命伦理自觉,但是如果它还是止步于中国传统"亲和万物""各得其宜"的道德境界,依然难以打开更广阔的叙事空间,难以为生态文明建设提供有价值的思想动能。在新时代语境下理解习近平总书记提出的"生命共同体"的理念,应与他提出的"人类命运共同体"联系起来思考。我们应注意到生态危机中包含的人类内部不同利益群体之间的社会公正、不同国家民族之间发展程度区别造成的生态灾难转移等问题,只有在构建"人类命运共同体"的过程中才能寻求环境问题的根本解决之道。人与自然的冲突问题,也是人类内部不同群体、不同种族、不同国家、代际之间的利益冲突问题,人类应该承担相应的生态道德关怀,以相互依存、共生共荣理念携起手来共建共享,否则地球上的资源终将枯竭,人类将不会得到永续发展。在郭雪波的《狼孩》《银狐》、迟子建的《额尔古纳河右岸》等作品中,我们能够隐约感受到人类的自私、贪婪以及部分群体的利益诉求所造成的生态灾难,作者道德批判的倾向显露无遗。以生命共同体理念为支撑的未来生态小说,将会获得更加深广的伦理视野,是包含人与自然、人际、国际、族际、代际等多维共生关系的综合性思考,这也恰恰是生态文学可以展开想象力的巨大空间。

中国生态文学创作还需要唤醒生态审美性自觉,以工业社会向生态社会跨越的文明转型意识,积极寻求与生态文明社会图景相适应的诗性表达,重建以生命共同体理念为核心的生态文明修辞系统。叙事学倾向于认为,"一时代有一时代之叙事"①,历史性演变是文学叙事发展的基本规律。从长时段历史来看,每一次文明转型都带来"人与自然"关系的审美转变。农业社会人们更多依赖土地和农耕方式生存,决定了它对自然的审美表现密切联系着故土和家园,形成了以大地、故园、耕牛、自然、母亲等意象为隐喻的修辞系统;这种审美表现系统在进入工业社会以后悄然发生改变,文学开始更多地进入人的内心宇宙来审视人与自然关系的某种异化,情感、欲望、心理的书写诠释了自然、自由和解放的意义,象征着人对机械束缚、工业污染、空间压迫的挣脱和逃离,与之相应的交错叙述、内心独白、意识流、蒙太奇、魔幻、变形等现代主义表现形式构成了新的叙事修辞。在这种背景下,中国的生态文学就不能简单地定位为一种

---

① 傅修延:《一时代有一时代之叙事——关于中国叙事传统的形成与变革》,《文学评论》2018 年第 2 期。

文学类型,而应该在文明转型的大视野中有集大成于一体的综合类型意识,以生态整体论哲学观为内核,探寻与生态文明社会相适应的诗性审美系统。中国新世纪以来的生态小说创作已经进行了初步的审美形式探索,在借鉴现代西方生态文学叙事经验基础上,汲取了中国古代神话传说、明清志怪小说中的养分,确立了富有民族性的现实主义文学传统。未来的生态文学创作应该在传承发展、融会贯通中更加注重生态审美的内生创造性,丰富生命共同体理念的审美维度,与这个生机勃勃的生态世界相适应,构建充满生命活力、情感张力和艺术创造力的生态修辞系统。它必然表现出包容性和超越性的文化艺术特征,也必然彰显出中国传统文化智慧和审美元素的当代性转化,当然这也必然是一个令人神往的艺术探索过程。

结语

如今,生态文明已经纳入中国特色社会主义事业"五位一体"总体布局之中,伴随中国人生态意识的逐步增强,中国生态文学获得了空前广阔的发展空间。尽管还存在种种问题有待解决,但新世纪以来诸多优秀生态小说的出现,昭示着中国生态文学具有进入生活、艺术表现生活的能力,其独特价值已经引起普遍关注和重视。新时代的中国生态文学,不仅应该密切联系着历史文化传统,而且应该与正在展开的生态文明社会实践以及中华民族伟大复兴的事业紧密相连,对人与自然关系的思考和书写应该有别于西方生态文学,彰显出中国问题意识和中国价值立场,为解决世界范围的生态难题贡献出中国智慧和中国方案。新时代的生态文学创作应该站在时代思想制高点上,以生命共同体理念为思想根基,深入开拓生态小说的实践性叙事、生命伦理表现和生态审美建构,赋予中华优秀传统文化以及当下正在进行的伟大生态实践以更加深广的叙事空间、更加深刻的伦理思考以及更有诗性的艺术表达。中国作家应该以文明转型的自觉,积极探索与生态文明社会相适应的生态审美修辞,为人类讲述瑰丽的中国生态故事,展示中国文学之美。我们期待这一理想文学形态在世界文学舞台上进一步展现出独特的"中国魅力",为人类提供生存发展和诗意栖居的美丽艺术世界。

"中国故事"与文学民族化理论自觉

"中国故事"从初始用来强调文学叙事的民族主体性,到逐渐凝聚特定的思想内涵成为民族立场、思想和方法的综合载体,它已经超越了单一概念、类型范畴,发展成为新世纪以来影响力颇为深广的文艺思潮和文艺现象。它从文艺界蔓延到新闻传播、公共外交等领域,被看作是"国家形象"与"国际舆论"之间良性互动的重要话语媒介,是提升国际话语权并推动人类命运共同体建设的最佳方式,其地位和意义获得了前所未有的重视。而在文艺领域,"中国故事"思潮兴起和涌动则体现了它与这个学科之间更本质的关联,它是中国文学批评发展到高阶的追求,是中国新文学走过一个世纪历程逐渐进入诗学话语体系民族化理论自觉的体现。中国故事的逻辑起点、聚焦的核心问题以及最终理论诉求,都与文学民族化理论密切相关,它因此获得了深厚的理论根基和源源不断的思想动力。同时,中国故事在新的历史条件下超越了"西化—民族化"二元对立思维,在更高远的世界文学视野中打开新的问题空间,推动文学民族化理论的深入拓展。它在文学领域所获得的话语体系创新和拓展,也将为其他社会文化领域提供有益的思想资源。

一、中国故事思潮的兴起与核心内涵

新世纪初兴起的中国故事思潮,起源于文学批评界对 20 世纪 80 年代中国文学主流意识形态偏颇和叙事形式西化的反思,在 2006 年发表于《上海文学》的《如何讲述中国的故事》中,"中国故事"作为一个相对独立且有明确所指的概念出现。批评家提出了中国文学创作的民族主体性问题,"中国作家能否在瞬息万变的现实中,书写出独到的中国经验与美感,不仅是作家的个人能力问题,同时也是一种'文化政治'。这涉及一个民族是否具有自我认识、自我表述的能力,并能在文学中加以表现的问题。而在这样的表述中,我们是将自己的故事融入西方文学的叙事体系中,成为一个补充或者附庸;还是别开生面,寻找到一种新的叙述艺术,充分表达出中国人的情感——这同样是一个重要问题。"[1]评论者分析了在当代文学较有影响力的三个长篇小说《第九个寡妇》《受活》和《生死疲劳》存在的共性问题:一是对 20 世纪 50—70 年代的农村经验书写脱离历史和现实,未能超越 80 年代"否定合作化""美化地主"等主流意识形态;二是在表现形式上向西方文学尤其是现代派文学模仿借鉴,但难以与中国农村经验相融合,也都没有新的探索和突破。作为对比,肯定了十七年文学如《三里湾》《创业史》《艳阳天》《红旗谱》等作品对历史问题的认知方式和艺术民族化经典做法。并提出"如何在全球化的背景下保持文化的自主性,如何让价值的、伦理的、日常生活世界的连续性按照自身逻辑展开,而不是又一次被强行纳入一种世界文明主流的话语和价值体系中去"[2],仍然是当下知识分子和创作需要思考的紧要问题。批评者提出解决这一问题的途径是在"民族性"的现代化转型中发展出自己的普遍性,这是融合民族性与普遍性的一种全新的创造,"这是一个新的中国故事,也需要新的讲述中国故事的方法,我们希望在不久的将来可以看到"[3]。由此可见,反思批判 20 世纪 80 年代以来西方化的文学创作和评价标准,引导文学走上民族化的中国道路的设想,最终凝聚成了这样一个既能突出特性又具有包容性、既能容纳历史问题又具有未来指向性的中心概

---

① 李云雷:《如何讲述中国的故事——关于近期三部长篇小说的批评》,《上海文学》2006 年第 11 期。

② 张旭东:《全球化时代的文化认同:西方普遍主义话语的历史批判》,北京大学出版社,2005,第 1 页。

③ 李云雷:《如何讲述中国的故事——关于近期三部长篇小说的批评》,《上海文学》2006 年第 11 期。

念——"中国故事"。这里的"中国"不仅是地理和民族概念,更是思考问题的立场、观点和方法;这里的"故事"也不是简单的叙事形式中的一种,而是融合历史和现实、兼具真实和虚构的艺术创造。

在其后一段时间里,借助电影《白鹿原》上映引起文学作品的广受关注、莫言获得诺贝尔文学奖引发的文坛震荡等契机,在舆论和媒体的助力下,"中国故事"的历史视野、文化传统构成、叙事性、传播和接受等重要理论问题获得了深入研讨,发展成为超越概念和类型范畴的普遍理论自觉。中国故事也确定了自己的内涵边界:"所谓'中国故事',是指凝聚了中国人共同经验与情感的故事,在其中可以看到我们这个民族的特性、命运与希望。而在文学上,则主要是指站在中国的立场上所讲述的故事。"[1]在此基础上形成了相互联系的核心观点:对中国革命道路和社会主义的认同,对新文学传统及左翼传统的认同,相应的确立十七年文学的历史价值和审美正当性,对 20 世纪 80 年代以来的主流文学观念则持反思和批判立场,坚信文学对民族国家所负的责任,坚信在全球化世界中建构和创生民族主体性是中国文学获得世界影响力的正确道路,等等。同时它也接受着来自知识界新自由主义思想的质疑和挑战,比如,是否存在中国人共同的经验?"什么是中国人共同的经验?这个经验来自何处?如果我们对 1949 年后的中国文学进行一种纵向的划分,每个时期每代作家之间有着不尽相同的生活经验和文学表达,如果我们进行横向的划分,派系、地域、行业、阶层,等等,又各有所异。那么,在这些繁杂的经验与故事当中,谁被用来代表中国?或者,'中国故事'到底是谁的故事?"[2]研究者认为中国故事的讲法更倾向于"政治规约和意识形态选择","它在'五十年代意识形态'与'八十年代意识形态'之间所进行的选择,无非是如何评价邓小平时代,如何评价改革开放的问题,是否承认经济体制改革、

---

① 李云雷:《何谓"中国故事"》,《人民日报》2014 年 1 月 24 日,第 24 版。
② 李振:《关于"中国故事"的若干疑问》,《南方文坛》2014 年第 5 期。

承认家庭联产承包责任制、承认市场经济、承认政治体制改革的问题。"①
把十七年文学与 20 世纪 80 年代文学对立起来,认为是在左翼与新自由
主义思想之间非此即彼的选择,这种观点有失偏颇。研究者虽然针对具
体作品肯定了十七年文学的民族化艺术探索,但并不是要树立它为"中
国故事"的正宗;它虽然对"合作化""土改"等有僵化定论的问题做了历
史性修正,但并没有以此为思想武器否定改革开放之后的历史探索及尊
重生命、尊重自由的"人的文学"传统。

　　正是在这些有关概念、立场以及美学等核心问题上的分析、阐发和辩
驳中,中国故事回归自身民族历史、文化传统和叙事美学上,建构了拥有
自身主体性的理论体系。它至少包括以下核心内涵:一是中国故事并非
泛指所有中国人的故事,而是特指那些能够在总体的"史观"中把握和书
写古典中国走向现代中国的"心灵史"创作。"如何讲述中国故事呢,根
本问题是怎样从古典中国到现代中国,怎样讲述这个完整的故事。"②研
究者认为中国近代以来所进行的民族解放、社会主义建设以及改革开放
的现代化过程,是充满探索特征的社会主义道路,"这条路没有经验可
循,它是人类历史上的一条创新之路……讲述'中国故事'就是要讲述这
样的时代故事,表现'中国经验'就是要表现当下中国这种独特的创造性
经验。"③突出叙事的历史感,强化中国现代化进程中蕴含的思想价值和

---

　　①　李振:《"中国故事"到底该怎么讲》,《当代作家评论》2014 年第 5 期。
　　②　祝东力提出,在 20 世纪的中国,古典文化传统、启蒙传统和革命传统都对中国发
展发挥了重要作用,讲好中国故事就是要讲好这三大文化传统如何相互作用推动从古典
中国进入现代中国的故事,这是中国文学以及社会科学的一个总主题。参见李云雷等:
《〈白鹿原〉:如何讲述中国故事》,《文艺理论与批评》2012 年第 6 期。
　　③　郭宝亮认为,中国故事从传统中汲取素材当然是必要的,讲述当下进行的故事
和将要发生的故事尤为迫切,而他所说的"当下进行和将要发生的故事"就是指中国近代
以来从传统中国向现代中国转变过程中所发生的一切,它充满了独特性、创新性,更值得
创作者讲述。参见张江、陈晓明、罗杨、郭宝亮、金元浦《怎样讲述中国故事与中国经验》,
《人民日报》2015 年 11 月 27 日第 24 版。

审美价值是中国故事的重要特征。二是要在文化传统的合力和张力关系中刻画中国人的面貌和灵魂。在 20 世纪中国,古典文化传统、启蒙文化传统和社会主义革命传统先后扮演了重要角色,"如果作者把握不住这三大传统的互动关系,想叙述 20 世纪中国的历史是不可能的"①。还有研究者认为应该在传统文化、革命文化和改革传统中书写中国故事。② 2017 年以后,由优秀传统文化、革命文化和社会主义先进文化"三个元素有机融合","构成了中国特色社会主义文化的基本根源"的观点也获得批评界普遍认同。③ 研究者深入分析中国文化传统结构,强调中国作家要回归自身文化传统、立足自身精神依托讲述故事,在全球化时代保持自身的民族特性和民族立场。我们既要与人互动、交流与竞争,同时也要不失自尊、不失自我,因而这种民族性立场内含了开放性与世界性的文化取向。三是"中国故事"包含艺术形式民族化探索。那种认为中国故事"并不包含多少美学追求,而是更集中地关注于意识形态之争"④的看法是一种误解,中国故事不仅是选材问题,更带着明确的"如何讲好"的叙事形式追求。研究者高度赞许《秦腔》对古典小说《金瓶梅》奇书体的传承,认可赵树理对明清小说的继承与超越,都力图说明"'民族形式'不是对旧形式的因袭,而是在新的历史条件下的融合与创新"⑤。民族化叙事美学主张未能形成一个完整的建设性理论体系,它的重要贡献之一是唤起中国学者对本土资源的高度关注,并将"研究重点移到探讨自身的叙事传

___

① 参见李云雷《〈白鹿原〉:如何讲述中国故事》,《文艺理论与批评》2012 年第 6 期。

② 李云雷:《如何讲述新的中国故事?——当代中国文学的新主题与新趋势》,《文学评论》2014 年第 3 期。

③ 白烨:《书写新时代的中国故事》,《中国文学批评》2018 年第 1 期。

④ 李振:《"中国故事":到底该怎么讲》,《当代作家评论》2014 年第 5 期。

⑤ 李云雷:《如何讲述中国的故事——关于近期三部长篇小说的批评》,《上海文学》2006 年第 11 期。

统上来"。①

二、中国故事与文学民族化理论的互动

新世纪以来的中国故事思潮可以追溯到文学批评界对 20 世纪 80 年代文学的反思,但真正驱动中国故事思潮发展的思想源泉和理论支撑,则是一个世纪以来绵延不绝的文学民族化理论自觉,中国故事的概念、范畴和诉求都是在文学民族化理论视域中展开,文学民族化理论才是中国故事的思想根基和内在推动力。

文学民族化是普遍存在的世界性和历史性文学命题,所谓世界性是指世界上所有民族、国家,只要不是在一个封闭状态中发展就面临着这个问题。美国学者杰姆逊曾说过第三世界的文本都是"民族寓言"——"他们的文化和社会受冲击的寓言",②这是明显带有西方中心主义的认识。其实文学民族化并非弱小民族或第三世界国家的独有现象,比如欧洲 16 世纪的法国、18 世纪的德国,都曾经提出过建立民族化文学的要求。只要不同民族、国家间有交流互动并且在文学上相互影响借鉴,就会存在文学民族化问题。所谓历史性是指同一个民族或国家的民族化观念表现出历史差异性,比如中国古代文学几乎不存在民族化问题,是因为传统文学"没有面临着在异域文学强烈冲击下被同化的危机",因而缺乏民族性自动调节的"主体意识",即使有民族性增值也不能改变民族文学质的规定性。③ 晚近以来中西"文化—文学"交汇碰撞才产生了中国文学民族化问题,中国文学在对西方文学的译介、模仿、借鉴中实现了从古典文学到新

①　傅修延:《中国叙事学》,北京大学出版社,2015,第 16 页。
②　〔美〕杰姆逊弗雷德里克·詹姆森:《处于跨国资本主义时代的第三世界文学》,载张京媛主编:《新历史主义与文学批评》,北京大学出版社,1993,第 235 页。
③　朱德发:《民族化与世界化相互变奏:现代中国文学的制导性传统(上)》,《山东师大学报(人文社会科学版)》2001 年第 2 期。

文学的蜕变,此后围绕"欧化""西化""俗化""洋化"等新文学发展障碍问题形成了文学民族化的立场。在 20 世纪三四十年代、十七年时期以及 80 年代至少产生过三次较大规模的文学民族化高潮,处在"雅—俗—洋"三角关系中的民族化在"大众化""古典化""现代化"等维度上获得巩固,在理论上变得更加辩证,在实践上变得更加开放。①

最近一次文学民族化思潮发生在 20 世纪 90 年代初期,伴随着科学和信息技术发展,全球一体化趋势不断加强,这造成了文化一体化的发展弊端;另外,新文学发展方向以西方化为主体的特征使得它始终"没有真正完成本土化和民族化的过程",这些原因促使文学民族化再次上升为普遍的理论自觉。② 这次民族化思潮站在历史制高点上较前几次有所超越,表现为在一定的理论自觉基础上建立了较为系统的文学民族化理论谱系,包括对文学民族化的历史渊源、概念内涵、主要范畴和时代命题等都有比较成熟的思考,尤其研究者对新文学传统的反思和建设民族化世界文学的明确主张,推动了民族化理论的深入发展。研究者认为中国新文学的最大问题是一直罩在西方文学的阴影中失去了民族文化根基和主体性,"即使在今天,新文学依然还处在一个探索和发展的阶段,它还没有真正从西方文学影响中独立出来,没有真正融入民族生活和文化中,没有形成自己的独立品格和价值系统"③。中国新文学的西化思路构成整个 20 世纪中国文学和思想的总体欠缺:"(1)缺乏自己独创的、非'偷窃'的基本命题;(2)缺乏自己独创的、非'借贷'的范畴概念系统;(3)缺乏自己独创的、非'移植'的哲学立场。"④新文学发生期盲目移植借鉴西方文

---

① 余斌:《民族化问题与中国当代文学的发展》,《文学评论》1990 年第 6 期。
② 贺仲明:《从本土化与民族化角度反思新文学》,《首都师范大学学报(社会科学版)》2009 年第 5 期。
③ 贺仲明:《从本土化与民族化角度反思新文学》,《首都师范大学学报(社会科学版)》2009 年第 5 期。
④ 刘再复:《告别诸神——中国当代文学理论"世纪末"的挣扎》,《21 世纪》1991 年第 5 期。

化并义无反顾斩断传统的激烈做法,造成了中国新文学在文化结构上的失衡以及与传统文化之间的断裂带。然而它对移植借鉴的西方文学也缺乏批判的态度,现代文学中"人的文学"观念整体移植西方启蒙传统而缺乏在神学制约中看待人的解放,忽略了西方古典"神本"思想对资本主义时代"人本"思想的制衡,造成个性主义思想在新文学的泛滥,其思想危害至今仍在文学中有所显现。因而研究者提出,既要反思"越是民族的,越是世界的"这种简单的民族化逻辑,更要反思西化派的"没有拿来,文艺不成为新文艺"的拿来主义,要在对中西文学双重批判中创造有世界影响力的现代化文学。①

　　文学民族化理论给"中国故事"提供了思想力量,从开始的"讲述中国五六十年代的土改、合作化故事"的范围,扩展到讲述近代以来中华民族伟大复兴的心路历程;从探讨民族精神到探讨"人类命运共同体"的价值观念延伸;从民族美学形式的继承创新,到寻求传统与现代、本土与世界的审美结合点。"中国故事"思潮理论空间的打开和思想观念的升华都得益于民族化理论强有力的支撑。同时,"中国故事"也以具象化理论形式对潜在民族化理论做出了时代回应,赋予了持续已久的民族化理论思考一个明确的界说,即站在中国立场上"讲述中国人(尤其是现代以来)独特的内心经验与现代情感","并且用中国美学的方式来讲中国故事"②。尽管中国故事与文学民族化这二者在理论生产主体、性质和方法等层面都存在差异,但在批评实践中它们相互激荡、互相渗透,共同推动着中国文化思潮在不断矫正西化偏颇、及时调整民族化与世界化平衡关

---

① 此观点参见葛红兵教授两篇文章,葛红兵《中国文学之与世界性文化矛盾(上)——20世纪中国文学的民族化、西方化与世界化问题》,《荆州师范学院学报(社会科学版)》2003年第1期,葛红兵:《中国文学之与世界性文化矛盾(下)——20世纪中国文学的民族化、西方化与世界化问题》,《荆州师范学院学报(社会科学版)》2003年第3期。

② 《中国当代文学的前沿问题》,载李云雷著:《如何讲述新的中国故事》,北京十月文艺出版社,2017,第70页。

系中稳妥前行。

三、中国故事的理论超越与局限

新世纪以来的中国故事思潮并非是简单回归文学民族化理论,在新的历史条件下它形成自己的逻辑起点、聚焦重点和理论坐标,并在理论生产与批评实践中形成一套相对独立的话语体系,鲜明的独特性是它能够在聚讼纷纭中脱颖而出并引领主流话语走向的根本原因。它展示出的坚定文化自信、开阔的世界文学视野以及面向未来的创造性,在某种程度上都是对当前社会思想文化潜力的释放,也在某些方面打开了一些问题空间,构成对历史上文学民族化理论的某种超越。

中国故事思潮与历史上几次文学民族化思潮的文化心态有所不同。中国的文学民族化理论从源头来看是晚近以来中西文化交汇碰撞产生的文化保守主义思想,是当时亡国灭种的深刻危机感在文化要求上的体现,因而潜意识中往往有一种"弱势文化心态"。就像鲁迅针对"国粹派"言论所指出的那样:"现在许多人有大恐惧;我也有大恐惧。许多人所怕的,是'中国人'这名目要消灭;我所怕的,是中国人要从'世界人'中挤出。"①因为民族性消失而导致民族文学从世界文学中消失的存在危机感中,发展出了"越是民族的,越是世界的"这种民族化文学发展规律认知。但是中国故事产生于民族伟大复兴道路的一个历史性转折点上,民族强盛和国际地位上升赋予理论生产主体以强烈的文化自信。批评家指出,"每个时代均有自己独特的面貌,虽然每个时代的人都感到'现在'与'过去'迥然不同,但不是每个时代的人都有机会遭遇当代国人面临的巨大变局。近代以来国人频频使用'三千余年一大变局'这种表述,严格地说,真正称得上'三千余年一大变局'的,应为最近三四十年间农业中国

---

① 鲁迅:《鲁迅全集》(第一卷),人民文学出版社,2005,第 323 页。

向工业中国的转变,这才是三千年来东亚大陆从未发生过的全局性大改变!"①对新时代历史性转折点的认知几乎成为研究者普遍共识,对中国经验、中国模式以及其独特性价值也产生了前所未有的信任。这种心态转变更有助于理论回归本土实践针对民族遇到的具体问题,提出充满中国智慧的个性化解决方案,从而避免弱势文化心理导致的盲从强势文化的思维逻辑,或者相反,在过度焦虑心态下发展出封闭性、防御性观念以阻止其他先进文化的进入。这种坚定的文化自信催生了强烈的民族文化认同,使中国故事的文学批评沿着两个方向"向内转",一个是对中国近现代以来这段特殊而漫长的历史如何文学化的研究,另一个是对中国古典叙事传统的创新性研究,那些富有民族特性的叙事获得了学者们的高度关注和深入研究。

这种坚定的文化自信使中国故事超越了中西二元对立思维,在更为开阔的世界文学视野下产生了面向未来的理论建构。以往的文学民族化理论不同程度的存在中西文学"谁化谁"的"影响焦虑",但中国故事的理论生产主体显然拥有更放松的心态和更开阔的世界文学视野,"在今天,青年作家不必再以追赶的心态去面对世界,我们拥有对我们自己文化、我们所走的道路以及未来的自信,可以用一种更加平和的心态去观察和思考,这可以说是一个新的视野。我们的青年作家与其他国家的青年作家共同面对着这个世界,他们不是'走向世界',而是在'世界之中写作',我想这对中国作家来说也是前所未有的一种新坐标"②。很明显,批评家们认为,在影响焦虑下容易产生"走向世界"的"民族化"文学,即以突出文学民族性的方式获得世界影响力和国际认可;但是在文化自信中产生的

① 傅修延:《一时代有一时代之叙事——关于中国叙事传统的形成与变革》,《文学评论》2018年第2期。
② 李云雷:《如何讲述新的中国故事?——当代中国文学的新主题与新趋势》,《文学评论》2014年第3期。

是"世界之中"的"世界化"文学,即通过民族性与普适性相融合的文学创造,共同推动多元一体、和而不同的世界文学的到来。歌德在 1827 年就预言"世界文学的时代已快来临了",①马克思、恩格斯也曾提出过"世界的文学"概念,"民族的片面性和局限性日益成为不可能,于是由许多种民族的和地方的文学形成了一种世界的文学"②。虽然世界文学的概念产生由来已久,但是一般认为那是西方理论家们对人类文学发展趋势的预测和展望,甚至是遥不可及的乌托邦愿景。20 世纪 90 年代以降,伴随着全球化趋势不断加强,"世界文学"越来越引起中国文艺理论家们的重视并成为谋求文学在理论和方法上革新的突破口。中国故事就包含中国化的世界文学建构之意,它把民族性纳入世界文学视野中去思考,强调民族性与普适性的辩证统一。"中国故事"成为一个沟通传统与现代、连接中国与世界、融合民族性与人类性的创造。"它不同于传统中国文化,也不同于现代西方文化,而是既'现代'又'中国'的新文化。"③它建立了民族经验与"人类命运共同体"的内在精神关联,认为中国故事要表现那些"具有普遍人类价值尺度""直面全球化时代人类共同难题""触及与开掘人性及人类精神隐秘"的故事。④ 目的是"让凸显东方智慧的中国故事滋养和修复曾偏斜、西化的人类文明,让全球共同享有这份人类文化的宝贵财富"⑤。

　　中国故事思潮渐渐走出历史上文学民族化理论常常陷入的中西二元对立思维陷阱,在批评实践中确立了那些拥有世界视野、通过民族性写出

　　① 〔德〕爱克曼辑录:《歌德谈话录》,朱光潜译,人民文学出版社,1978,第 113 页。

　　② 《马克思恩格斯文集》第 2 卷,人民出版社,2009,第 35 页。

　　③ 李云雷:《如何讲述新的中国故事?——当代中国文学的新主题与新趋势》,《文学评论》2014 年第 3 期。

　　④ 梁鸿鹰:《讲好中国故事:当代文艺与人类命运共同体构建》,《理论视野》2017 年第 8 期。

　　⑤ 张江、陈晓明、罗杨、郭宝亮、金元浦:《怎样讲述中国故事与中国经验》,《人民日报》2015 年 11 月 27 日,第 24 版。

人类共性并进行融合式美学探索的文本为创作典范。比如李蔚的《闯荡非洲》、贾平凹的《古炉》、王安忆的《天香》等作品因为表现出这种新因素而受到评论者关注和认可。尤其是 2012 年莫言获得诺贝尔文学奖成为讨论中国故事与世界文学的绝好契机，莫言作品所呈现的是否是真正的中国、中国人、中国经验，他所写的是否是"中国故事"，这是存在于文艺界由来已久的文化命题。在狭隘民族化视野中，莫言的作品迎合了西方人所持的"东方主义"的文化偏见，歪曲和污损中国形象，批评《红高粱》是"莫言用西方人熟悉的技巧，来写符合西方人想象的中国经验"①。反对者认为这种论调陷入"中西对立"的思维陷阱，在中国加快走向世界、融入全球的时刻，我们应该"调整心态""表现出我们的文化自信"，在开放的视野和博大的境界中辩证认识中国故事中的世界性、民族审美的普适性，"在中国故事中融入世界眼光，向世界讲述中国故事，也绝不是所谓'迎合西方人的口味和眼光'所能诋毁的，而是莫言和中国作家展现出的最鲜明的中国特色、中国经验。首先，亿万中国人为了改变民族的和个人的苦难命运而奋斗和抗争，为东方古国和中华文明的再度崛起而屡败屡战，越挫越勇，这本身就是人类极其可贵的经验的重要组成部分，是全球性的现代转型的重要一环，极大地影响了人类历史的进程。其次，就文学艺术而言，它有酷好新奇巨变、追踪世事沧桑而营造曲折神奇故事的品性，同时也有潜心于人性，潜心于灵魂探索乃至灵魂拷问的本性……这就是他写作的制高点，高密东北乡，既是中国的，又是世界的，中国特色和普遍人性，是互为羽翼的。"②挖掘中国作家创作中那些看似民族的、乡土的、前现代性的因素中包含的超种族、跨地域、现代性的经典意义，打通中国文学与世界文学的精神联系的实践研究，从根本上矫正了过去对传统

---

①　李建军：《直议莫言与诺奖》，《文学自由谈》2013 年第 1 期。
②　张志忠：《如何讲述当代中国的神奇故事——与李建军论莫言与诺奖》，《中国政法大学学报》2017 年第 6 期。

进行现代化、对世界进行民族化"为我所用"的单向度思考路径,把中国故事发展成为双向流动、开放、立体的概念,从而提升了中国故事研究的理论深度和认知层次。

中国故事毕竟还是处于动态建构中的未完成形态,它在获得了一些价值意义的同时也存在一定的限度和弱点。中国故事在众多领域的泛化使用说明它在本质层面的思想凝聚和相对独立性还需强化,否则在过度泛滥中将面临着思想内核空心化的危机。另外,把中国故事作为一个影响未来的文学观念构建其知识谱系和批评体系的学理研究尚显薄弱。在文学批评实践中很难找到与理论相匹配的作品造成"理想与现实的落差",也是它不得不承认的事实。① 从外部来讲,它还面临着文学艺术本质论的挑战以及新自由主义文化的思想对抗。正是在对内的建构、修正、完善以及对外的碰撞、竞争、博弈中,中国故事逐渐克服自身诸多局限不断获得成长,为延续一个世纪的文学民族化理论革新和重构提供了一种新观念、新方法、新思路与新途径。我们有理由相信在全球化境遇中,它作为民族化世界文学的理论和美学理想,必将为遏制文学的短视封闭或者"世界主义"两种极端倾向,推动文学走向开放的"人类审美共同体"的更高境界贡献出中国智慧。

---

① 李敬泽:《向理想而去》,载李云雷著:《如何讲述新的中国故事》(序),北京十月文艺出版社,2017,第 7 页。

抵达善而美的心彼岸

康德曾说："有两种东西，我们越是经常、持续地对它们反复思考，它们就总是以时时翻新、有增无已的赞叹和敬畏充满我们的心灵：这就是在我之上的星空，和在我之中的道德法则。"这种对道德的论断直到今天仍被奉为圭臬，震撼着我们的心灵。亚里士多德认为道德使人和动物相区别开来，人只有在达到德性完备时，才是一切动物中最出色的动物，但如果他一意孤行，目无法律和正义，他就成为一切禽兽中最恶劣的禽兽。但是人的道德并非与生就来，它需要不断教化，而生硬地灌输和强迫往往效果欠佳，道德教化审美化的形式自然出现了，以文学审美的形式让心灵主动自觉接受价值规范与信仰，并且积极转化成生命的热量和行动，这就是文学与道德的联姻。

中国自古以来就有文教传统，把道德与文章视为一体，孔子有所谓"一言兴邦"之说，杜甫曰"文章千古事"，立言与立德相辅相成，形成"文以载道"的创作传统。发轫于五四时期的新文学革命对传统道德文章充满激烈的批判，而其实它反对的是封建道德糟粕，并不反对文学的道德担当。梁启超、胡适、陈独秀等人都对新文学能够改良社会充满无限期许。直至当下，文学创作越来越多元化，借助声音、影像、网络等多种媒介形式扩大自己的边界和内涵，追求眼球经济和震撼效果的商业化写作现象也时有出现。在这种文学娱乐化、商业化文化语境中，提升社会道德水准的厚望未必寄予文学之上。但是，经典文学作家还是以道义和良知铸就文学之魂，自觉把社会道德进步作为一种精神诉求。毕竟真正的文学从不企图在现实的意义上迎合与满足芸芸众生的世俗需要，而倾心于在理想维度上，为人类漂泊无依的灵魂辟出一块栖居的家园。文教传统彰显的是文学的社会伦理功能,在这个意义上文学作为人类意识形态的诗性表达,必然承担与历史道德进化相应的道德义务。

长期以来文教传统也一直受到质疑和挑战。在文学起源论中有一种说法,认为文学是远古时期人类在共同劳动时为减轻劳作的痛苦而发出的有规律呼号,如鲁迅所言,大家抬木头,都觉得吃力了,就叫到"杭育杭育",这就是最初的创作。后来强调文学的生理学基础的理论主张以及创作流派大抵与此相关。比如20世纪初盛极一时的自然主义文学,在世纪之交中国社会转型过程中出现的非理性欲望写作等,这些创作潮流有其思想渊源和存在合理性,其影响力和创作质量要看作家的道德认知。人类兼具自然属性与道德属性,既是生物学意义上的自然人,同时更是在公共交往中遵循基本原则和道德规范以获得共同发展的社会人,二者形影相随,互为存在的前提。所以"存天理、灭人欲"是一种道德极端要求,而只见人欲、不见天理亦不可取。文学作为人学,不但对"天理"与"人欲"的关系要有正确的认识,还要能通过艺术审美表现出从自然人到社会人的自下而上的精神升华过程。即体验、感受、冲动、欲望等形而下的生命形态,最终要能够凝结为一种道德关怀和道德承诺的精神诉求。这意味着个人终其一生恪守某种源于情感意志与价值理性的道德律令,甚至献身都是无条件的,其追求是永恒的,是比保持肉体生命更高层的精神欲望,是更为本质的人之为人的灵魂归宿,它的最大价值在于能够赋予人生以终极意义。所以同样是"祛道德"主张,那些上乘之作往往能无为而无不为,在看似毫无道德态度的原生态描述中彰显伦理精神,把人类从各种毫无意义的思想枷锁和道德禁锢中解放出来。但如果思想境界不够,或者尺度把握不好,就成了各种庸俗生活记录、低级趣味展览和变态行为描述,否定了人类几千年的文明历史和进化过程,终将遭到历史的唾弃。

有道德追求的文学是可贵的,但是目的性很强且充满道德说教意味的文学往往是失败的。说一些人伦纲常的大话比较容易,越说得头头是道,越说明作者的懒惰与庸俗。这源于道德是动态变化的系统,深深地嵌在一定的历史进程和社会场域中,不同的时代有不同的伦理道德观,社会基础和生产方式变化会引起伦理观念的变化。亚里士多德在写著名的《尼各马可伦理学》的时候没有考虑到奴隶也是人,应享有同等的权利。中国古代史籍和传统传记小说中记载的仗义之举,也往往注重个人之间的交情或血缘关系,未必基于社会公道和正义,因为那时的社会,共同体意识和公共精神是缺失的。既然伦理观不能超越历史进程,就不应该被绝对化。倘若作者对此缺乏超越性思考和怀疑精神,恐怕就要沦为时代的传声筒,陷入庸俗化的道德规范说教之中。

五四时期很多小说热衷于写妇女解放,反抗包办婚姻、追求自由恋爱受阻、愤而离家出走,似乎已经成为新女性追求个人幸福的三部曲。鲁迅对这种新女德的倡导保持高度警惕,认为离家出走的结果“不是堕落就是回来”,否则“提包里要有准备”“直白的说就是要有钱”。这种反思和怀疑精神使鲁迅站当时一个思想制高点上创作了子君与涓生(《伤逝》)的爱情悲剧,对当时盲目向旧制度开战、看不清自身问题的妇女解放具有警醒意义。时隔几十年,香港的亦舒女士在《我的前半生》中塑造了一个觉醒的子君形象,做了多年家庭主妇被丈夫抛弃,不得不重新做回职业女性,最终也迎来了自己的第二个春天。这个理想的结局对于遭受情伤的子君来说倒是一个安慰,但是它回避了已经三十多岁、有两个孩子的“被离婚”女性在职场打拼的艰辛,过于理想主义是它经常遭受到的诟病。前段时间热播的同名电视剧把故事拉回到伦理探讨的轨道上来,并做了一些磨砺子君的现实改编。但是“闺蜜男友不可夺”也只是浅层的道德认知,真正的问题是子君摆脱不了依赖男人生存的心理,归根到底没有根除旧式女子的心理痼疾。编剧没有挖掘子君为何会爱上这样一个和自己差距如此之大的“男神”,到底是喜欢强大的保护力还是真正的心灵相惜? 如果没有拷问内心动机的勇气,是难以塑造出富有时代性的新女性形象的。

所以越是大众言之凿凿、社会普遍接纳的价值体系中越是存在一些盲点,文学作品对此应该多打几个问号,以审美形式探讨其中的缘由和要义,才能对社会人生有所振作和改变。陆建德先生曾指出,探讨复杂伦理议题的作品必须是有点自我怀疑精神,是敢于追问动机的。他举了一个例子,电影《红高粱》里余占鳌对着酒篓子撒尿,他要羞辱所有在场者,但是小便使高粱酒更醇美,这个结果使得他的动机微不足道了。但在辛格的小说《傻瓜吉姆佩尔》里,面包师意识到自己对着面团撒尿是对所有嘲笑过他的人施以报复,不可饶恕,于是他把已经搅拌了尿液的面团从炉膛中取出,全部埋到冰地里。这动机本身就是罪恶,假如他想到尿液会使面包有点咸香味,动机可以略去不谈,他就生活在另一个伦理世界里。这两个作品的对比说明,我们的作品对动机的剖析是远远不够的。每个人身上都有文饰基因,都习惯用冠冕堂皇的词语遮掩自己的真实动机,文学如果回避真实动机的细查,也就失去了伦理敏感性,不得伦理要义。

作家潘婧曾说:"我们在道德阶梯上能够上进的唯一机遇在于承认自身的恶并与之作斗争。"张爱玲也说过,"一切的小说都离不开坏人","好人爱听坏人的故事,坏人可不爱听好人的故事。"这些都指明,文学的道德要义在于与自身的邪恶作斗争,现实中的人多是带着各式各样琐碎欲望和道德瑕疵的,如果文学没有对人类自我的怀疑,没有揭露动机的能力和勇气,就无法指向出正义和善良。如此看来,虽然伦理观因时代变化而变化,但是作家如果能时时对着自己内心的罪恶做一个勇敢的审视者,就能够以不变应万变的摒弃僵化的道德规范,无限接近真正的道德精神,如此文学审美才能穿越时光隧道,抵达善而美的心灵彼岸。

自然与审美

　　自然成为文学审美对象几乎和人类的历史一样久远,从古人仰望浩瀚的星空思考生命起源的问题开始,自然就已经进入文学审美领域。在人类文明早期,人与自然浑然一体,人类完全依赖自然界生活,无论是狩猎采集还是农耕畜牧,天时地利都具有决定性意义,各种自然灾害作为可怕的异己力量,逐渐演化为图腾崇拜和自然神崇拜。先民们把某种动物看作是自己的亲属和祖先禁止打杀、猎食,还把日月星辰、风云雷雨、山石草木火等自然物尊奉为神明对其顶礼膜拜。在反映人类童年时期的神话传说以及口传文学中,可以看到这种图腾崇拜和自然崇拜现象,如黄帝族以熊、罴等动物为图腾;商族以玄鸟为图腾;夏族以熊、鱼为图腾;中国人把龙作为图腾,自称是“龙的传人”。《淮南子》中记载了“石破生夏启”的传说,大禹治水时化身黄熊在山下奔忙,他的妻子送饭时撞见,受惊变成石头,当时她已经怀有身孕,大禹急忙对石头高喊“还我儿子”,于是“石破北方而启生”,启母石至今仍矗立在嵩山。

　　与蒙昧野蛮时期相比,农业文明阶段人类的自然观褪去了盲目崇拜和万物有灵的原始思维特征,在对土地和自然资源的改造实践中增强了理性认知和主导性情感。文学表现出了探索世界本源的哲学意味和对自然的尊重热爱,如老子曰:“域中有四大,而人居其一焉。人法地、地法天、天法道、道法自然”,把自然看作万物之母以及世界运行的最高法则。后来庄子在此基础上进一步发展为“天地与我并生,万物与我为一”的天人合一的朴素生态观。孔子的“知者乐水,仁者乐山”的论述,洞察到自然对人的精神品性的塑造功能,是对自然认识的一大进步。漫长的农业文明历史产生了大量歌咏自然山水和表达“天人合一”愿望的诗词歌赋,

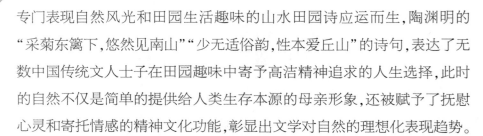

专门表现自然风光和田园生活趣味的山水田园诗应运而生,陶渊明的"采菊东篱下,悠然见南山""少无适俗韵,性本爱丘山"的诗句,表达了无数中国传统文人士子在田园趣味中寄予高洁精神追求的人生选择,此时的自然不仅是简单的提供给人类生存本源的母亲形象,还被赋予了抚慰心灵和寄托情感的精神文化功能,彰显出文学对自然的理想化表现趋势。

从宏观历史角度看,文学中的自然书写发生重要转变是在人类进入工业文明以后,伴随自然科学的进步和人类征服改造自然能力的提高,发展了"主宰"和"统治"自然的伟大事业,它具有反自然的性质,形成了一种独特的工业文化。欧美等先进国家经历了工业文明的初步发展后,开始反思人类远离土地和自然的生存发展方式,很多诗人、作家隐居在乡野观察和记录植物特性,把自然的奥秘、生命的启示和人生哲思融于一体,创作出了大量歌咏自然和反思工业文化的文学作品。英国的浪漫主义诗人华兹华斯隐居英国中西部湖区长达五十几年,潜心与自然交流并抒发对自然的热烈赞美之情,自然"会用宁静和美打动"人,雏菊教人"在困难时候不丧失希望",水仙花"把孤寂的我带进天堂","春天树林的律动,胜过一切圣贤的教导"。美国作家梭罗隐居在瓦尔登湖畔的一座小木屋里观察自然、思考人生,"大自然远离人烟,独自繁茂着。如果你谈论天堂,那就是在侮辱大地"。产生于 18 世纪的这些浪漫主义文学作品,是人类在科技发展背景下主动回归自然、对自然深入体察后的真情流露,也暗示出现代人对工业文明生活的厌倦和返璞归真的精神诉求。

现代工业化程度的不断深入超出自然承载能力,从而导致生态危机的爆发,文学不再是对田园牧歌、清风明月和天人合一的美好想象,而是开始表现出人与自然的疏离对立以及由此导致的严重后果。艾略特不仅感性地描写了文明的荒原,还理性地预言人类必然会为今天的物质进步付出代价;劳伦斯的小说表现了工业文明严重摧残了自然,也严重摧残了人类的美好天性。列昂诺夫在《俄罗斯森林》里这样描写人类对森林的残暴行径:"进步搂抱着利润闯进针叶林,一路上留下的是残根倒木。"美国作家蕾切尔·卡森的《寂静的春天》于1962年出版,作者艺术地向世人展示了自然的美丽神奇,并以大量事实和科学依据揭示了滥用杀虫剂对生态环境的破坏和对人类健康的影响,激烈抨击了利用科技征服自然、统治自然的发展方式和价值观念。卡森的作品从根本上质疑机械论的自然观,直接推动了世界范围内生态思想的确立,这部具有里程碑意义的经典之作被视为现代生态文学的滥觞。

　　现代意义上的生态文学是人类已经掌握一定的自然规律以后,重新倡导尊重自然、顺应自然和保护自然的艺术形态,与朴素生态意识下歌咏自然的文学创作相比,它以生态学知识体系和整体论哲学观为思想支撑,把自然、社会与人类看成一个整体生态系统,强调维护整体生态结构的稳定发展,因而揭露人类中心主义的虚妄、确立生态整体论价值观是生态文学的思想要义。伴随现代化进程的世界性蔓延,现代生态文学从发达国家向发展中国家逐渐扩展,现代化发展中的功利主义倾向、对自然资源的毁灭性开发掠夺以及由此产生的精神生态危机等主题,都在对自然的审视中得以深入思考和表现,自然在文学中释放出前所未有的生态启蒙的思想力量。它甚至向人本主义主导下"文学即人学"的文学本质观发起挑战,以颇具浪漫主义色彩的动物书写打开了文学僵化的题材空间,新世纪中国作家创作的《怀念狼》《狼图腾》《银狐》《老虎大福》《豹子的最后舞蹈》《藏獒》等作品,以狼、狐、老虎、豹子、藏獒等野生动物的命运遭遇为叙事主体,侧重表现动物的精神世界和物种尊严,并以它们濒危的生存状态映照出人类的道德沦落和精神残缺,昭示出自然界物种多样性的重要意义以及构建现代生命伦理的迫切性。

　　现代生态学的发展使人类清醒的意识到,在无限的宇宙中,人类不过是渺小而短暂的存在,中心主义不过是这个物种的虚幻。自然可以没有人类,但人类却不能没有自然,人类企图通过征服自然进入持续进步状态、并享受终极幸福和快乐的想法，不过是资本主义工业神话制造的幻想。只有顺应自然、保护自然、实现与自然的和谐共存，人类才能获得永续生存发展。这种现代生态观深刻的改变着文学的自然面貌，大自然带着原始的神圣性和神秘色彩重现文学审美视域，《额尔古纳河右岸》以鄂温克族最后一个酋长的女人视角讲述大兴安岭林区游猎民族的生活史诗，敖鲁古雅鄂温克部落以放养驯鹿为生，他们的一切都来源于大自然的恩赐，万物有灵的原始萨满教主宰着他们的精神生活，他们与自然和谐共存，但也面临着现代化的命运。作品中要表现的主角是"自然"，它呈现出原始的"大地母亲""生命摇篮"的无私神圣的特征，同时也充满了人类无法解释、不能征服的神秘色彩，充斥部落日常生活的习俗、禁忌、死亡和宗教仪式等表明了自然的深邃和伟力。作品并不是以这种书写方式引导人类返回原始的自然崇拜和追求低层次和谐，而是意在唤醒人类敬畏自然、顺应自然的生态观念，为深陷现代化迷途的痛苦心灵寻找"诗意栖居"的精神家园，踏着这个阶梯人类能够走向更加美丽的生态文明世界。

从宏观角度看，人类文明史上的自然观深刻的影响着文学中的自然表现，但是文学中的自然又绝不仅是特定历史阶段自然观的附庸和图解，从原始蒙昧的自然崇拜，到主动的歌咏赞美自然，再到当下以艺术方式倡导生态整体价值观，可以看出文学对自然的表现已经超越观念阐释和现实功能层面，表现出反驳现实功利主义企图和诗意创造未来的诗性特征。尤其在现代生态学逐渐渗透到社会科学和人文领域以后，生态经济学、生态社会学、生态哲学、生态美学等新的学科相继产生的背景下，生态文学的存在意义和独特价值显得尤为重要。在生态文明的引领下，自然审美必将拥有更加开阔的思想视野和更具创造性的艺术表现，以生机盎然的绿色生命空间，托起人类在大地上诗意栖居的理想。

对自我经验的迷恋与挣脱：
论 90 后文学的"经验化"写作

　　文学叙事规律是年长且阅历丰富者优先，一般遵循自上而下、由长及幼的讲述次序。以外国作家群体为样本的调研结果显示，作家创作最佳年龄在 31~40 岁，为了迎来创作黄金时代一般需要十年左右的准备期，[①]即一般要经过十年左右的积累大概在 40 岁才会长成一个成熟而令人信服的叙述者。中国作家的成长状态也大抵如此，不到一定的成熟年龄且没有丰富成长经历的作家很难立足文坛。90 后文学显然不符合以往文学史经验，低龄化创作是其重要特征，他们中很多人是少年作家，还未步入社会就已经出版了长篇，在二十几岁就出版几本文集者也并不鲜见。而且他们毫不避讳年龄和有限的人生经历，常常是以稚气未脱的人生经验为创作素材，提倡"我手写我口"的自我表现式写作。在文学创作中他们没有年龄优势，却偏偏选择了与年龄密切相关的"经验化写作"，把劣势当强项的这种做法看起来非常有趣，除去商业化包装因素，创作主体的选择也值得深思。某种程度上讲，创作者如何认知和处理代群经验，已经成为 90 后文学能否摆脱狭小创作格局、获得持久文学生命力的关键因素。

一、与年龄密切相关的小微叙事

　　90 后经验化写作概括起来主要有两种类型：一种是以自己真实经历为原型的自叙传性质的写作，如张悉妮以自身失聪经历书写了与命运抗

---

　　①　宋耀良：《文学创作的最佳年龄》，《人才》1982 年第 11 期。

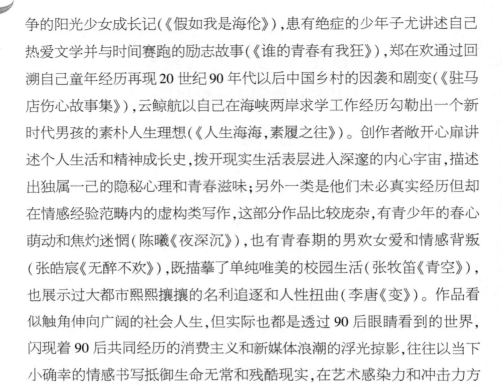

争的阳光少女成长记(《假如我是海伦》),患有绝症的少年子尤讲述自己热爱文学并与时间赛跑的励志故事(《谁的青春有我狂》),郑在欢通过回溯自己童年经历再现20世纪90年代以后中国乡村的因袭和剧变(《驻马店伤心故事集》),云鲸航以自己在海峡两岸求学工作经历勾勒出一个新时代男孩的素朴人生理想(《人生海海,素履之往》)。创作者敞开心扉讲述个人生活和精神成长史,拨开现实生活表层进入深邃的内心宇宙,描述出独属一己的隐秘心理和青春滋味;另外一类是他们未必真实经历但却在情感经验范畴内的虚构类写作,这部分作品比较庞杂,有青少年的春心萌动和焦灼迷惘(陈曦《夜深沉》),也有青春期的男欢女爱和情感背叛(张皓宸《无醉不欢》),既描摹了单纯唯美的校园生活(张牧笛《青空》),也展示过大都市熙熙攘攘的名利追逐和人性扭曲(李唐《变》)。作品看似触角伸向广阔的社会人生,但实际也都是透过90后眼睛看到的世界,闪现着90后共同经历的消费主义和新媒体浪潮的浮光掠影,往往以当下小确幸的情感书写抵御生命无常和残酷现实,在艺术感染力和冲击力方面难与经典现实主义文学相媲美。

小微叙事是这些作品的共同选择,与新文学传统中启蒙文学、革命历史文学等宏大叙事相比,它篇幅短小且结构精致,诗歌、絮语、散文诗、微小说等构成其体裁主体。与宏大叙事经常采用的全知全能视角相区别,创作者更擅长以个人化有限视角关照世界。在创作中他们尽情展示个性风采和个人价值选择,宣称他们只是"自己的代言人",①无意代表时代和群体,更无意参与公共领域宏大主题探讨。作品不着眼于革命战争与思想解放等宏大主题,而是沿着心灵情感通道向自我人生经验开掘,不再把集体本位奉为行为圭臬,而是崇尚个性和多元化,与父辈们的理想主义价值目标相比,他们更加关注自身需求的满足。因而这些带有明显代群特

---

① 《90后,一块"愚人"的招牌》,载原筱菲《指尖的森林掌心的海》,甘肃文化出版社,2011,第132—133页。

征的小微叙事,清晰勾勒出 1990 年代以来青年价值观由宏大、单一、理想主义向个体化、多元化、世俗化的演变轨迹。①

二、经验自信与自我表现文学观

选择经验化写作方式的重要原因之一,是 90 后创作者虽然在文学叙述中没有年龄优势,但他们对代群经验独特性却高度自信。新世纪以后整个社会大环境给了 90 后更多自由选择,与以往相比他们是更加自信的一代。他们"更早追星、更早恋爱、更早希望成名、更自我、更习惯放纵、更崇尚个性、更自信也更加叛逆",②这种明确的自我认知和自我崇拜激活了代群经验书写。《指尖的森林掌心的海》清晰呈现出 90 后创作者的自我认知和评价,成长在物质富足、备受关爱就像"暖房"一样的生活环境中,90 后自认为视野开阔、心智早熟、思维独特、个性张扬,并大声告诉世界,"我们不是脆弱的一代,更不会垮掉。年少就是资本,它将成为我们未来的骄傲。我们要为自己铺设一条属于自己的路,因为'我们'已经降临"③。这种自恃年少的自信勇敢、青春飞扬的精神风貌带有典型 90 后面相特征。

如果说在 80 后作品中我们还能感受到各种压抑带来的青春灼伤和叛逆,在 90 后的文字中我们感受到的是幸福流淌,社会、家庭、校园联袂搭建的成长之梯,引导他们走向自由寻梦、放飞自我的青春王国,也奠定了他们艺术表达中自信幸福的情绪基调。《假如我是海伦》《谁的青春有我狂》《指尖的森林掌心的海》不必说,即使是《驻马店伤心故事集》中那个经历苦难的乡村少年,也是用喜剧方式写下难过的故事,并"尽可能从

---

① 吴鲁平:《青年研究的理论范式转型及其学科意义》,载马中红主编《青年亚文化研究年度报告(2014)》,清华大学出版社,2015,第 52 页。

② 《90 后,一块"愚人"的招牌》,载原筱菲《指尖的森林掌心的海》,甘肃文化出版社,2011,第 132—133 页。

③ 同上。

无常的生命当中去发掘永恒的幸福和美好"①。90后经验世界没有绝对的错误和不可战胜的困难,他们的精神姿态是温柔以待和继续成长,这直接影响了其文学结构特征:不刻意渲染悲伤或者叛逆的青春情绪,也不制造紧张的矛盾冲突形成叙事张力,更无意书写代际隔阂并指向社会文化对抗,他们理想的审美预期是抵达心灵彼岸并触摸丰富多样的人性。如郑在欢表示:"我不喜欢把故事讲得像社会调查,也不想过多地阐释时代带给人的副作用,时代与命运都藏在故事里,人逃不过环境的局限,却能活出千奇百怪的样子,这就是写作最让我着迷的地方。"②陈曦说:"我渴望在虚构里探索现实的维度,要尽己所能地以文字抚摸人性的温存。"③这些透露了90后部分群体的文学理想,他们渴望以独特的代群经验建构充满温情特征、面向人性维度的轻松文学样式。

经验化写作方式还与90后文学观念转变有关。伴随着互联网成长起来的90后创作者,他们有更多的机会自由表达,因而在他们看来写作就像上网、玩游戏等其他爱好一样,是释放自我并与世界对话交流的方式。不带有任何包袱地展示自我、娱己又娱人是他们走近文学的初心。如张悉妮说:"我手写我口,我口说我心。呵呵,写作,原来就这么简单。"④李唐也流露过这种文学观念:"写作是一件很称心的事才对,不要想得太复杂,不要想去承担什么。只要写出的是自己内心的真实感受就可以了。"⑤张皓宸在出版《我与世界只差一个你》时这样解释他的创作:"这本书就像酒店门口的伞,遇见下雨天,告诉你别淋着……在你落单

① 郑在欢:《驻马店伤心故事集》,上海文艺出版社,2017,第272页。

② 同上。

③ 陈曦:《探寻现实的维度与人性的温存——〈全世界都在说晚安〉创作谈》,《少年文艺》2020年5月增刊。

④ 《写作,就这么简单》,载张悉妮:《假如我是海伦》,人民文学出版社,2005,第191页。

⑤ 《我的写作》,载李唐:《逆风行走的人》,甘肃文化出版社,2011,第59页。

时、暗恋时、失恋时、试图放弃时能成为一个隔空的拥抱,给你些许无声的安慰……"①当他们以这种心态进行创作时,一如整个社会流行的"轻食""轻体""轻居""轻心"等"轻生活"概念一样,它为传统文学神圣使命感和社会功能做了减法,使其简化到仅仅是自我表现的简单境界。一时代有一时代的文学,90后的自我表现文学观本无可厚非,但是在卸去文学的沉重负担以后如何加强文学与世界的广泛精神联系,使其超越简单个体交流的界定进入到更富有普遍意义、更具有审美本质内涵的建构中来,仍然是90后创作者无法回避的问题,而首当其冲的是要反思和纠偏这种内卷化文学观。

三、打开经验化写作之门的多种可能性

自我经验是90后创作者的重要题材资源,因为代表社会时尚风向标而占有审美话语前沿位置,在研究界获得了初步的美学界定。如他们关注自身物质需求满足胜于关心社会公共事务;对个性与自我价值实现的追求远超其父辈;网络思维和表达方式已经深深嵌入他们的精神世界,等等。② 如果90后创作者过度骄傲青春资本并将自我经验本质化,甚至通过不断强化这种刻板代群印象以达成与商业利益的共谋,那么90后文学将失去对代群的自我反省和批判能力,也终将沦为代际文学标签和商业逻辑的泡沫,被更有青春资本和年龄优势的00后文学所淘汰。即经验化写作既是低龄化创作群体的出路,也可能成为他们继续成长的陷阱,关键是他们如何反思和艺术性处理代群经验。

从90后创作者自述中可见,他们极度推崇真实性的自我表现,然而却忽略对经验的审美个性提炼。20世纪90年代以来世界范围的商业化、一体化发展潮流已经抹平了经验世界的差异性,人们几乎在格式化生

---

① 张皓宸:《我与世界只差一个你·引言》,天津人民出版社,2015。
② 陶东风:《论当代中国的审美代沟及其形成原因》,《文学评论》2020年第2期。

活中经历着相似的物质处境和精神困惑,个性经验感受已经泯灭在工业化和信息化时代洪流中难寻踪迹。因而90后所谓"自我表现"带有很强的虚幻性,它其实是代群整体共享的工业化时代经验,是消失了个人性的高度同质化的代群整体经验。这从90后创作的固化情感叙事模式和高频使用意象就可见一斑,校园的青涩爱情、小时代里的男欢女悦或者有情人不能白头偕老的人生缺憾,成为他们创作的基本情感主题。作品中高频出现的意象是手机、网络、微博、短信、漫画、酒吧、演唱会、耳机、墨镜、飞机、旅行等,流露出互联网时代人的虚拟化处境和由此带来的孤独情感特征。这些都是代群整体经验范畴的情感物象审美,缺乏突破经验边界的多样化尝试和差异性探索,在雷同的书写中我们感受到他们是特定时代审美代言人,却无法说出具体作家的名字和他们的独特风格,作家的同名化是90后作者过度迷恋自我经验(实则为代群经验)所必然付出的代价。

在大多数90后作家聚焦充满时代感的物化环境、网络精神人格以及青春无敌等主题时,有些创作者另辟蹊径开垦出别样的艺术园地,为90后文学探索多种可能性提供了有益启示。如郑在欢的《驻马店伤心故事集》,通过一个苦难童年的精神成长史打开了奇特陌生又充满艺术震撼力的中国乡村角落,触及到永恒的人性拷问和严肃国民性话题。《八摊》形象展示了农耕文明遗留的"拾粪"习俗,其中凝结的劳动智慧和狡黠让人忍俊不禁又笑中带泪;《奶奶》生动刻画了中国传统女性自我牺牲的苦难精神世界。终生未嫁不允许男人碰她的圣女菊花(《圣女菊花》),性情暴烈且以极端方式放纵自我追求的继母花(《暴烈之花》),痴迷于替人规划人生却惨败在不争气的子女身上的外公(《人生规划师》),中国农村这些千奇百怪的活法对寻常人生经验来讲都具有强烈的陌生化效果。它来自于创作者突破狭小代际经验在隔代交流和文化传承中的大胆开拓。再如陈曦的《醉扶风》《夜深沉》等作品,把中国传统戏曲、诗词等古典文化元素溶于生动的故事情节之中,与作品表达的传统价值观念水乳交融,极大开阔了小说的文化视野和历史维度。如此看来,90 后的代群经验不应该是一个密闭的容器,而应该是一条流淌的河,它在接续传承和奔腾不息中创造出千姿百态的文学风景。而这首先是要跨越代际鸿沟汲取不同代际的精神滋养和文化精华,在工业时代格式化生活中发掘个性化审美经验,在网络和新媒体组织起来的互联互通世界中探索个体精神深度,构建起多代群共存、多声部和鸣、多维立体的丰富艺术世界,我们相信这种愿景终有一天会成为现实,因为在注定艰辛而又令人神往的文学创作道路上 90 后才刚刚出发。